THE
LETTER
WITH
THE
GOLDEN
STAMP

金色の切手と
オードリーの秘《ひ》密《みつ》

オンジャリ Q. ラウフ
久保陽子◉訳

金色の切手とオードリーの秘密《ひみつ》

世界じゅうのヤングケアラーへ
あなたがたは100万通りのヒーローです

かつて、わたしの家に郵便配達に来てくれたアビと、
職務を超えた役目を果たそうとする配達員の方々へ

そしていつものように、ママとザクへ

切手のひらりと　薄いさま
虫の羽とも　たがわぬが
あなたのために　旅をする
定めた通りの　行き先へ

――Ｅ・Ｖ・ルーカス

……最も偉大な英雄は、日々の責務を果たす人々
……めまぐるしくまわる世界の中で………

――フローレンス・ナイチンゲール

もくじ

42

0 はじまりの、その前

警察署《けいさつしょ》に入るのは、初めてだ。

今までは、近所にある警察署《けいさつしょ》の茶色と灰色《はいいろ》の味気ない建物を、外からながめたことがあるだけだった。あとは、テレビでもよく見る。登場人物がトラブルにあって、泣いたりわめいたり逃亡《とうぼう》したりするようなドラマに出てくるんだ。お母さんはそういうドラマを「ソープ」って言う［感情《かんじょう》をゆさぶる展開《てんかい》の多いドラマのこと。コマーシャルのスポンサーに石けん《ソープ》会社が多かったため、そう呼《よ》ばれるようになった］。石けんを使うシーンなんて、出てきたことないのに。涙《なみだ》で化粧《けしょう》がぐちゃぐちゃなときや、何日も逃亡《とうぼう》して手がすごく汚《よご》れてるときさえ。……今のわたしみたいに。

今いる警察署《けいさつしょ》は、テレビで見るのとも、近所にあるのともちがう。掃除《そうじ》が行き届《とど》いたぴかぴかの大きな建物だから、さかさまにした巨大《きょだい》なガラスのコップにとらえられたアリの気分。中が何階にもわかれててエレベーターもあるコップだけど。さっき通ってきた広い玄関《げんかん》では警察官《けいさつかん》が見張《みは》りをしていて、看板《かんばん》に銀色の文字で「ニュー・スコットランド・ヤード［ロンドン警視庁《けいしちょう》本部のこと］」とあった。でもここはスコットランドじゃないし、庭《ヤード》なんて見当たらない。「ロンドン・ペイブメント」に変えたほうがいいよ。だってここはロンドンだし、まわりには歩道《ペイブメント》くらいしかないし。

「では……あなたのことを教えてもらえますか？」

目の前でそう言った警察官《けいさつかん》を見あげた。帽子《ぼうし》には、白黒のチェスボードみたいな柄《がら》の帯がくるりと巻《ま》いてあって、その真ん中で大きなバッジがかがやいている。分厚《ぶあつ》く短いネクタイも同じ白黒の柄《がら》だ。警察官《けいさつかん》はつづけた。

「家からずいぶん遠くまでやってきたんですね、オードリー。はるばるウェールズからですって？」

警察官《けいさつかん》のまゆ毛は、透明《とうめい》なエレベーターにのったかのように、ひゅいっとあがって帽子《ぼうし》の中へ消えていった。

わたしは目をあわせず、ひざの上にあるくしゃくしゃになった灰色《はいいろ》の郵便袋《ゆうびんぶくろ》に目を落として、うなずいた。警察《けいさつ》につかまってからも、ずっと手ばなさなかった袋《ふくろ》だ。指が、はなそうとしなかった。

「わたしは巡査《じゅんさ》部長のアニタです」警察官《けいさつかん》はそう言って、後ろに立っている女の人を指さした。「こちらはロジャーズさん。家に帰るまでの間、あなたに付き添《そ》って必要なものを手配してくださいます」

ロジャーズさんは一歩前に進み出た。警察署《けいさつしょ》ではたらくような人には見えない。スーツ姿《すがた》でもないし、ファイルも持っていないし、しかめっ面《つら》でも厳《きび》しそうでもない。それに、冷たく矢継《やつ》ぎ早に質問《しつもん》をたたみかけてきたりもしない。にっこりほほえんで、目は優《やさ》しそうで顔はふっくら。毛糸のセーターとジーンズ姿《すがた》で、病気になる前のお母さんがはいていたようなロングブーツをはいている。

「こんにちは、オードリー。わたしはジョージアナ・ロジャーズです。ジョージーって呼《よ》んでもらえるかしら?」

わたしはうなずいたけど、どちらとも目をあわせられなかった。

「あなたが何か疑問《ぎもん》に思ったことがあったら、わたしがなんでも答えますし、お手伝いします。だから気持ちを楽にして、ささいなことでも質問《しつもん》してね。いい?」

今度はうなずきもせず、郵便袋《ゆうびんぶくろ》をいっそうきつくにぎりしめた。

「あなたが今日したことは、とても危険《きけん》なことです」アニタ巡査《じゅんさ》部長の声が、頭の上からふってくる。わたしはそのぴかぴかの黒い靴《くつ》が一歩、こちらににじり寄《よ》るのを見つめていた。「しかしだれも、あなたを訴《うった》えるですとか、そういったことは考えていません」

「そうなんですか？」

わたしはおどろいて、思わず巡査《じゅんさ》部長をまっすぐに見てききかえした。切れ長の大きな茶色い目は、靴《くつ》と同じくらいかがやいている。巡査《じゅんさ》部長はかすかにほほえんで答えた。

「ええ、まったく。でも、今日までのいきさつを全て知る必要があります。あなたが話すことを『供述調書《きょうじゅつちょうしょ》』というものの中に記録して、正式な手続きの一環《いっかん》として提出《ていしゅつ》します」

わたしはよく意味がわからないまま、巡査《じゅんさ》部長を見あげた。供述調書《きょうじゅつちょうしょ》？　そのあとはどうなるの？　だれにも訴《うった》えられなくても、やっぱり前科がつくの？　指紋《しもん》をとられるのかな？　わたしが話さなくちゃならないことの中に、すごく悪い内容《ないよう》があって、白髪《しらが》になるくらいうんと年をとるまで刑務所《けいむしょ》に入れられるのかな？

「ここに連れてこられて、きっととてもこわかったですよね」巡査《じゅんさ》部長はつづけた。「先ほどお母様とお話ししたところ、どなたかがあなたをお迎《むか》えに来てくださるということでした。ですからそれまでの間――」

「えっ？　……迎《むか》えに来られる人なんて、だれもいません」わたしは思わず口をはさんで、あわてて郵便袋《ゆうびんぶくろ》と汚《よご》れた手に目を落とし、涙《なみだ》があふれませんようにと願った。「お母さんは……来られません……ほかに来られる人もいないし。ひょっとして……」おじけづく気持ちを押《お》しやって、空いたすき間に希望をねじこめるよう、ごくりとつばを飲んでからたずねた。「お、お父さん？　お父さんが迎《むか》えに？　お母さんがたのんだんですか？」

「お父様かどうかは、こちらにいらっしゃるまでわかりません」巡査《じゅんさ》部長の声が、ふっとやわらかくなった。「お迎《むか》えの方がいらしたら、すぐにお知らせします。でも待っている間に、今日までのいきさつをできるだけくわしくきかせていただきたいんです。何が起きたか、どうしてそうなったのか、正確《せいかく》に。全て明確《めいかく》に記録しておきたいので」

「それがいいと思いますよ」ジョージーさんが前かがみになってわたしと目をあわせ、ささやいた。「どう、オードリー？　何があったのか、巡査《じゅんさ》部長にお話しできる？」

正確《せいかく》に六秒間、考えた。いきさつを話すなら、ほんとのはじまりからにしないと。

わたしはゆっくりとうなずいた。

「では、ついてきてください」

巡査《じゅんさ》部長はそう言って歩きはじめた。わたしはジョージーさんにきいた。

「ずっと……ずっといっしょにいてもらえますか？」

「ええ。あなたが家に帰る車にのりこむまで、ずっといっしょにいますよ。約束します」

なぜだかわからないけど、その言葉を信じた。ジョージーさんの、少しお母さんに似《に》ている目が優《やさ》しくあたたかくて、本当のことを言っている感じがしたからかもしれない。それか、単に信じるしかなかったからかも。わたしは郵便袋《ゆうびんぶくろ》をかかえる腕《うで》に力をこめて立ちあがり、巡査部長《じゅんさ》についていった。

巡査部長《じゅんさ》はＩＤカードを使い、いくつものドアのロックを解除《かいじょ》して通りぬけていき、ひとつの部屋にたどり着いた。そこにはテーブルがひとつと、イスがいくつかあった。壁《かべ》には警察官《けいさつかん》の写真がたくさん飾《かざ》ってある。どの人も全然、警察官《けいさつかん》らしくなくて、歯みがき粉《こ》のコマーシャルにでも出てきそうな笑顔《えがお》だ。テーブルにはボタンがずらりとならんだ黒い箱がある。全部押《お》してみたいな。

「オードリー、どうぞすわって」

巡査部長《じゅんさ》が指したイスにすわった。はやく家まで駆《か》けて帰りたい。でも、はっとした。そうだ、もう帰る場所はなくなるんだ。すぐに何もかも、この人たちに知られてしまって、愛する人たちはみんな、わたしから引きはなされてしまうんだ。それも自分のせい……。

くしゃくしゃに丸められてプールに投げこまれた紙みたいな気分になってきた。

「では、はじめから話してもらえますか？」

巡査部長《じゅんさぶちょう》は帽子《ぼうし》をぬいでテーブルに置くと、縦長《たてなが》の薄《うす》いノートを開いた。中にはメモや矢印がぎっしり書いてあって、真ん中に大きなクエスチョンマークがある。巡査部長《じゅんさぶちょう》は、じっとのぞきこんでいるわたしを見てほほえむと、次のまっさらなページを開いた。

「お話をききながらメモをとらせてもらいますが、録音もします。メモにまちがいがないか確認《かくにん》しなければいけませんから。かまいませんか？」

ジョージーさんの顔を見ると、うなずいていたから、わたしも巡査部長《じゅんさぶちょう》にうなずいた。

ジョージーさんは言った。

「じゃあ、話をはじめてくれるかしら？　話すのをやめたくなったり、何か飲みたくなったりお手洗《てあら》いに行きたくなったりしたときは、いつでも言ってね。いい？」

わたしはうなずいた。

巡査部長《じゅんさぶちょう》が黒い箱のボタンのひとつを押《お》すと、小さな赤いライトがついた。巡査部長《じゅんさぶちょう》は今日の日付と時刻《じこく》、ここにいる全員の名前を言って、わたしを見た。

「話す準備《じゅんび》ができたら、どこから話しはじめてもいいですよ、オードリー」

　ジョージーさんがわたしを見て、期待をこめた目でまゆをあげた。わたしは目をそらすと、郵便袋《ゆうびんぶくろ》をテーブルに置いた。でも、しっかりかかえてはなさない。こうしていればだいじょうぶ。わたしはまず巡査《じゅんさ》部長に確認《かくにん》した。

「どこからでも？」

「ええ。どこからでも」

　わたしは自分の指に目を落としてから巡査《じゅんさ》部長を見あげると、口を開けて、言葉が出てくるのを待った。はじめは何も出てこなかった。喉《のど》でつかえて渋滞《じゅうたい》している。でも、お母さんの顔が浮《う》かんだ。はやくお母さんのところに帰って、病気が悪化しないよう食い止めないといけない。そして、今までの人生のどんなときよりもたくさんの「ごめんなさい」を言わなくちゃいけない。そう思ったら、渋滞《じゅうたい》していた言葉たちがクラクションを鳴らして走り出し、口から飛びだした。

「ええと……全てのはじまりは……向かいの家、だと思います。それと、そこにいるスパイ」

1 ドアナンバー33の秘密《ひみつ》

「わたしは生まれたときから同じ通りに住んでいます。ウェールズのアベルタウェの真ん中の。イングランドの人たちは『スウォンジー』って言いますけど。知ってますか？行ったことありますか？」

巡査《じゅんさ》部長とジョージーさんの首のふり方は、わたしの住んでいる地域《ちいき》だけじゃなくて、ウェールズ自体に足をふみ入れたこともないって感じだ［イギリスはイングランド、スコットランド、ウェールズ、北アイルランドの四つの国（カントリー）からなる連合王国。イングランドには首都ロンドンがあり、人口の大半が集中している］。

「スウォンジーはロンドンとはちがって、大きな劇場《げきじょう》も王室の建物もないし、ライトアップされた広場もないんです。あるのは動物園と市場だけ……あ、最近、金色の橋もできましたけど、それだけ。でも最高に素敵《すてき》なビーチがあります。それに山は高くてけわしいから、車だとのぼるときはエンジン音が大きくなるし、くだるときはキーーッ！って楽しい音がします。ならんでいる家はどれも、コンクリートの波でサーフィンしてるみたいに見えます。一度も引っ越《こ》したことがなくて、通りには顔見知りの住人も多いから安心できて、あの場所が好きです。

でも、それが変わってしまった。わたしがここにいるのも逮捕《たいほ》されたのも、それが全てのはじまりで」

「逮捕《たいほ》はしていませんよ」すぐさま訂正《ていせい》した巡査《じゅんさ》部長のくちびるは、わたしが車の音をまねしたときから変にゆがんでいた。くしゃみをがまんしているみたいに。「ここにいたるまでの一連の出来事を、正確《せいかく》に知りたいだけです。……どうぞつづけてください。変化が起きたのはいつですか？」

わたしは灰色《はいいろ》の郵便袋《ゆうびんぶくろ》をぎゅっとかかえて、はじまりは何週間前のことだったか、指を折って数えた。でも日にちを数えるのは苦手だし、日にちを週に置きかえるのも苦手だから、あきらめて言い方を変えた。

「おかしなことが起きた、そのはじまりは、学校の休みの二日目のことでした。どうしてはっきり覚えているかというと、どこにも出かけられない休みの日はたいくつで、窓《まど》から外の様子をしょっちゅう見てるんです。そのとき、初めて気づきました。通りの真向かいの家に、見覚えのない車がとまってるって」

わたしはしばらく口を閉《と》じ、巡査《じゅんさ》部長がメモをとってからわたしの顔を見あげるのを待った。

「オードリー、休みというのは二月の中休みのことですか？　それともクリスマス休《きゅう》暇《か》？」

「二月です。カヴィは、あんなの休暇《きゅうか》じゃないって言ってますけど。たった一週間だし、先生たちがバレンタインでもらったチョコをこっそり食べまくるためにこじつけて作り出した休みだって。本当にそうなんですか？」

巡査《じゅんさ》部長は、いっそうくちびるをゆがませて、首を横にふった。

「そんないきさつはきいたことがないです」そして少し間を空けて言った。「近所の家の玄関先《げんかんさき》に見覚えのない車があったんですね。それを見てどうして、おかしいと思ったんですか？」

「うーんと、すぐには思わなかったんですけど、何日かしてからおかしいなと。なぜかというと、それからその車は一度もだれものっている様子がなかったから。だれものらないのに車があるなんて、変ですよね？　それにその家のカーテンは昼間でも閉《し》まってるし、中から何も物音がきこえないし、明かりがもれていたこともないんです。あの赤いドアの玄関《げんかん》から出入りする人も、だれも見たことがないんです。郵便《ゆうびん》配達の人さえ。

中休みの間、その家と車をしょっちゅう観察してたんです。休みが終わって学校に行ったら、親友のカヴィとイナラにも話しました。こんなわくわくする話、はじめてでした。二人はその家にはだれが住んでるんだろうといろいろ想像《そうぞう》して、きっと強盗団《ごうとうだん》が家をのっとったんだろうって結論《けつろん》になりました。通りの家を全部、強盗《ごうとう》してまわるつもりなんだろうって。カーテンを閉《し》めてるのは、近所の人たちに警察《けいさつ》に通報《つうほう》されたり、トランシーバーとか札束が入った袋《ふくろ》とか、建物をよじのぼるのに使うフックつきのロープとか、そういうのを見られたりするのをふせぐためだろうと思いました。

弟のペックと妹のキャット……あ、ふたごで、でも全然似《に》てないんですけど……二人は何かが住みついたんだと思ってます。ペックは白いシーツをかぶった幽霊《ゆうれい》だと言い張《は》って、キャットは庭の草花をむしゃむしゃ食べる毛むくじゃらのモンスター軍団《ぐんだん》だって。あの車に気づいた日から、二人はわたしが幼稚園《ようちえん》に迎《むか》えに行って連れて帰ってくると、その家の前を全速力で走って通りすぎるようになりました。何かに追いかけられてるみたいに。見てるとおもしろいです。まだ四歳《さい》だから足が短くて、走ると今にも転びそうなペンギンみたいで。

でもその家にいつくようになったのは、ぜったいに幽霊《ゆうれい》でもモンスターでもないとわかってました。わたし、もうそんな年じゃないし。幽霊《ゆうれい》やモンスターが実在《じつざい》すると信じてる九歳《さい》なんて、どこを探《さが》してもいませんよ。ペックとキャットには、もし実在《じつざい》したとしても、車を運転するなんて考えられないと説明しておきました。

それにイナラとカヴィが予想した強盗団《ごうとうだん》っていうのも、ちがうとわかってました。つじつまがあわないですから。ウェールズのスウォンジーの、しかもわたしたちが住んでるような古びた通りの古びた家々に押《お》し入るために、何週間もひそんで計画を立てるおバカな強盗団《ごうとうだん》はいませんよ。旧型《きゅうがた》テレビや、ドアナンバー27のクリステラさんが集めてるぶきみなクリスタルの動物をねらってるなら別ですけど。それに車にはナンバープレートがついてるから、警察《けいさつ》がこっそり設置《せっち》してる監視《かんし》カメラにうつっているのを確認《かくにん》すれば、正体がわかっちゃいますよね。でしょう?」

巡査《じゅんさ》部長のくちびるは、さっきよりさらにくしゃみをがまんしているようにゆがんだけど、なんとかこらえたみたいだ。

「ええ……そうですね、わかると思います」

「やっぱり」わたしはつぶやくと、カヴィとイナラに自分が正しかったと伝えるのを忘《わす》れないように、頭の中にメモした。「とにかく、わたし、突《つ》き止めなくちゃ気がすまないたちなんです。重要なことは特に。向かいの家にだれが住んでいるかについてもそう。中にいるのは幽霊《ゆうれい》でもモンスターでも強盗《ごうとう》でもないのはわかってました。わたしのカシツでは……スパイです」

わたしは巡査《じゅんさ》部長がうなずくのを待ったけど、巡査《じゅんさ》部長は眉間《みけん》にしわを寄《よ》せてジョージーさんに視線《しせん》を投げた。ジョージーさんはわたしにききかえした。

「あなたの……カシツ？　それはどういう意味？」

えっ、知らないの？　大人って、どんな言葉でも知ってるものなんじゃないの？　わたしはけげんな顔で二人を見つめた。

「あの……何か納得《なっとく》がいく説明を思いついたとき、それをカシツって言いますよね？」

「ああ、仮説《かせつ》ですね！」

巡査《じゅんさ》部長にそう言われて気づいた。あ、まちがってた。

「そうです！　そう言いたかったんです」そして録音機に顔を近づけた。「裁判長《さいばんちょう》、今のとこカットしてください」テレビの出演者《しゅつえんしゃ》がよく、そんなお願いをしてるのを見るから。

「わたしとペックとキャットとお母さんを監視《かんし》するために、スパイが引っ越《こ》してきたという仮説《かせつ》を思いついたんです。証拠《しょうこ》は何もありませんでした……そのときはまだ。ただ、その家の暗い窓《まど》を見るたびに、そうとしか思えなくなっていったんです。わたしには何も知っておく義務《ぎむ》があります。じゃなきゃ家族を……わたしたちの秘密《ひみつ》を……守れないから」

「秘密《ひみつ》？」

巡査《じゅんさ》部長は興味《きょうみ》深そうにききかえし、ジョージーさんも身をのりだした。同時に二人の大人に話をきかれているというのは、変な感じだ。いつもなら、一人の大人にきちんと話をきいてもらうことさえ、とてもむずかしいのに。

「その話をするのは、まだ先です」

わたしがそう答えると、巡査《じゅんさ》部長は言った。

「なるほど、わかりました。どのタイミングでもかまいませんよ」

ジョージーさんが真剣《しんけん》な顔で言った。

「念のためにもう一度言っておきますね。話したくないことは話さなくていいんですよ」

えっと、どこまで話したんだっけ。あ、そうそう。わたしはつづけた。

「そう、秘密《ひみつ》。警察《けいさつ》の人だから、いろんな秘密《ひみつ》をかかえてますよね。犯罪《はんざい》のこととか。だからきっと、秘密《ひみつ》を守る訓練を受けてますよね。わたしは訓練しなくても秘密《ひみつ》を守るのが得意《とくい》ですけど、弟と妹にも秘密《ひみつ》を守らせなくちゃいけません。でも向かいの家にスパイがやってきたなら、むずかしくなってきます。四六時中《しろくじちゅう》、監視《かんし》されてる感じがするんです。

この三年間、わたしたち家族の秘密《ひみつ》に気づいた人は、一人もいませんでした。うまくいっていないときでも、何も問題ないふうを演《えん》じるのが得意《とくい》だからです。もしわたしがハリウッドの俳優《はいゆう》だったら、賞《しょう》を総《そう》なめしてると思いますよ。みんながほしがってる、オスカーとかいう小さな像《ぞう》がもらえる賞《しょう》だって。だって、演《えん》じるっていうのが自分じゃないもののふりをすることなら、わたしはまちがいなく地球一の俳優《はいゆう》ですから。それに、わたしが演《えん》じるのはワンシーンだけじゃないんです。毎日、一日じゅう、全シーンを演《えん》じてるんですから。そんなことしてる俳優《はいゆう》さん、いませんよね？

そのことで五分も考えれば思いつくことなんですけど、お母さんとお父さんはわたしが演技《えんぎ》が上手になるってわかってたんだと思います。わたしだけじゃなくてペックとキャットも。だから、特殊効果《とくしゅこうか》もまだなかった時代のモノクロ映画《えいが》で活躍《かつやく》していたスターにちなんだ名前をつけたんでしょうね。わたしはオードリー・ヘプバーンっていう人にちなんでるらしいです。ペックはグレゴリー・ペック、キャットはキャサリン・ヘプバーン……オードリーのおばさんとかなのかな。知りませんけど。お母さんがしょっちゅう、昔の映《えい》画《が》を見てるから、わたしも見るんです。でも、つけるならスーパーヒーローの名前にしてほしかったな。ストームとかレイブンとかティ・チャラとか。

ええと、話をもどすと、その車に気づいた何日かあとにお母さんに、だれか引っ越《こ》してきたけどだれも姿《すがた》を見たことがないとは伝えました。でも、スパイだという仮説《かせつ》は伝えませんでした。心配させないのも、わたしの義務《ぎむ》だから。お母さんは考えすぎたり心配しすぎたりすると、手がぶるぶるふるえて呼吸《こきゅう》があらくなって、わたしたち、こわくなるんです。だから伝えるのはどうしても必要なときだけで、あとは自分で解決《かいけつ》するようにしています。

姿《すがた》を見せないスパイが引っ越《こ》してきてから二週間、わたしは逆《ぎゃく》に向こうをスパイしていました。毎晩《まいばん》、お母さんがパジャマに着がえるのを手伝って、次の日に飲む薬を用意して、ペックとキャットが眠《ねむ》ったのを確認《かくにん》したら、リビングの窓《まど》に駆《か》け寄《よ》ってキッチンペーパーの芯《しん》を双眼鏡《そうがんきょう》がわりに監視《かんし》したんです。キッチンペーパーの芯《しん》で監視《かんし》したことあります？

すごくむずかしいんですよ。まだペーパーがだいぶ残ってるときは特に。でもどんなに疲《つか》れてても、宿題がまだたくさん残ってても、お腹《なか》がすいてグーグー鳴ってても、しんぼう強く監視《かんし》して、その家にだれが住んでいるのか確認《かくにん》しなくちゃいけないんです。でなくちゃ、ずっと心配だから。でも二週間つづけても、手がかりはひとつも見つけられませんでした。

二週間経《た》った次の日の放課後、イナラとカヴィに、まだその家に出入りする人を一度も見ていないと伝えました。イナラは『ひょっとしたら強盗団《ごうとうだん》じゃなくて夜勤《やきん》の人たちが住んでるのかもね』と言いました。イナラのお父さんみたいに。イナラは前、お父さんがいつも夜に『犯罪《はんざい》を阻止《そし》してくるよ！』と言って出かけていくから、バットマンみたいな仕事をしてるんだろうと思ってたんです。でも夜勤《やきん》の警備員《けいびいん》としてはたらいていることがわかって、バットマンじゃないことが確定《かくてい》しました。

イナラはすっごく頭がいいんですけど、そんなことないふりをするんです。茶色い目はまんまるで大きくて、髪《かみ》は巻《ま》き毛でふさふさしてるから、だれかのほうをふりむくたびに、体の毛についた水をふりはらおうとしてるクマみたいに見えるんですよ。自分が正しいと思ってるときは、鼻の横をかくのがくせです。つまり、いつもかいてます。右のまゆ毛の上に傷《きず》があるのは、自転車で壁《かべ》にぶつかったそうです。お父さんがバットマンじゃなくて警備員《けいびいん》だとわかったのは何年も前のことなのに、そのがっかりをまだ引きずってるんです。だから、姿《すがた》を見せない住人はスパイだと思うってわたしが言ったとき、イナラは巻《ま》き毛をゆらして首をふって、鼻の横をかきながら言いました。

『まちがいない。その家の人、夜勤《やきん》の仕事してるんだよ』

するとカヴィが、牛が草を食べるときみたいにもぐもぐ、口を丸く動かしてフルーツグミをかみながら言いました。

『それかさ、ぼくの予想通りで強盗団《ごうとうだん》だけど、夜中に外に出て通りを偵察《ていさつ》してるのかも！』

カヴィは〈一日に摂取《せっしゅ》が必要な五ポーションの野菜と果物〔イギリス公衆衛生庁《こうしゅうえいせいちょう》が定めた食生活のためのガイドで、ポーションは量の単位〕〉の一ポーションに、フルーツ果汁《かじゅう》の入ったお菓子《かし》はなんでもふくまれるって言うんです。その考え方だと、カヴィは一日に五〇ポーション以上摂取《せっしゅ》してるから、ウェールズで一番健康的な食生活をしている子どもになります。みんなフルーツグミが食べたくなったら、カヴィのところに来ます。必ず三袋《ふくろ》は持ってるから。カヴィは髪《かみ》が黒くてつやつやのカーテンみたいで、笑うと真っ白な歯がぴかっとかがやきます。学校で一番背《せ》が低くて、一番声が大きいです。カヴィは言いました。

『カーディフ［ウェールズの首都］で強盗団《ごうとうだん》が五〇〇〇万ポンド分の宝石《ほうせき》を盗《ぬす》んだって話、きいた？　ダイヤを全部持ったまま、どこかにかくれてるんだろうってニュースで言ってた。ひょっとすると……その向かいの家にかくれてるのかもしれないよ？　カーディフからそんなにはなれてないし』

そしたら、イナラが言いました。

『五〇〇〇万ポンドじゃなくて五〇ポンド分だよ！　それに、もうつかまったし』

カヴィは言い返しました。

『そんなわけない！　たった五〇ポンドだったら、わざわざ強盗《ごうとう》するわけないよ。そんなバカじゃないでしょ』

『バカだからつかまったんでしょ！』

イナラは言い返しました。さっき言ったように、かしこいんです。でもカヴィは納得《なっとく》しませんでした。

『たぶん、盗《ぬす》んだ宝石《ほうせき》は、刑務所《けいむしょ》から出てくるまで仲間がかくしてるんだよ。きっとその家にかくれてるのは仲間だね！　お父さんがいつも言ってるんだ。近所にだれか引っ越《こ》してきたときは、用心しなさいって』
そのとき、学校の門のすぐそばにアイスクリームの販売車《はんばいしゃ》がやってきました。イナラは地球上のどんなお店より、移動販売車《いどうはんばいしゃ》でアイスを買うのが好きなんです。もし火事が起きたり、ゾンビがおそってきたり、何かとんでもないことが起きている真っ最中だったとしても、アイスの販売車《はんばいしゃ》がやってきたら、イナラは駆《か》けつけますね。で、ナッツとチョコレートバーをトッピングしてストロベリーソースをかけたアイスを注文してから、ゾンビとたたかう準備《じゅんび》をはじめたり、消火活動をはじめたりしますよ、ぜったい。何を賭《か》けたっていいです。
エクボさんのアイス販売車《はんばいしゃ》がやってきたので、イナラとカヴィは集まったお客の人だかりの中に駆《か》けていきました。エクボさんの本名はヘイバンズさんなんですけど、ウェールズ一《いち》、大きなえくぼができるので、みんなそう呼《よ》ぶんです。まるで顔全体がアイスの入ったボウルで、だれかが右と左から一さじずつ食べたみたいに見えるんですよ。わたしもいっしょに食べたいなって、いつも思うんですけど、放課後はペックとキャットを校内の幼稚園《ようちえん》に迎《むか》えに行って、いっしょに帰らなくちゃいけないから。それにアイスを買うお金もないし。

小さいころは、友だちがしていることで自分にはできないことがあると、いちいち気にしてました。でも今は、やらなくちゃいけない大事なことだけ頭にあります。できるだけ、はやく家に帰ること。お母さんはだいじょうぶかなって、いつも心配で。帰ったら大変なことになってた日が二回あって、生きた心地《ここち》がしなかったから、学校が終わったらすぐに帰るようにしてるんです。

だからカヴィとイナラにバイバイして、ペックとキャットを迎《むか》えに行って、急いで帰りました。帰り道、二人は幼稚園《ようちえん》でかいた絵のことをしゃべってたんですけど、キャットが急にわたしの腕《うで》を引っぱって言いました。

『オードイー、あそこ！』まだちゃんと、わたしの名前が言えないんです。『ほら、動いてる、動いてる！　モンスター！』

通り向かいの家を指さしていました。姿《すがた》を見せないスパイか強盗《ごうとう》がいる家です。

でも、わたしには何も見えなかったので言いました。

『なんにもいないよ』

『でも、動いてたの！』

キャットはべそをかきながら言って、ペックもうなずきました。

『何が動いてたの？』

わたしがきくと、キャットはまた腕《うで》を引っぱりました。

『カテン、カーテン！』

だからじっとカーテンを見たんですけど、やっぱり少しも動いていなかったので言いました。

『またかー』

キャットは想像力《そうぞうりょく》が豊《ゆた》かすぎて、空想したものを本当に見たと思いこむことがあるんです。先月なんか、食堂《しょくどう》にならんでいる料理が食べられたくなくてさけんでるって言い張《は》って。でも本当は、屋根の上で工事をしてる音がきこえていただけでした。

わたしは二人の手を引いて、庭をつっきって玄関《げんかん》に向かいました。うちの庭も、通りのほかの家みたいに手入れや掃除《そうじ》が行き届《とど》いていて、花がさいていたらいいんですけど。気まぐれにオレンジ色の花がさくだけで、何もかも枯《か》れちゃってるんです。ほんのちょっぴりある芝生《しばふ》も、藁《わら》みたいになってて。だからうちはすごく目立つんです。近所にとけこんで目を引かないようにしたいのに。いつか、庭をちゃんとととのえようと思ってます。今のところ、わたしたちの家を外から見たときに、一番ふつうに見えるのは青い玄関《げんかん》ドアです。

わたしがまだ小さかったころに、お父さんがペンキで塗《ぬ》ってくれたんですけど、そのときにわたしにもブラシで塗《ぬ》らせてくれたのを今でも覚えてます。で、そのドアを開けて、いつものように言いました。

『お母さーん！　ただいまー！』

キャットは階段《かいだん》を駆《か》けあがって『ママー！　黄色塗《ぬ》ったよー！』と言い、すかさずペックが『ちがうよ！　だーだー色！』と言いました。

二人がなんて言ったか、はっきりと覚えてるのはどうしてかというと、ちょうどそのときだったからです！　ペックがそう言って、わたしがふりかえって玄関《げんかん》ドアを閉《し》めようとしたとき、一瞬《いっしゅん》、外に目をやると……見えたんです！　一階のカーテンのすき間から、こっちに向けた双眼鏡《そうがんきょう》が光るのが！　でもほんの〇・五秒のことで、すぐに消えてしまいました。わたしを監視《かんし》していたスパイが、さっとかくれたみたいに。

一秒おそかったら見逃《みのが》してました。でもそれで、キャットが正しかったとわかったんです。あの家には、だれかいる……。それに、仮説《かせつ》は正しかった。その人は、わたしたちをスパイしてるんです。

どうしていいかわからなくて、とにかくドアを思い切り閉《し》めると、鍵《かぎ》をかけました。で、思ったんです。わたしとキャットとペックとお母さん……つまり、通りの人たちから見ると『ドアナンバー33の一家』を、どうするつもりなんだろう?って」

2 二階の部屋で

「それは、おどろいたでしょうね」アニタ巡査《じゅんさ》部長はメモしながら言った。「その日、ほかに何か気になるものを目にしませんでしたか?」

「いいえ。夜中まで起きていて、逆《ぎゃく》に相手をスパイしようとしたんですけど、それからは窓《まど》も真っ暗なままで。そのことをあとで書こうと思ったんですけど、結局書きませんでした」

「書く、というのは何に?」

「日記です」

とまどった顔の巡査《じゅんさ》部長を見て思った。そうか、この人、じつは年をとってるんだな。三〇歳《さい》は超《こ》えてるかも。この人が子どものころは、今と教育内容《ないよう》がちがったのかも。

「担任《たんにん》のリー先生が、毎週月曜にみんなに、週末の出来事を日記に書かせるんです。先生が書いてほしいと思っているのは、楽しい出来事。たとえばボウリングに行ったとか、マンブルズ岬《みさき》やブレスレット湾《わん》に行って海を見てきたとか、カーディフでショッピングしたとか。イナラとカミラはクリスマス休暇《きゅうか》にアメリカに行って、ディズニーワールドで遊んだり、本物のイルカといっしょに泳いだりしたそうです。そのことを日記に書いて、学校がはじまったらみんなの前で読んで写真を見せてくれました。カヴィは夏休みにはモーリシャスに行って、おじさんのバイクの後ろにのせてもらったそうです。去年の話なのに、今でもそのことを日記に書いてくるんですよ！

わたしも何か書けるような楽しいことがあったらよかったんですけど、ありませんでした。ひとつも。いっしょに楽しいことをしたい家族が、どんなにやりたくてもどれもできないんですから。だから……作り話を……」

わたしは、はっとジョージーさんの顔を見あげた。読むのはリー先生だけだけど、日記にうそを書くのは犯罪《はんざい》になるのかな？　でもジョージーさんの表情《ひょうじょう》は変わらないままで、巡査《じゅんさ》部長は話をつづけてとはげますように、わたしにうなずいてみせたから犯罪《はんざい》じゃないんだろう。

「作り話といっても、ユニコーンを飼《か》ってるとか、お城《しろ》を持ってるとか、そんな突拍子《とっぴょうし》もない話じゃありません。もしわたしたち家族がお出かけができて、やりたいことをなんでもできるお金があったら、どんな生活をしてるかなと想像《そうぞう》して書くんです。リー先生が信じてるかどうか、わかりません。でもそんな生活をしているふりをするのも、日記を書くのも楽しいんです。想像《そうぞう》の中だけど、本当にやった気分になれるから」

「たとえば、どんなことを書くんですか？」

巡査《じゅんさ》部長にきかれ、わたしは肩《かた》をすくめた。

「ふつうのことです。大盛《おおも》りアイスを食べたとか、公園でブランコにのって、真上のバーと同じくらい高くこげたとか。そういうことを書けば、クラスのみんなはわたしのことを、みんなと同じだと思ってくれます。カヴィは、わたしの日記はふつうすぎて、きいてると眠《ねむ》くなるって言うんですけど、それをきいて安心しました。カヴィだけじゃなくイナラもリー先生もみんなも眠《ねむ》くなってくれたらいいんです！　そうすれば、本当は書いてあることを何ひとつやったことがないって、バレずにすむから。もっと大事なのは、お母さんについて何もきかれないことです。だれにもきかれないようにするのが、何より大事なんです。だって……その、秘密《ひみつ》だから。秘密《ひみつ》、だったから」

最後にそうつけくわえた。だってこれから、何もかもみんなに知られるだろうから。

巡査《じゅんさ》部長はきいた。

「それはどうして？　どうしてお母さんのことを秘密《ひみつ》にしているの？」

わたしはうつむいてテーブルを見つめながら、灰色《はいいろ》の郵便袋《ゆうびんぶくろ》をにぎりしめた。そうすると郵便袋《ゆうびんぶくろ》が船の錨《いかり》のように、わたしをつなぎとめてくれる。ぜったいに手ばなせない。

「お母さんは……わたしにとって地球で一番大切な人です。でも、お母さんはあまり出かけられません。というか、二階の自分の部屋からさえ、気軽には出られないんです。出たくないんじゃなくて、部屋の中が一番安全だから。重い全身性変形性関節症《ぜんしんせいへんけいせいかんせつしょう》なんです。ペックはまだ小さいから『ぜーせーせーしょー』って言いますけど、わたしは正確《せいかく》に言えます。何年も口にしてきましたから。体じゅうの関節が、手や足の指のまわりとか小さなところも全部、すごく痛《いた》むときがあって、そんなときは体が動かせなくなるんです。たくさんのお医者さんたちが治療法《ちりょうほう》を見つけようとしているけど、まだ見つかっていないから、発症《はっしょう》したらなおりません。どうして知ってるかというと、お母さんと主治医のアデオラ先生が話しているのをきいたから。全身性変形性関節症《ぜんしんせいへんけいせいかんせつしょう》にはくわしくなったので、今すぐ白衣を着てどこの病院に行っても、わたしがお医者さんじゃないと気づく人はだれもいないと思います！　なんだか小さなお医者さんだなと思われるでしょうけど。大人になったら本物のお医者さんになって、がんばって治療法《ちりょうほう》を見つけます。

　ずっとその症状《しょうじょう》をかかえてたわけじゃないんです。わたしが小さいころは、お母さんは一人で事業をやっていて、いろんな有名企業《きぎょう》からデザインの仕事をたのまれていました。賞《しょう》をもらって雑誌《ざっし》にのったこともあって、リビングの金の額縁《がくぶち》に、そのときの雑誌《ざっし》の切り抜《ぬ》きが飾《かざ》ってあります。お母さんが賞状《しょうじょう》をかかげて、ウェールズの首相《しゅしょう》とあく手している写真です。その写真のお母さんは、すごくきれいで力強くて幸せそうな顔をしているから、見ると幸せな気分になります。お気に入りの青いパンツスーツにシルクの白いシャツをあわせていて、髪《かみ》はつやつやで、目は青と銀色にかがやいてるんです。ロイヤルブルーみたいな色の目が、そのころのお母さんのトレードマークでした。お母さんはよく言ってました。『ロイヤルブルーが王室にふさわしい色なら、わたしにだってふさわしいでしょ？』って。

　でもペックとキャットが生まれてからすぐ、お母さんは足と背中《せなか》が痛《いた》むようになりました。そしてうまく歩けなくて、しょっちゅう転ぶようになって、病院通いがはじまり、杖《つえ》なしでは歩けなくなりました。キャットとペックが二歳《さい》、わたしが七歳《さい》になるころには、お母さんは家の近所を歩くのがやっとになって、事業をつづけられなくなりました。それから一年もしないうちに、お母さんはお父さんも失いました。

お父さんは『どうすればいいか、道が見えない』って言っただけなんです。そしたらお母さんが、『じゃあ出ていって』って言って、そしたらお父さんは出ていってしまって、二度ともどってきませんでした。きっと、お父さんはどこか遠くで迷子《まいご》になって、公衆電《こうしゅう》話も見つからなくて、もどれなくなったんだと思います。でもクリスマスにはわたしとペックとキャットそれぞれに、箱いっぱいのおもちゃや本やお菓子《かし》をおくってくれます。メッセージカードは入っていないけど、きっとなんて書けばいいか思いつかないんだろうと思います。

お父さんがいなくなる前は、わたしは小さかったから、お母さんとどんなことをしたか、あまり覚えていません。でも頭の中の戸棚《とだな》にひとつだけとってある、とっておきのお菓子《かし》みたいな思い出があって、お母さんが病気になる前、二人でビーチで手をつないで笑いながら全速力で走ったことがあったなあって。ほんのひとときの思い出だし、ひょっとして空想を本当の出来事だったと信じこんでるんじゃないかなと、自分をうたがったこともあるんですけど、空想にしてははっきりと覚えてるんです。きっと、脳《のう》みそが大事にとっておいてくれたんだと思います。お母さんの手の感触《かんしょく》と、笑い声を思いだせるように。それっきり、お母さんと指をからめて手をつないだことは一度もないから。それに、お母さんはもう心から笑うことはないから。よくにっこりしているけど、あのころの歌っているみたいに大きな声で笑うのとはちがうから。

お父さんがいなくなってからは、家のことをできるだけ手伝うのと、秘密《ひみつ》がばれないようにするのが、わたしの義務《ぎむ》になりました。秘密《ひみつ》というのは、お母さんの状態《じょうたい》をだれにも知られないようにすることです。何週間か前までは、そんなに難《むずか》しいことじゃありませんでした。お母さんは自分のことは自分でできたし、大変ではあるけど歩きまわることもできたから。わたしはお母さんが薬を飲み忘《わす》れていないか確認《かくにん》して、手に力が入らないお母さんのために瓶《びん》のふたを開ければいいだけでした。夕飯を作ることもありました。一度、オーブンで鶏《とり》の丸焼きを作ろうとしたんですけど、火が出ちゃって、それからはパックで売ってる料理しやすいのしか買わないと決めました。お母さんの好きな料理は、魚フライのサンドイッチとチキン味のヌードルで、どちらも手づくりできるパックが売ってるから簡単《かんたん》に作れます。お母さんは前はなんでも一人でできたけど、今は手伝いが必要です。お母さんが食べるものは小さく刻《きざ》んだり、お茶の入ったコップを口元まで持っていってあげたり、階段《かいだん》ののぼりおりの手伝い……。手がふるえてお茶をこぼしたり、階段《かいだん》で転んだりするから。

　お母さんが『サンシャイン・デイ』と呼《よ》ぶ日もありました。太陽の熱で骨《ほね》が温まって、痛《いた》みがやわらぐ日。そんな日は、心配せずに学校に行けるんです。帰ってくると、お母さんは一階にいて、お茶をいれてくれます。わたしたちをすごく愛してるって、いつも言ってくれますけど、サンシャイン・デイには言うだけじゃなくてクチュしてくれるんです。クチュっていうのはウェールズの言葉で、ぎゅっと抱《だ》きしめることです。

　でもほとんどの日は、サンシャイン・デイじゃありません。最近は特に。ドンヨリ・デイもあって、そんな日は、お母さんはあまり動けなくて自分を責《せ》めてどんよりするんです。わたしは学校から帰ったらすぐに、家のことを何もかもやりはじめて、空いた時間はずっとお母さんのそばに付き添《そ》います。ペックとキャットも付き添《そ》おうとするんですけど、ときどきたいくつして、はなれたところで遊んでます。今はもう、わたしが手伝わなくても、いろんなことを自分たちでできるようになったので、ずいぶん楽になりました。小さいころは、お母さんの骨《ほね》が痛《いた》まないように、二人が近づかないようにするのが大変で。

　一番悪いのはナイトメア・デイ。痛《いた》みがひどくて、お母さんもわたしたちも、ずっと悪《あく》夢《む》の中にいるみたいな気分になります。息をするのさえ痛《いた》いらしくて、目をぎゅっとつぶって痛《いた》みをこらえるけど、がまんできなくてさけぶこともあります。お母さんに一度、それってどんな感じ?ってきいたら、するどくて熱いかぎづめのあるおそろしいモンスターが、体の骨《ほね》一本一本を、顔の小さな骨《ほね》までねじってしめあげて、体が粉々《こなごな》にくだけそうになっても決してやめない、そんな感じだと言ってました。その痛《いた》みがつづいている間は、次の一分一秒をどう生き抜《ぬ》こうかということで頭がいっぱいだって。薬もきかないときがあるんです。そのかぎづめをお母さんから引きはがせるなら、なんだってしてます。何もできないのが一番つらいです。わたしにできるのは、ナイトメア・デイにはキャットとペックをお母さんに近づかないようにさせて、静かにさせることだけ。お母さんのそんな姿《すがた》は見ないほうがいいから。わたしでさえこわいんだから、あの子たちはもっとこわがるはず。

ナイトメア・デイがどんな感じなのか、お母さんにきいてからは、その日が来たら必ず学校を休むようになりました。お母さんがうそをついている日もです。お母さんはわたしが休まないように、痛《いた》くないふりをすることがあるんです。でもわたしほど演技《えんぎ》がうまくないから、痛《いた》いんだなとわかります。わたし、キャットとペックだけは、なんとか幼稚園《ようちえん》に行かせようとするんです。でもすごく大変な日は頭の中がぐちゃぐちゃで、二人をおくっていけなくて休ませることになってしまって。二人とも、休むのは気にしないことが多いんですけど、楽しみにしてる活動があったり、たまたま誕生日《たんじょうび》でカップケーキが出る日だったりしたときはがっかりして……。でもそれも、お母さんがひどく痛《いた》がる様子を見ていたら、頭からふきとんで……。

あっ、ちょっと待ってください！　学校を休んでるからって、刑務所《けいむしょ》に入れられたりしないですよね？　それに、子どもに自分の世話をさせてるからって、お母さんを罰《ばっ》したりしないでください！　それはだいじょうぶですか？」

家族の事情《じじょう》を話しすぎたかも……。不意にこわくなって、そうきいたけど、巡査《じゅんさ》部長は目をうるませて首を横にふった。

「いいえ、オードリー。深刻《しんこく》なご病気のお母様のお世話をするあなたを罰《ばっ》しようとする人なんて、だれもいませんよ。そのような状況《じょうきょう》にどう対処《たいしょ》するかを決めるのは学校の役目ですが、手助けしようとするはずです。心配する必要はありませんよ」

わたしはほっとして、郵便袋《ゆうびんぶくろ》をにぎる手を少しゆるめた。あんまり強くにぎりしめていたから、手が赤く痛《いた》くなってきた。

「ええと、手助けならしてもらってます、主治医のアデオラ先生に。週に一回、お母さんの病状《びょうじょう》に問題がないか見にきて、薬の確認《かくにん》をしてくれるんです。お母さん、先生の前ではすごく強がるんです。あの人たちに、わたしたち子どもを連れ去られたくないからだと思います。だから先生が来るときは、わたし、家の中をうんときれいに掃除《そうじ》して整理整頓《せいとん》しておくんです」

ジョージーさんが、わたしの腕《うで》にそっと手を置いてきいた。

「あの人たち、というのはだれのこと？」

「ソーシャルワーカーです。こっそり監視《かんし》して、何か悪いことをしたらつかまえて、家族から引きはなそうとするんです」

わたしは意外な気持ちで答えた。警察《けいさつ》ではたらく人なら、だれでもあの人たちのことを知ってるんじゃないの？

巡査《じゅんさ》部長がきいた。

「ソーシャルワーカーの方々が、あなたの家族を監視《かんし》していると思うのはどうしてですか？」

「前に、お母さんが見ていたテレビ番組に出てきたんです。カーテンの後ろから、ある家族をこっそり双眼鏡《そうがんきょう》と望遠鏡で見張《みは》ってました。向かいの赤いドアの家の人たちと同じように」わたしは前のめりになり、巡査部長《じゅんさ》に目を見開いた。「その家族はお金を盗《ぬす》んだり、人をだましたりしていたから、しっぽをつかんでつかまえようとしていたんです。つかまえたあとは、お母さんとお父さんを刑務所《けいむしょ》に入れていました。向かいの家にいる人は、わたしたちのことも、そんな家族だと思ってるんでしょう。ちがうのに。お母さんは悪いことなんて一度もしたことがありません。犯罪者《はんざいしゃ》じゃありません」

わたしはふと、だまりこんだ。もしわたしに勇気があれば、お母さんは犯罪者《はんざいしゃ》じゃないけど、自分はそうだと言葉にしただろう。あの人たちがつかまえようとしている原因《げんいん》は、全部わたしがしでかしたこと。家族がバラバラになるとしたら、その原因《げんいん》はわたし。でも言葉が出てこない。まだ勇気がない。

巡査《じゅんさ》部長はメモに下線を引くと、顔をあげてわたしを見た。

「アデオラ医師《いし》のほかに、お母様の状況《じょうきょう》を知っている人はいますか？」

わたしが首を横にふると、ジョージーさんがきいた。

「学校の人もだれも知らないの？」

わたしはまた首をふった。

「担任《たんにん》のリー先生は、お母さんが学校にわたしたちをおくっていけないことも、保護者会《ほごしゃかい》に来られないことも知ってます。学年主任《しゅにん》のガルシア先生も。でも理由は、仕事が忙《いそが》しいからだと伝えていて、日記にもそう書いています。お母さんはすごく責任《せきにん》の大きい仕事をしているんだって。本当のことを知っているのはアデオラ先生だけですけど、先生はぜったいにソーシャルワーカーに通報《つうほう》したりしません。一度、きいてみたんです。そしたら、守秘義務《しゅひぎむ》とかいうのがあって、わたしたちのことを話してはいけないんだと言ってました。命の危険《きけん》があるときは別ですけど。ナイトメア・デイがあるのを知っているのも、家族のほかはアデオラ先生だけです。ナイトメア・デイが来たら、わたしは看護師《かんごし》にもコックにもならなくちゃいけないし、掃除《そうじ》に買い物、ごみ出し、薬のチェック、お金の引き出し、キャットとペックをお風呂《ふろ》に入れたり絵本の読みきかせ、それにお茶を入れたり、支払《しはら》いをしたり……」

そしてときどき犯罪《はんざい》も……どうしようもなくなったときだけ。――心でそうつぶやいた。

「でも一番大事な義務《ぎむ》は、家族のボディガードをして家を守ること。だれにも、お母さんをわたしたちから引きはなしたりはさせません。だからここ、ロンドンまでやってきたんです。向かいの家にだれがひそんでいるのか、どうしてかくれて双眼鏡《そうがんきょう》で監視《かんし》しているのか、あの光はなんなのか突《つ》き止めなくちゃいけないのも、それが理由です」

巡査《じゅんさ》部長は身をのりだしてきいた。

「光？」

わたしはうなずいた。

「二階の窓《まど》に、不審《ふしん》な白い光が見えたことがあるんです。お母さんの部屋の真向かいでした。初めて見たのは、カヴィとイナラがカーディフの強盗団《ごうとうだん》のことで言いあっていた日の何日かあとでした。いつものように夜勤《やきん》……つまり夜の見張《みは》りをしていたら、見えたんです。ピカッと三回光って、また真っ暗になりました。そのことはだれにも言いませんでした。すごくこわかったから。それから週末までずっと見張《みは》ってましたけど、もう光は見えませんでした。日曜になるころには、すっかり疲《つか》れていて、夜通し見張《みは》りをつづけるのは無理になっていたので、お母さんの横ですわっていました。最初のアイデアが浮《う》かんだのは、その夜です。

お母さんが同じ映画《えいが》を何度も見るのが好きだってことは、さっき話しましたよね？」

巡査《じゅんさ》部長とジョージーさんはうなずいた。

「でも、回数は言ってませんでしたね。お気に入りの映画《えいが》はどれも三〇〇回は見てると思います。てことは、わたしも三〇〇回見てるんです。見たことのある映画《えいが》をお母さんが再《さい》生《せい》しはじめたら、わたしは脳《のう》のスイッチをオフにして、見てるふりをしながら別のことを考えてます。その夜……光に気づいてから何日かあと、お母さんに付き添《そ》っていたら、こう言われました。

『昔の映画《えいが》を見よう。あなたの映画《えいが》はどう？』

つまり、わたしと同じ名前のオードリーが出てくる映画《えいが》のことです。わたしはお気に入りの映画《えいが》を選びました。『シャレード』は見たことありますか？」

巡査《じゅんさ》部長は眉間《みけん》にしわを寄《よ》せ、ジョージーさんは首を横にふった。

「えっ、最高におもしろい映画《えいが》ですよ！　あっとおどろく結末なんです。何度見ても飽《あ》きないくらい大好きです。その映画《えいが》の再生《さいせい》をはじめると、わたしはお母さんが痛《いた》くないようにそっとクチュして、いっしょに見はじめました。

でも、きっと疲《つか》れてたんでしょうね。いつの間にかまぶたが重くなって、頭の中がぼんやりと暗くなってきました。眠《ねむ》りそうになったとき、お母さんが急に笑いました。

『あはは！　目と鼻の先なのに気づかないなんて！』

その声で目が覚めてテレビを見ると、スパイがオードリーのバッグをさかさまにして、中から封筒《ふうとう》が落ちるシーンでした。

それで、最初のアイデアがふってきたんです。まるで、わたしの脳《のう》みそもゆさぶられて、向かいの家を夜通し見張《みは》るのはばかげてると気づいたみたいに。わたしがやるべきなのは、映画《えいが》のオードリーみたいにいろんなことを、特に人を観察して手がかりを探《さが》すことだと気づいたんです。映画《えいが》の登場人物たちは歩く証拠《しょうこ》みたいなもので、つまりパズルのピースで、オードリーは全てのピースを組みあわせて真実を突《つ》き止めなくちゃいけないんです。うちの通りに住んでいる人たちの中に、向かいの家のスパイについて何か知っている人がいるはずです。

それで、はっと思いつきました。何か知っているなら、あの人だって。どうしてすぐに思いつかなかったのか不思議なくらい！　わたしは大きなサングラスをかけて、朝まで待つことにしました。うまくいけば、あの家のカーテンのかげにいる幽霊《ゆうれい》はだれなのか、光をはなってくるスパイはだれなのか、すぐにわかるはずです」

3 二回ノックする郵便《ゆうびん》配達員

「あなたの家に郵便《ゆうびん》配達に来る人は、いい人ですか？」

わたしがきくと、アニタ巡査《じゅんさ》部長はほほえんで答えた。

「どうでしょう。一度も会ったことがないですね」

「えっ、一度も？」

わたしはびっくりして、巡査《じゅんさ》部長を気の毒に思った。

「わたしは勤務《きんむ》時間がとても長いので、配達に来てくださったときに、いあわせたことがないんです」

「あなたもですか？」

巡査《じゅんさ》部長はそう答え、わたしはジョージーさんにきいた。

ジョージーさんはあごをトンとたたいてから答えた。その瞬間《しゅんかん》、指輪のむらさきの石が、きらりと光った。

「どの方にもお会いしたことがありますよ。わたしが住んでいる地域《ちいき》では、担当《たんとう》の方がよくかわるんです。みなさん、感じがいいですよ」

「いいですね。郵便《ゆうびん》配達の人たちって、特別だと思うんです。うちに来てくれる配達員さんを見ていると、そう思います。月曜から日曜まで休みなく、きっかり朝八時一五分にドアをノックするんです。うちの玄関《げんかん》はベルがこわれていて、なおし方がわからないからノックしてもらってます。時間に正確《せいかく》だし、いつも一回目のノックをしてからきっかり二秒後に二回目のノックをするから、配達員さんだとわかります。ノックの音が大きいから、こごえるほど冷たいお風呂《ふろ》に家が丸ごと浸《つ》かったみたいに、ぶるぶるっとふるえるんです。

それに、うちのドアをノックする人はほかにいないし。三軒《げん》先のクリステラさんが、クリスマスにカードを届《とど》けにきてくれることがありますけど、秘密《ひみつ》のコードを伝えるみたいに、タッタタータッタッって、変わったリズムでノックするんです。そっとノックするから、わたしたちが気づくまでに三、四回はノックしてるみたいです。人によってノックの仕方がちがうから、おもしろいなあと思います。指紋《しもん》みたい。わたしは大きく二回ノックしてから待ちます。イナラは大きく一回。カヴィはドアが開くまで。開いてからもノックしつづけてることもあります。ほかの人のノックをまねしても、やっぱり音がちがいます。それぞれの手が、その人らしい音を出しているのかもしれません。わたしの将来《しょうらい》の夢《ゆめ》がお医者さんじゃなかったら、その謎《なぞ》を解明《かいめい》するために科学者を目指したでしょうね。

うちに来てくれる配達員さんは、わたしが物心ついたころからずっとモーさんで、毎朝、わたしがドアを開けると『おはよう、リトルマダム！　モーだよ！』って言うんです。もう三〇〇万回は会ってるのに、まるで初対面みたいに。

モーさんは、わたしがお母さんの次に好きな大人です。いつもにこにこしているし、あんなに顔いっぱいで笑う人、見たことがありません。まるで真っ白な歯をいっぺんに見せようとしてるみたいに。目元はしわが深くて、涙袋《なみだぶくろ》はカシューナッツみたいです。雨や雪の日でもにこにこしていて、暑い日には顔がとけそうに見えます。笑顔《えがお》が消えるのは、ラムリーさんのイヌから逃《に》げるときだけ。ラムリーさんの家は通り向かいの数軒《すうけん》先で、そこのイヌは人を追いかけるのが大好きなんです。モーさんはさよならするとき、わたしに向かって帽子《ぼうし》をちょっとかたむけるんですけど、その仕草も好きです。ちっぽけな自分が、特別で重要な存在《そんざい》になったみたいな気がするから。

モーさんの一番好きなところは、週に一、二回、新しい切手をくれることです。わたし、切手が大好きで集めてて。チョコレートや、友だちが学校で『ためしにどう？』ってくれるグミとかより好きで。山盛《やまも》りのお菓子《かし》をもらったとしても、新しい切手を一枚《まい》見つけたときの気持ちにはかなわないと思います。特に、封筒《ふうとう》のすみで切手がわたしにウインクしてるのを見つけたときの気持ちには。その気持ちを表す言葉って、あるのかな？　たぶん、まだ発明されてないと思います。サッカーのワールドカップで決勝ゴールが決まったときに、スタジアムじゅうからあがる歓声《かんせい》、あれが自分の中でわきあがる感じで。

切手を集めはじめたのは何歳《なんさい》のときだったのか、覚えていません。七歳《さい》の誕生日《たんじょうび》になるころには、封筒《ふうとう》いっぱいに集まっていました。まだ元気だったころ、お母さんはめずらしい切手やおもしろい切手、特にウェールズ以外で発行されたものがあったらゆずってほしいって、友だちみんなにたのんでくれていました。おじいちゃんとおばあちゃんが生きていたころは、地球の反対側のニュージーランドに住んでいたので、クリスマスやわたしの誕生日《たんじょうび》には、手紙にくっついて切手がはるばるうちの玄関《げんかん》までやってくるのがお決まりでした。そんなに遠くから旅してくるなんて、魔法《まほう》みたいですよね！　毎回、ちがう切手でした。切手のそういうところが好きなんです。色や絵柄《えがら》、それに形までしょっちゅう変わるから。それぞれの切手が映画《えいが》の新しいシーンみたいに次々にあらわれて、終わりのない物語を見せてくれるみたいに。デザインがちがえばちがうほど、集めるのが楽しいです。七歳《さい》のときには封筒《ふうとう》いっぱいだった切手が、モーさんのおかげで今では靴《くつ》の空き箱いっぱいにまで増《ふ》えました。それを知っているのもモーさんだけです。昨日まで、お母さんやカヴィ、イナラさえ知りませんでした。キャットとペックには、見つかると汚《よご》しちゃうかもしれないから、ずっとかくしてました。

どうしてモーさんにしか知られたくなかったのかというと、ダサいって言われたり笑われたりしそうだから。かっこいい切手収集家《しゅうしゅうか》なんて、きいたことないですよね？　じゃあモーさんは切手収集家《しゅうしゅうか》をかっこいいと思っているのかといえば、わからないですけど、たぶん思ってるはずです。ウインクして『しっかりとっておくんだよ、オードリー！　その切手を手ばなそうとする収集家《しゅうしゅうか》なんて、だれもいないよ！』って言うことがあるので。それに、わたしがどの切手を持っているかをモーさんは知っているから、持っていない切手を見つけてきたときはうれしそうなんです。モーさんのおかげで、世界じゅうの切手を二〇〇枚《まい》以上も鑑賞《かんしょう》できるようになりました。自分だけの美術館《びじゅつかん》みたいに。靴《くつ》の空き箱におさまるくらい小さな美術館《びじゅつかん》だけど。

どの日に切手をくれるかはわからないから、ノックがきこえるといつもわくわくします。

その時間は、キャットとペックが幼稚園《ようちえん》に持っていくバッグを用意したり、お母さんが薬を飲んだか確認《かくにん》したりするのに忙《いそが》しいから、玄関《げんかん》まで駆《か》けていきます。でも『シャレード』を見てとびきりのアイデアを思いついた次の日の朝は、うんと早起きして家事を終わらせて、お母さんのサングラスも探《さが》しだしてかけました。オードリーはいろんな映画《えいが》で大きなサングラスをかけていて、ミステリアスでかっこいいから、まねしたかったんです。

わたしは準備万端《じゅんびばんたん》で、モーさんが二度目のノックをする間もなくドアを開けました。モーさんはいつものように『おはよう、リトルマダム！　モーだよ！　今日はこれを届《とど》けに来たんだ』と言って、わたしはサングラスごしにモーさんが薄《うす》い封筒《ふうとう》と半額《はんがく》ピザのチラシをとりだすのを見つめていました。ほとんどの日はチラシだけだから、モーさんに『もらっても資源《しげん》ごみに出すだけだから、いらない』って言ったことがあるんですけど、やっぱり届《とど》けるんです。それに必ず、郵便《ゆうびん》受けに入れずにノックして届《とど》けます。

わたしは『ありがとう』と受けとって、モーさんが毎朝欠かさずする質問《しつもん》を待ちました。『それで、みんなだいじょうぶかな？』モーさんはお決まりの質問《しつもん》のあと、サングラスに気づきました。『今日は日ざしが強いかな？』

そして後ろをふりかえり、曇《くも》り空を見あげました。

『おしゃれで、かけてみたの』

わたしが言うと、モーさんは『ああ！』と真顔でうなずきました。

『なるほどね、リトルマダム。……あ、リトルマダムがもう一人』

キャットがちょうど階段《かいだん》を駆《か》けおりてきて、モーさんにいきおいよく抱《だ》きつきました。

『おはよう、元気かな？』

モーさんにきかれ、キャットはうなずいて答えました。

『今日はピーナッツバターサンド食べたの。オードイーが作ってくれたの！』

『いいね』モーさんは、キャットがわたしの名前をうまく言えていないのには気づかないふりをしました。いつもそうなんです。そこもいいところ。『ピーナッツバターは骨《ほね》を強くしてくれるんだよ』

キャットは、うれしそうにとびはねてききました。

『フラミンゴとかライオンみたいに？』

『そうそう』

モーさんはおひさまみたいな笑顔《えがお》で言いました。

『じゃあ、もっといっぱい食べる！』

キャットはそう言うと、お母さんとペックにも伝えようと階段《かいだん》を駆《か》けあがっていきました。モーさんはニッと笑うと真顔にもどって言いました。

『今日はあげられる切手がないんだけど、通り向かいのナヤーさんのところに、ブラジルにいるお嬢《じょう》さんからもうすぐ小包が届《とど》く予定なんだ。そのときに切手をいただくことになっているから、持ってくるね』

ブラジルの切手なんて一枚《まい》も持っていないので、わたしは大喜《おおよろこ》びで『ありがとう、モーさん！』と言いました。モーさんが帽《ぼう》子《し》をちょっとかたむけようと手を持ちあげたとき、その両目はわたしの後ろの家の中をさまよいました。帰り際《ぎわ》はいつもそうです。ふたつの防犯《ぼうはん》カメラが、何も異常《いじょう》がないか確《たし》かめるみたいに。

わたしは、はっとして言いました。

『あっ、そうだ！　ちょっと……きいてもいい？』

そして、映画《えいが》のオードリーそっくりに背《せ》すじをのばし、ドキドキを少しもさとられないようにしました。体の中でたくさんのミミズがくねくねはいまわってるみたいに緊張《きんちょう》しているときに、いつも通りのなんてことない顔をするのはむずかしいですよね？　サングラスをかけていてよかったと思いました。おかげでモーさんには顔の半分しか見えないから、目をのぞきこまれて見破《みやぶ》られる心配がありません。

『なんでもきいて、リトルマダム』

モーさんの手は帽子《ぼうし》に届《とど》かないまま、下におりました。

『あの……ちょっと気になってて……向かいの家にだれが住んでるか、知ってる？』

モーさんは外をふりかえってききました。

『どの家？』

『赤いドアの……ドアナンバー42』

わたしはまっすぐ指さしました。

『ああ』

モーさんは、とまどったようにまゆをひそめました。

『だれが住んでるか、知ってるかなと思って。名前とか、何をやっている人かとか……』

『どうして気になるの？』

どう答えようかと考える間もなく、口からうそがすべりでました。

『引っ越《こ》してきた人たちに、あいさつしたくて。ご近所の輪に入れたいし』

緊張《きんちょう》をおさえようと、封筒《ふうとう》とピザのチラシをぎゅっとにぎりしめました。モーさんはうたがいもせず言いました。

『ああ、それはいいね。でも、よく知らないんだよ。まだ一度もお会いしたことがなくて』

『えっ、そうなの？』がっかりしました。会ったことがありそうなのはモーさんだけなのに。『じゃあ、名前は？　封筒《ふうとう》に書いてあるんじゃない？』

それは知ってるはず。配達するときに名前も住所も見ているはずだから。

でもモーさんはわたしを見つめ、ゆっくりと片《かた》まゆをあげるだけでした。わたしは、なんとなくきいただけだという雰囲気《ふんいき》を作ろうとしました。もしわたしが映画《えいが》のオードリーだったら、颯爽《さっそう》と立ち去って、全然気にしてない演技《えんぎ》ができたでしょうね。でもわたしは、お母さんのサングラスを押《お》しあげてみせるのが精《せい》いっぱいでした。映画《えいが》で俳優《はいゆう》さんがそんなふうにしているのを見たことがあるから。

モーさんはやっと口を開きました。

『うん、たしかにお名前は知ってるよ。じゃなきゃ配達できないからね。でも個人情報《こじんじょうほう》だから、教えたら守秘義務違反《しゅひぎむいはん》になるんだよ』

『えっ？　わたしに名前を教えるのはダメって法律《ほうりつ》があるの？』

　モーさんは笑ってうなずくと、説明してくれました。郵便局《ゆうびんきょく》の人たちには、守らなければいけない法律《ほうりつ》がたくさんあって、中には何百年も前から変わってない法律《ほうりつ》まであるそうなんです！　警察《けいさつ》と同じような感じかな。郵便局《ゆうびんきょく》の人たちが警察《けいさつ》の人たちと同じように制《せい》服《ふく》を着てるのは、いろんな法律《ほうりつ》を守ってるっていう共通点があるからですか？」

　巡査《じゅんさ》部長はほほえんで答えた。

「そうかもしれませんね。法律《ほうりつ》がたくさんあるのは同じです。モーさんが名前を教えなかったのは、正しいことですよ」

「そうですよね。モーさんも言ってました。『国民はだれ一人、郵便《ゆうびん》にまつわる法律《ほうりつ》にそむいてはいけないんだよ、リトルマダム。特に郵便局《ゆうびんきょく》ではたらく人間はね』って。びっくりしたし、がっかりしました。モーさんは帽子《ぼうし》を後ろにずらして、小声で言いました。

『でもオードリーが自分であの家に行って、ノックしたり……郵便《ゆうびん》受けに手紙を入れたりするのは問題ないよね？　もしきちんとした手段《しゅだん》で手紙を届《とど》けたければ、ぼくが配達するのも問題ない』

　それで、そのあと学校に行くと、カヴィとイナラにモーさんと話した内容《ないよう》を伝えました。

イナラは、ドアをノックしてどんな住人なのか直接《ちょくせつ》たしかめるのは、いい方法だと思うと言いました。でもカヴィは大反対でした。

『中に強盗《ごうとう》や殺人鬼《さつじんき》がいるかもしれないのに？　〝クライムウォッチ［未解決事件《みかいけつじけん》の再現《さいげん》ドラマのあとに情報提供《じょうほうていきょう》を求めるテレビ番組］〟見たことないの？　どうかしてるよ、めちゃくちゃ危険《きけん》じゃないか、知らない人の家をノックするなんて。しかも夜に。殺人鬼《さつじんき》が杖《つえ》でぶってきて、真っ暗だから見えなかったなんて、しらばっくれてきたら？』

わたしは『夜に行ったりなんかしないよ』と言い返しました。イナラも言いました。

『戦地のどまんなかにある家まで行くわけじゃないし。すぐ向かいの家だよ？　それにウェールズに殺人鬼《さつじんき》はいないよ。いるのはイングランドって決まってる』

でもわたしは、カヴィの言っていることは半分正しいと思いました。だれが住んでいるのかだれも知らないんだから、気をつけなくちゃいけません。だからわたしは言いあいをしている二人の間に割《わ》りこんで、『放課後、うちに来てくれない？　三人でノックしに行こう』と言いました。

するとイナラはびっくりして言いました。

『えっ、オードリーの家に行っていいの？　そんなの初めて！』

そういえば、それまで二人に、どの通りに住んでいるのかさえ教えていなかったんです。家まで連れていったことも、もちろんありませんでした。だから言いました。

『うん、でも向かいの家にノックしに行くだけだよ。うちの中には入れないから。お母さんはすごく忙《いそが》しいから、だれも家に呼《よ》べないんだ。……ほら、仕事があるから』

二人がすんなりうなずいたから、すごくほっとしました。大人になって、お金をかせげるようになったら、インテリアを素敵《すてき》にととのえて、友だちを呼《よ》んでお泊《とま》り会もしたいです。お泊《とま》り会を開くのが、ずっと夢《ゆめ》なんです。でも今はまだ呼《よ》べません。

カヴィが、卵《たまご》を産もうとするニワトリみたいに胸《むね》をはって、『ぼくが二人を守るよ』と言ったので、わたしもイナラもふきだしました。これ、カヴィに言わないでほしいんですけど――警察《けいさつ》の人だから口はかたいですよね――カヴィは去年のハロウィンのとき、自分の影《かげ》におどろいて悲鳴をあげたんですよ。守る側というより、守られる側で。笑いが止まらなかったんですけど、そのときヌタンが――あ、となりのクラスの子で、足がすごくはやくてスポーツが大好きなんですけど――やってきて言ったんです。

『やあ、オードリー、イナラ、カヴィ！　いっしょにフットベースボールやらない？』

三人ともフットベースボールが大好きだから、うなずきました」

すると巡査《じゅんさ》部長がメモをとる手を止めて、きいた。

「ちょっといいですか、オードリー？　フットベースボールって？」

「ああ、うっかりしてました。アニタさんは年とっ……えっと、年上ですもんね！」

思わず顔が赤くなった。巡査《じゅんさ》部長とジョージーさんがニッと笑ったから、「年とってる」と言おうとしたのはバレたんだな。

わたしはかんたんに説明した。

「えっと……野球とサッカーを合体させたみたいな遊びで。ベースをまわったり、ホームランをねらったりするんですけど、使うのは野球ボールやバットじゃなくて、サッカーボールなんです。ヌタンは自分が発明した遊びだって言うんですけど、風船ガムも発明したって言ってるから、だれも信じていません。赤ちゃんのときに、よだれを吹《ふ》いて風船ができたのがきっかけで発明したとかなんとか」

巡査《じゅんさ》部長は「そうですねえ」とあいづちを打った。

「ヌタンが誘《さそ》ってくれてよかったです。わたし、エネルギーがありあまってて、ボールを二〇回は蹴《け》って、ベースを一五個《こ》はまわれそうだったから。みんながボールを蹴《け》ったり声をかけあったりしているのを見ながら自分の順番を待つ間、考えていました。赤いドアの向こうで、だれがわたしたちを待っているんだろう？って。わたしやお母さんのことを何も知らないし、気にもしていない強盗団《ごうとうだん》かな？　ときどきさわがしくなったかと思えば物音ひとつ立てない、ただの秘密主義《ひみつしゅぎ》の人なのかな？　それとも、わたしの一挙手一投足に目を光らせて、お母さんから引きはなそうとするあの人たちなのかな？って。きっとその人たちだという予感がしました。だって、強盗《ごうとう》や秘密主義《ひみつしゅぎ》の人だったら、たまには外に出たり、車で買い物に行ったりはするはずだから。でも訓練を積んだスパイは別。どこにも出かけない……。

そのとき、ヌタンに『オードリーの番だよ！』と言われてはっとして、ホームベースに移動《いどう》しました。ちゃんとしたベースじゃなくて、ヤコブのリュックサックですけど。ヌタンはむらさきのボールを、わたしに向かって思い切り蹴《け》りました。

わたしは力いっぱい蹴《け》りかえして、足の感覚がなくなるくらい全速力で走りました。たぶん、鳥も飛び立つ直前にはそんな感覚になるんじゃないかな。そしてアウトぎりぎりのタイミングで三つ目のリュックサックベースにたどり着くと、次の番のラリーがホームベースに立ちました。でも、わたしはあんまりよくラリーを見ていませんでした。見ているふりをしていただけ。だって校庭もボールもみんなのことも、ろくに目に入っていなかったから。わたしたちがノックしに来るのを待ちかまえている赤いドアと、その背後《はいご》にいそうな人物のいろんなパターンの人相《にんそう》が頭の中をぐるぐるまわっていたんです」

❹ ニンジャボトルで置き手紙

「その日にノックしたんですか？」

アニタ巡査《じゅんさ》部長が興味津々《きょうみしんしん》の顔できいてきて、わたしはうなずいた。

「何度も何度もノックしました！　ドアベルも鳴らしたんですけど、だれも出てきませんでした。カヴィなんて、つま先立ちになって窓《まど》に顔を押《お》しつけてのぞこうとまでしたんですけど、見えたのはガラスに映《うつ》る自分の顔だけだったって。で、『寝《ね》てるのかも。もう行こうよ』って何度も帰ろうとするんです。

ノックやベルの回数を数えていたイナラが言いました。

『もうベルは一七回鳴らして、四三回ノックしたよ。そろそろやめないとベルがこわれる』

だから手を止めて、成果はあったかなと窓《まど》を見あげました。でもいつもと同じで、物音ひとつしないまま。まるで家そのものが、わたしたちに怒《おこ》って腕組《うでぐ》みしているみたいでした」

ジョージーさんがきいた。

「そのときキャットとペックはどこにいたの？」

「いっしょにいました。キャットはイナラの腕《うで》を引っぱっていました。またベルを押《お》したいから、かかえあげてもらいたくて。ペックはカヴィの背中《せなか》にのって、ラクダのりごっこをしていました。キャットもペックもわがまま放題だったんですけど、きっとイナラとカヴィが来たからはしゃいじゃったんだと思います。

わたしがもう一度ベルを鳴らそうとしたとき、声がしました。

『おい！　きみたち、そこで何してるんだ？』

みんな、びっくりして飛びあがりました。声をかけてきたのは三軒《げん》となりのルウェリンさんでした。門のところに立って、カンカンに怒《おこ》ったような顔でわたしたちを見ていました。ルウェリンさんは通りの有名人なんですけど、理由はふたつあって、ひとつ目は自分の家のごみ箱に入りきらないごみ袋《ぶくろ》を、よその家のごみ箱に入れること。ふたつ目は、工務《こうむ》用の白いワゴン車を、どんなにせまい駐車《ちゅうしゃ》スペースにでもとめられること。お母さんが言うには、昔からこの通りに住んでいて、ウェールズじゅうの家の半分はルウェリンさんが修理《しゅうり》してきたそうです。たしかに、見た目でわかります。顔は、たくさんの人がイニシャルを刻《きざ》みつけた古いカシの幹《みき》みたいで、つめはいつも汚《よご》れてて粉《こな》っぽくて、ペンキがあちこちついたダークブルーの作業服姿《すがた》しか見たことないから。

最初に口を開いたのはイナラでした。

『引っ越《こ》してきた人に、あいさつしに来ただけです』

『わたし、あの家に住んでます』

わたしはそう言って、自分の家の青いドアを指さしました。ルウェリンさんはわたしの顔を覚えていないかもしれないので。するとカヴィとイナラも青いドアのほうをふりむいたから、そっか、二人はわたしの家をまだ知らなかったな、と思いました。

『三人があの家に住んでいるのは知ってるよ。だが、その二人は？』

ルウェリンさんはカヴィとイナラを指さしました。

『友だちです』とわたしが答えると、イナラが『親友です』と言いなおしました。

ルウェリンさんはうなずいて何か言おうと口を開いたんですけど、その言葉が出る前に、わたし、気づいたんです。次の歩く証拠《しょうこ》はこの人だって。ルウェリンさんの家の裏庭《うらにわ》は、ドアナンバー42の裏庭《うらにわ》から三軒《げん》分はなれているだけ。てことは、全てを目撃《もくげき》しているはず。わたしたちの通りは丘《おか》の上にあるから、どの庭も細長くてかたむいてるし、柵《さく》は低いから一〇軒《けん》以上先の庭まで見わたせるんです。

だから、ききました。

『ルウェリンさん、この家の人を見たことがありますか？　裏庭《うらにわ》に出ている姿《すがた》とか』

〝裏庭《うらにわ》〟のところで、目を大きく見開いてみせました。ドラマに出てくる探偵《たんてい》は、重要な質問《しつもん》をするときに目を細めたり見開いたりするから。

『まったくないな。裏庭《うらにわ》を使っている様子もない。まあ、おどろくことじゃないが。たいていの人間は、隣近所《となりきんじょ》とかかわりたくないもんだ。だから、もう行きなさい。そっとしておくんだ。それと……その子、やめさせたほうがいいぞ』

ルウェリンさんは、わたしの後ろをあごで指しました。キャットが草をむしって、『こんにちは、モンスター！　これ食べて！』と言いながら玄関《げんかん》ドアの郵便《ゆうびん》受けにつっこもうとしていたんです。わたしはあわててキャットを引きはなして、みんなそろって門から出ました。

『そうそう、やっかいなことになるといけないからな！』

ルウェリンさんはそう言ってうなずくと、家に帰っていきました。

『なんか、意味なかったね』

そう言うイナラに、カヴィも『うん』と返してましたけど、わたしはそうは思いませんでした。パズルのピースがひとつ見つかったから。裏庭《うらにわ》を使っていないという事実。それでいっそう、あやしいと思うようになりました。その家の前の住人はパークスさんという人で、わざわざ日本からとり寄《よ》せた、小さな噴水《ふんすい》や本物の竹を庭に設置《せっち》したんです。スウォンジーじゅう探《さが》しても、庭にそんな素敵《すてき》なものがある家なんてひとつもないですよ！それなのに、新しい住人が裏庭《うらにわ》を使おうと思わないなんて考えられないです。そう言おうとしたら、カヴィがきいてきました。

『で、どうしよう？』

わたしは肩《かた》をすくめて、まただれか通りかかって情報《じょうほう》をききだせないかと見まわしました。でも通りに出ているのは、わたしたちだけでした。どうしようかと考えをめぐらせている最中に、キャットがわたしの腕《うで》を引っぱってきたから思わずどなりました。

『ちょっとおとなしくして、キャット！　考えてるとこなんだから！』

大失敗。だって、キャットの顔はみるみる完熟《かんじゅく》イチゴの色になって、口はトランペットに変身して大声で泣きだしたんです。

お母さんのいる寝室《しんしつ》にまできこえたらいけないと思って、『お願いだから静かにして。おやつの時間にチョコあげるから』と言ったら、ペックまでチョコ目当てで泣きだしました。だから『二人ともあげるから。今すぐ泣きやんだらね！』と言ったら効果《こうか》てきめん。キャットは片方《かたほう》の手を丸ごと口につっこんで、ペックは両手で口をおおいました。二人にチョコをあげるのは、そんなふうに特別な日だけなんです。

二人を手なずけるのを見て、イナラは言いました。

『賄賂《わいろ》かあ、やるじゃん！』

『最後の手段《しゅだん》だけどね』わたしはこのあとどうしようかと考えて、モーさんの言葉を思いだしました。『そうだ、置き手紙しとこうよ』

カヴィとイナラは『それしかないね』と言って、イナラがリュックサックからお気に入りのキリンの形のボールペンをとりだして、わたしは日記帳のページを一枚《まい》やぶりました。

『なんて書こう？』

わたしがきくと、カヴィが言いました。

『家に夕飯を食べにきませんかって誘《さそ》ったら？　いや、ちょっと待って！　だめだ、家の中を見せたら、全部盗《ぬす》みたくなるかも。だめだめ』
するとイナラが言いました。
『それと、オードリーが今まで見張《みは》ってたことや、強盗《ごうとう》かもしれないとうたがってること
も書いちゃだめだよ』
『キャットが草を押《お》しこもうとしてたこともね』
カヴィがたたみかけてきたので、わたしは思わず言いました。
『はいはい、わかったわかった！　書いちゃいけないことをメモするのに何ページもいる
ね！　何を書けばいいのかを考えてよ』
するとイナラが言いました。
『返事を書くしかないような質問《しつもん》を書けば？　そしたら、その返事から何か情報《じょうほう》が手に入
るかもしれない』
わたしたちは、あやしまれず、かつ相手が返事を書くしかないような質問《しつもん》は何だろう？
と考えました。あの人たちが、わたしたちをごくふつうの家族だと感じるように、ふつ
うっぽくてかしこい感じの質問《しつもん》にしなくちゃいけません。でも何も思いつきませんでした。
イナラとカヴィも思いつかないみたいで、口を開いて何か言うかと思えばそのまま閉《と》じて、

魚みたいにパクパクしているだけでした。

そのとき、キャットが助け舟《ぶね》を出しました。本人にそのつもりはなかったんですけど。後ろにとめてある車を、キャットが汚《よご》れた特大ペロペロキャンディみたいになめているのに気づいたんです。わたしがあわてて引きはなしてしかると、キャットは『おいしいんだもん！』と言って、今度はイナラをなめようとしたので、しかりました。

『なんにもなめちゃだめ。わかった？　特に車はだめ。汚《よご》れてるから！』

車はもともとは青だったみたいなんですけど、すごく汚《よご》れていて、どこもかしこも茶色と灰色《はいいろ》のまだらになっていました。それにその家と同じように、どんよりと悲しい感じのする見た目でした。

そのとき突然《とつぜん》、大きな熱いフライパンの中のポップコーンみたいに、脳《のう》みそがポンポン飛びはねはじめたんです。わたしはイナラのボールペンと日記帳のページをつかんで、書きました。

おとなりさんへ
無料で洗車《せんしゃ》しましょうか？　すごく汚《よご》れていますよね。友だちも手伝ってくれます。

わたしはオードリーです（向かいの青いドアの家に住んでいます）。

ご都合のいいときに、できるだけはやくお返事ください。


イナラは言いました。

『いいね！　大人って無料に弱いから』

カヴィも言いました。

『うん。うちのお母さんもいつも、ぼくに車を洗《あら》ってとか、中を掃除機《そうじき》かけてとか言うんだ。そのたびに、児童労働は違法《いほう》だって言い返してる』

わたしは、書いた紙をふたつに折り曲げて言いました。

『封筒《ふうとう》もあればよかったな。そしたら洗車《せんしゃ》のプロが出しそうな、ちゃんとした手紙に見えるのに』

『別の紙で封筒《ふうとう》を作る？』

イナラがそう言って、ちょうどいい紙がないかとリュックサックをのぞいたとき、カヴィが大声で言いました。

『ちょっと待って！　いいこと思いついた！』

そして、おんぶされてカヴィの両耳をつかんでいたペックの手をはなすと、背中《せなか》からおろして、リュックサックからお気に入りの『ティーンエイジ・ミュータント・ニンジャ・タートルズ』の透明《とうめい》なボトルをとりだしました。そしてちょっとだけ残っていた水をこぼして空にすると、中の水滴《すいてき》を袖《そで》でふいたので、外側にプリントしてあるバラバラなポーズのタートルたちの笑顔《えがお》も、もっとはっきり、かがやいて見えるようになりました。カヴィは言いました。

『ほら、ここに手紙を入れて』

『えっ、ボトルの中に？　どうして？』

ぴんときていないわたしにあきれたのか、カヴィは目をぐるりとまわしました。

『郵便《ゆうびん》受けの向こうにはもう、手紙がたくさんたまってるかもしれないでしょ？　だから、うもれないように目立たせないと。前にモーリシャス旅行から帰ってきたとき、玄関《げんかん》ドアの郵便《ゆうびん》受けの向こうに手紙がたまりすぎてて、お父さんがドアを力いっぱい押《お》さないと開かなかったんだよ。でも見るからにつまらなそうな封筒《ふうとう》ばっかりだったから、お父さん、開封《かいふう》しないいままずいぶん長くほったらかしてたな。手紙をボトルにつっこんで郵便《ゆうびん》受けから入れておけば、海賊《かいぞく》が船から投げ入れたみたいに見えるでしょ？　そんなの、開けずにはいられないよね』

あまりにさえてるアイデアだったから、イナラはびっくりして、まゆが飛びあがって顔からはみだしそうになりました！

『それいいね、カヴィ！』

イナラはカヴィの腕《うで》をぽんとたたくと、わたしの手から手紙をとって、くるくると巻《ま》いてボトルに入れました。

『こんなかっこいい手紙をもらった人なんて、今までだれもいないね！』

カヴィはわくわくした顔でそう言いましたけど、言ってすぐ、お気に入りのボトルを手ばなすはめになったんだと気づいたみたいでした。

『ありがとう、カヴィ。最高にかっこいい手紙になるね！』

わたしが言うと、カヴィはにこにこになりました。

『オードリーが郵便《ゆうびん》受けに入れて』イナラは鼻の横をこすりながら、ボトルを差しだしました。『ほら。オードリーのおかしなご近所さんなんだから』

わたしはうなずいて、みんなが庭に飾《かざ》られたノーム人形の一家みたいに、じっと見つめる中、赤いドアに駆《か》け寄《よ》り、ニンジャ・タートルズの緑色の顔がならぶボトルを、金色の郵便《ゆうびん》受けから差し入れました。ボトルがドアの向こうにトンッと無事に落ちた音がしたから、急いではなれようとしたとき、何か別の音がきこえたんです。……ブー、ジーというか、そんな大きな音が、家の中から近づいてきたんです！

ドアに耳を押《お》し当てると、音はどんどん大きくなってきました。林の中から、怒《おこ》ったハチが突撃《とつげき》してくるみたいな。すると何かがドアにぶつかったような、ドンッという音がしたから、こわくなってさけんで、自分の家まで駆《か》けもどりました。みんなもつられてさけんで、走ってついてきました」

5 ウェールズ異《い》端《たん》審《しん》問《もん》

「どんな音だったか、もう少しくわしくきかせてもらえますか、オードリー？」

アニタ巡査《じゅんさ》部長に言われて、わたしは目を閉《と》じて音をはっきり思いだそうとした。

「ブジジジジ、ブジジジジジという音でした。最初は小さかったんですけど、だんだん大きくなってきて」

巡査《じゅんさ》部長のおでこには、シュシュみたいにぎゅっとしわが寄《よ》った。

「機械のような音？」

わたしはうなずいた。

「みんなに、音がきこえたから逃《に》げたんだと言ったら、カヴィはわくわくした顔で『軍が使ってるのと同じロボットかもね。不審《ふしん》な荷物を爆破《ばくは》するんだ』って。でも言ったあとで、ボトルが爆破《ばくは》されるかもしれないと気づいて、しまったと思っているみたいでした。

イナラは言いました。

『ドローンじゃない？　飛ぶときハチみたいな音がするし、ドローンに郵便物《ゆうびんぶつ》をとりに行かせる家もありそうだし。それかロボット掃除機《そうじき》かも。ボトルも吸《す》えるような大きいやつ』

するとカヴィが言いました。

『いや、電動ドリルじゃない？　強盗団《ごうとうだん》があの家から、通りの全部の家への地下トンネルを掘《ほ》ってるんだよ』」

ジョージーさんが感心した顔で言った。

「いろいろな説を思いつくんですねえ」

「はい。取り調べノートにメモしたから、全部覚えてます。それと同じようなものですね」わたしは巡査《じゅんさ》部長のノートを指さした。「わたしのノートには、全体に小さな赤いドラゴンのもようがあります。それにイナラがくれたゾウのシールもはってあります。わたし、ゾウが好きなんです。人間とちがって、いろいろなことをずっと記憶《きおく》しているから。お父さんが去年のクリスマスにプレゼントしてくれたノートだから、特別なことに使おうと思ってとっておいたんです。そこに、三人で考えた仮説《かせつ》や、取り調べ用にわたしが用意しておいた質問《しつもん》や、相手の答えをメモしていきました。ロンドンにも持ってきたんですけど、段《だん》ボール箱から落ちたんだと思います。つかまりそうになって逃《に》げたときかな？　あのノートがあったら、いろんなことをもっとはっきり思いだせたのに」

「ノートがなくても、上手に説明してくれていますよ」巡査《じゅんさ》部長は何かメモして、大きく丸でかこんだ。「ところで、取り調べというのはなんのことですか？　だれかほかの人にも取り調べをしたんですか？」

「ああ、ええと、機械みたいな音がしたことや、ルウェリンさんと話したことで、疑《うたが》いの気持ちはもっと強くなりました。熱が出て体温計の数字があがるみたいに。だから次の日の朝、いつもの時間にモーさんがドアをノックしたときには、新しいプランを考えてありました。モーさんに、赤いドアの家の人じゃなくて、その近くに住んでいる人について質《しつ》問《もん》したんです。ドアナンバー42の家の人のことを何も知らなくても、近所の人のことなら知っているだろうと思ったから。近所って言えるのは三軒《げん》先までだと思うので、ええと……」

　わたしは目を細めて、ドアナンバーを正確《せいかく》に思いだそうとした。通りの向こう側にならぶ家は、どれも偶数《ぐうすう》だ。

「左の36から40の家と、右の44から48の家です。48のルウェリンさんとは話したし、44のラムリーさんのことは知っているから、あとは右の46と、左の三軒《げん》だけでした。

モーさんはやっぱりあやしんでいて、どうしてそんなことを知りたいのかときいてきたので、学校の課題のためだと答えました。わたしがまだ赤いドアの家の住人について知ろうとしていることには気づいている感じでしたけど、気にしていないみたいでした。モーさんは、この通りの人たちはみんないい人ばかりだけど、ドアナンバー40の家には、人に向かって威嚇《いかく》するネコがいるから気をつけて、でも目をあわせずにゆっくり通りすぎればだいじょうぶ、と言いました。それから、ドアナンバー46は赤ちゃんが生まれたばかりで、ここ三か月、ろくに眠《ねむ》っていないから、その家の人がどんなかっこうでもおどろかないようにって。

ひとつひとつメモしていきました。でも次の行動に出る前に、まずはあの人たちが置き手紙の返事を出すかどうか、しばらく観察しようと思いました。イナラも賛成《さんせい》したので、しんぼう強く待ちました。その週、カヴィから何度も『ぼくのボトル、どうなったかな?』ときかれたんですけど、あの人たちからの返事はないまま、火曜、水曜、木曜とすぎていきました。そして金曜、イナラに『待ってもむだだね。記憶《きおく》がうすれないうちに新しいプランを考えようよ』と言われました。だから土曜の朝にモーさんがやってきて――はるばるトルコからやってきた切手をくれて！――置き手紙への返事はまだ来ていないとわかったとき、これ以上待てないと思いました。

朝ご飯を食べ終わると、お母さんに『学校の課題で、近所の人たちにインタビューしなくちゃいけないから、今日はあんまり家にいられないんだ』と言いました。お母さんは『それはいいわね』って。うちの家族でお母さんだけは、病気になる前から近所の人たちのことはほとんどみんな知っているんです。今はもう交流はないけど。

わたしが取り調べノートを持って出かけようとしたとき、キャットとペックがいっしょに行きたいとだだをこねはじめました。小さい弟と妹がいると、そうなっちゃうんですよね。二人を連れていたら覆面捜査員《ふくめんそうさいん》っぽくなくなるので、置いていきたかったんですけど、そしたらずっとお母さんにまとわりつくだろうから。子守りをしながら取り調べする捜査《そうさ》官《かん》なんて、きいたことありませんよね？　この警察署《けいさつしょ》にも、そんな経験《けいけん》がある人はいないでしょうね。でもお母さんが二人に『おりこうにしてるのよ』と言ったので、連れていくことにしました。お母さんのサングラスは取り調べにぴったりだから、またそれを借りて、お気に入りの鉛筆《えんぴつ》を手に、キャットとペックを引き連れて一軒《けん》目に向かいました。ドアナンバー42の左の三軒《げん》先、36の家へ。

でもその家のドアの前に立ったとたん、カヴィが言っていた殺人鬼《さつじんき》や強盗《ごうとう》のことを思いだして、不安になりました。でも、モーさんが通りの人たちはみんないい人ばかりだと言っていたのを思いだしました。

だからドアベルを鳴らしたんですけど、一分くらい待っても反応《はんのう》がなかったから、キャットにも何回か鳴らさせたり、ペックはドアの郵便《ゆうびん》受けを一〇回はパタパタ開け閉《し》めしたりしました。でもやっぱり、だれも出てきませんでした。わたしは取り調べノートに×印を書いて、となりの家に向かいました。大きな白いドアに38のナンバーが金色にかがやいている家です。

その家はドアベルじゃなくてノッカーだったので、それで三回ノックして、ペックにもノックさせてあげようとしたとき、ドアが開いて女の人が出てきました。つやつやの黒い髪《かみ》にむらさきのローラーをたくさん巻《ま》いて、口紅《くちべに》は真っ赤で、黄色いゴム手袋《てぶくろ》をはめていました。キャットは人見知りをして、わたしの後ろにかくれました。

『なんでしょう?』

『こんにちは。わたし、オードリーと言います。あの家から来ました』

そう答えて、自分の家を指さしました。

『ああ、33のおたくのお嬢《じょう》さんね。知っていますよ』

『えっ、そうなんですか?』

わたしはびっくりして、サングラスごしに女の人をじっと見ました。その人と会ったことは、それまで一度もないのはたしかでした。顔に見覚えがありません。

『もちろん。お母さんによろしくお伝えくださいね。それで、どんなご用?』

『ええと……その、42の家に住んでいる人を、ご覧《らん》になったことがあるかな、と思って』

わたしはあやしく思われないように、感じよくききました。でも女の人はいぶかしげに目を細めて玄関《げんかん》から身をのりだして、これから目の前の透明《とうめい》な通りをわたろうとするみたいに左右に目をやって、ききかえしました。

『どうして?』

『学校の課題で知りたいんです』

わたしは自分の顔に、赤くならないで、赤くならないで、と心でつぶやきながら答えました。でも、いい答えじゃなかったみたいです。女の人はいっそう目を細めて、ゆっくりと言いました。

『今のところ、お見かけしたことはないですね。学校の課題でどうして、そんなことを？』

わたしはあわてて考えて、身近なミステリーを見つけて作文を書く課題だと説明しました。それで、あの家に引っ越《こ》してきた人がどんな人か知らないから、それをミステリーとして書くことにしたんだと。ばっちりな説明だから信じてもらえるに決まってる！　そう思った通り、女の人が細めていた目は少し元にもどって、かすかに笑顔《えがお》になりました。

『そうね、でもお答えのしようもないのよ。どなたが住んでいるのかも知らないし。ご用がそれだけなら、結婚式《けっこんしき》の準備《じゅんび》があるのでこれで。まゆもととのえなくちゃならないし。お母さまによろしくね』

そしてまたほほえむと、中にもどってドアを閉《し》めました。

わたしは取り調べノートにメモをとると、芝生《しばふ》で遊んでいたキャットとペックをつれて、次のドアナンバー40の家の門まで行きました。門の内側には、モーさんが言っていたネコがいました。体は黄土色で、玄関《げんかん》前で目を閉《と》じて丸まっていました。

『キャット、ペック、いい？　ここにいて、ぜったいに門を開けちゃだめだよ。あのネコは危険《きけん》だから、門から逃《に》げだすとこまるの』

ペックは門に顔を押《お》しつけて、ネコの姿《すがた》をのぞこうとしました。キャットは興味津々《きょうみしんしん》の顔で『どうして危険《きけん》なの？』ときいてきました。

『知らないけど、ここから動いちゃだめだよ。わかった？』

二人はうなずきました。わたしは門をさっと開けて中に入ると、急いで閉《し》めて、横のタイルに小さく40とペンキで書いてある木のドアに、忍《しの》び足で近づいていきました。ネコを起こさないように、できるだけ音を立てないようにしたんですけど、ドアベルを鳴らしたら、ネコはカッと目を開けました。前に授業《じゅぎょう》で、髪《かみ》がヘビで、目があった人間を石に変えるメドゥーサという怪物《かいぶつ》のことが出てきたんですけど、たぶん同じ目をしています。金色でぶきみで。目をそらす間もなく、一瞬《いっしゅん》、目をあわせてしまいました。ネコはばっと立ちあがって、シーッ！と威嚇《いかく》しはじめました。

あわてて逃《に》げようとしたとき、ドアが開きました。

『ヘラクレス、こーら、やめないか。あっちに行ってなさい！　ほら！』

出てきたのは背《せ》の高いおじいさんで、ネコをかかえあげると家の中に追いやりました。

そしてにっこりとわたしを見て腕組《うでぐ》みし、両手の先をカーディガンの内側にしまいました。

『失敬失敬《しっけいしっけい》。あの子は、世界を自分が牛耳《ぎゅうじ》っている気でいるんでねえ。何かご用かな、お嬢《じょう》さん?』

　ウェールズの人じゃないなとわかりました。アクセントがちがうし、ウェールズの人ならぜったいに、イギリス国旗の柄《がら》のカーディガンなんて着ないから。着るならウェールズ国旗の柄《がら》のはず。でもそのかっこうで思いだしました。そうだ、この人はベネットさんだったなって。お母さんは元気だったころ、ベネットさんにばったり会うことがよくあって、ベネットさんはいつもなまりのあるアクセントで『すこぶるいい天気だねえ』とか『いやあ、生きるって素晴《すば》らしいねえ』とか言っていたんですけど、ずいぶん長く姿《すがた》を見なかったから、この通りに住んでいることさえ記憶《きおく》から消えていたんです。

　わたしはサングラスを押《お》しあげました。

『こんにちは。わたし、オードリーです。ドアナンバー33の。今、学校の課題で調《ちょう》査《さ》をしていて』

　ベネットさんが何も疑問《ぎもん》を感じているそぶりもなくうなずいたので、わたしはとなりのドアナンバー42の家の人と会ったことはあるか、姿《すがた》を見かけたことはあるかききました。

　で、ベネットさんが答えた通りに言いますね。

『いやあ、ないねえ。なにしろ近ごろは、干渉《かんしょう》されたくない人が多いだろう? だがねえ、あの車については話してみようとは思っているんだよ。ちょっと見苦しいからねえ』」

ベネットさんそっくりの口調で言ったから、巡査《じゅんさ》部長の口がゆがんで、ジョージーさんは口をあんぐりと開けた。

「ベネットさんは何も知らないことがわかりました。そのときキャットとペックが門を開けようとしている音がきこえたので、わたしが『ありがとうございました。じゃあこれで』と帰ろうとすると、ベネットさんは言いました。

『ああ、お母さんによろしくね。たまにはお茶を飲みにおいでと伝えてくれるかな』

わたしはその伝言と、さっききいた答えをメモして、ドアナンバー42の右どなりの家に向かいました。ドアナンバー44のラムリーさんの家です。

そして何度もベルを鳴らし、ノックして、ドアの郵便《ゆうびん》受けの差し出し口から『こんにちは、ラムリーさん。オードリーです！』と呼《よ》びかけたんですけど、だれも出てきませんでした。いつもなんにでもほえているイヌもほえてこなかったので、イヌを連れて出かけてるんだろうと思いました。だから取り調べノートに書いておいた44に×印をつけて、最後の一軒《けん》に向かいました。ドアナンバー46です。

赤ちゃんがいる家の人って、反射神経《はんしゃしんけい》がすごくいいですね。今度はドアベルを鳴らすのはキャットの番だったので、高く抱《だ》きあげました。そしてキャットの小さな指がベルを押《お》して一秒もしないうちに、ドアが開いて『シーーッ！』と声がしました。

はじめは、暗い廊下《ろうか》に立っているギザギザの人影《ひとかげ》が見えるだけで、どんな人かわかりませんでした。でもすぐに、髪《かみ》がぐしゃぐしゃに逆立《さかだ》った、よれよれの黒いTシャツにパジャマのズボン姿《すがた》の男の人が、日光がさしこむ玄関《げんかん》に出てきました。肩《かた》には、かわいた鳥のフンみたいなのがついていました。

見た目がそんなふうにぶきみだったので、キャットとペックはわたしの後ろにかくれて、足にしがみつきました。モーさんが、この家の人のかっこうを見てもおどろかないようにと言っていたのも納得《なっとく》でした。まるで戦場からもどってきたばかりみたいな……パジャマで戦ってたのかって話ですけど。

『すみませんね、ちょうど子どもを寝《ね》かしつけたところで』その人は、久《ひさ》しぶりに日光に当たったみたいに、目をしばたたかせました。『なにか？』

わたしはうんと小さな声で答えました。

『わたし……オードリーといいます。ドアナンバー33に住んでいます』

『ああ、オードリー。この子たちはキャットとペックでしたっけ？』その人がひかえ目に手をふると、キャットとペックは少しだけ出していた頭を引っこめました。『きみたちのことは知ってますよ。ぼくはジャハンギル。元気にやっていますか?』

わたしたちの名前を知っていたので、びっくりしました。初対面なのに。わたしが覚えていないくらい小さなときに会ったのかもしれないけど、それにしてもキャットとペックのことはどうして知っているんだろう?って。

『ええと……学校の課題で、身近なミステリーについて調べてるんです』ちゃんとききとってもらえるように、さっきより少し大きな声で言いました。『それで、ドアナンバー42の家の人と会ったことがあるかなって、それだけききたくて。赤いドアの家です』

長いこと外に出ていなくて、通りの家のドアナンバーも忘《わす》れてしまったかもしれないから、ドアの色もつけくわえました。するとジャハンギルさんは、頭をかいて髪《かみ》をもっと逆《さか》立《だ》てながら答えました。

『いやあ、まだお会いしていないんですよ。ほんと、だれとも顔をあわせる余裕《よゆう》がなくて。でも、女性《じょせい》が訪《たず》ねてくるのは見かけることがありますよ』

わたしは目を見開いてききました。

『女性《じょせい》？　えっ、どんな人ですか？』

ジャハンギルさんはまた頭をかいて、ひたいに深いしわを寄《よ》せて考えこみました。

『うーん、わからないなあ……。いつも暗い時間に、ちらっと見かけるだけで。夜中に二階でミルクをあげているときとか、おむつをかえているときとかですから。わかるのは、裏庭《うらにわ》から出入りしているということだけです。髪《かみ》はポニーテールで、大きなカバンを持っていました。書類を入れるようなカバンです』

わたしはメモをとって、ききました。

『いつも何時に来て、何時に帰りますか？　毎晩《まいばん》、それともときどき？　髪《かみ》の色は？　背《せ》は高いですか、低いですか？　服装《ふくそう》はどんな？　黒？　それともカラフル？　手紙を持っているところは見たことありますか？』

『待った待った。えっ、これ、なんですか？　スペイン異端審問《いたんしんもん》？［一五～一九世紀《せいき》のスペインにあった裁判《さいばん》システム。カトリック教会の教えに反する信仰《しんこう》を持っていないか厳《きび》しい取り調べが行われた］』

どうしてここでスペインが出てくるのかわからなかったので、とりあえず言いました。

『いえ、スペインじゃなくてウェールズですけど』

ジャハンギルさんは何がおかしかったのか、ふふっと笑いました。

『たしかに！　おかしなことをきいてしまいましたね』そして指折り数えていた質問《しつもん》に、ひとつひとつ答えてくれました。『出入りする時間ははっきり覚えてないです。毎晩《まいばん》かどうかもちょっとわかりません。見たのは一度か二度だけですから。ぼくたちが起きるのは、子どもが目を覚ましたときだけで、日によって時間がちがうんですよ』そこで、ため息をつきました。『うーんと、あとなんでしたっけ？　髪《かみ》の色？　茶色だったような……背《せ》たけはふつうで、服装《ふくそう》も特に特徴《とくちょう》はないですけど、白いカーディガンを着ていました。これで全部答えましたっけ？』

『あと、手紙。手紙とか、ニンジャ・タートルズのボトルを持っているところは見たことありませんか？』

『うーん……ないですねえ……どうして？』

わたしは急いでメモを書き終えました。

『いえ、なんとなくきいただけです。ありがとうございました！』

『どういたしまして。体に気をつけてくださいね。それとお母さんによろしく。ぼくも妻《つま》も母も気にかけていると伝えておいてください』

なんだかお母さんの状況《じょうきょう》を知っていそうないい方だったので、どうしてなのかきこうとしたんですけど、ジャハンギルさんはあっという間に暗い廊下《ろうか》にもどって、ドアを閉《し》めてしまいました。

家に帰ると、お母さんに、課題のための調査《ちょうさ》が終わったことと、近所の人たちからの伝言を伝えました。どうしてみんながわたしたちのことを知っているのか、ききたかったんですけど、お母さんはまた体が痛《いた》むみたいで、『疲《つか》れてるから、話はこれまでね』という顔をしていたので、調子のいいときに質問《しつもん》はとっておくことにしました。

その夜、寝《ね》る前にメモを見返しました。こんなにたくさん新しい情報《じょうほう》が手に入って、月曜にイナラとカヴィに報告《ほうこく》したら喜《よろこ》ぶだろうなと思いました。でも、疑問《ぎもん》は増《ふ》えていく一方でした。夜中に出入りしている女の人は何者なのか？　どうしてみんな、お母さんだけでなくわたしたち子どものことまで知っているのか？　前に会ったことがあるのか？　もしそうなら、どうしてわたしは覚えていないのか？　みんなからの伝言をきいたとき、お母さんはどうして少しも意外そうな顔をしていなかったのか？

お母さんは近所の人たちについて、何かわたしが知らないことを知っている、そんな気がしました。わたしに知られたくないことがありそうだと」

6 医《い》師《し》の指《し》示《じ》

「そのあとはどうでした、オードリー？　正体は突《つ》き止められましたか？　ドアナンバー……」アニタ巡査《じゅんさ》部長はノートに目を落とした。「46の住人が夜中に目撃《もくげき》した女性《じょせい》の正体は。はるばるここまでやってきたのも、それと関係があるんですか？」

「たぶん、ちょっと関係があります。女の人が出入りしているときいて、わたしの勘《かん》は正しかったと思いました。やっぱりあの家で、あの人たちがわたしたちを監視《かんし》しているんだって。お母さんと見たドキュメンタリー番組で、ソーシャルワーカーは暗がりの中、サンドイッチやヌードルを食べながら、双眼鏡《そうがんきょう》で徹夜《てつや》で監視《かんし》していたんです。その食べ物を持ってくる人がいるはずです。その役目を、女の人がになってるんだと思いました。だから、ひそんでいるのがやっぱりソーシャルワーカーなら、これまでよりもっと、ふつうっぽくふるまわないといけないし、お母さんを窓《まど》に近づけないようにしないといけません。

でもそれから次々にいろんなことが起きて、何も問題ないふうにふるまうのも、何が起きているか知られないようにするのも、どんどんむずかしくなっていきました。ここにたどり着くことになったのも、そのなりゆきではあります。

お母さんの調子がまだよかったのは、その週が最後でした。週末の日曜には、近所のお店まで歩いて買い物にも行けていました。わたしが取り調べをした次の日です。それでわたしは、ひょっとしたらお母さんの体はじょうぶになってきたのかもしれないと思いました。

でもその二日後から、今までになかったほど、状況《じょうきょう》はどんどん悪くなっていきました。月曜の日記には、近所の人たちに会ったことを書きました。カーラーをたくさん巻《ま》いて出てきた女の人がいておもしろかったことや、ベネットさんやジャハンギルさんのこともその通りに。でも、取り調べのためにドアをノックしてまわったとは書かずに、ウェールズ流のケーキとお茶を楽しんでもらうために家への招待状《しょうたいじょう》を配ってまわったことにしました。リー先生におかしいと思われないように、そこだけうそを書きました。

その日と火曜は、休み時間のたびにイナラとカヴィと顔をつきあわせて、夜中に出入りしている女の人はだれなのか予想しあいました。二人に取り調べノートを見せたら、わたしが思いつかなかった質問《しつもん》をつけくわえてくれました。お母さんへの質問《しつもん》です。二人が言うには、わたしが学校に行っている間に、お母さんが何か目撃《もくげき》しているかもしれないし、ほかにも聞きこみに行ったほうがいい近所のだれかを知っているかもしれないって。ニンジャ・タートルズのボトルに入れて出した手紙への返事は来ていなかったんですけど、もうあまり気にしていませんでした。あの家には裏口《うらぐち》があって、あやしい女の人が出入りしているとわかったので、その人を見張《みは》るほうが重要でした。

でも火曜に学校から家に帰ると、お母さんにナイトメア・デイがやってきていたんです。その夜は一晩《ばん》じゅう、痛《いた》みがひどくてもがき苦しんでいました。あんまりひどかったから見ていられなくて、夜明けごろ、わたしはアデオラ先生の私用《しよう》の電話番号にかけて、診察《しんさつ》に来てほしいとお願いしました。ひょっとしたら、ケガをしているかもしれないから。だってお母さんはいつも骨《ほね》が痛《いた》むから、もしもがいて骨折《こっせつ》したとしても、もともとの痛《いた》みにまぎれてわからないかもしれないから。

アデオラ先生は、一人目の患者《かんじゃ》さんを診《み》たらすぐに、一〇時ごろ行くと答えました。だからわたしは、先生が来るときにいつもそうするように、家の中を整頓《せいとん》して、キャットとペックを起こして幼稚園《ようちえん》に行く準備《じゅんび》をさせて、モーさんにおはようとさよならを言って、二人を急いで学校の中の幼稚園《ようちえん》まで連れていきました。

アデオラ先生の診察《しんさつ》の日にはいつも、学校の門のそばの曲がり角にある木のところまで二人をおくっていって、そこからは自分たちで幼稚園《ようちえん》の教室まで駆《か》けていくようにと伝えます。わたしの姿《すがた》をだれにも見られたくないから。そして急いで家に帰ります。自分が学校を休むのもよくないのはわかっていますけど、二人が休むのはもっとよくないので、お母さんの具合があまりに悪くて、そばをはなれられなくて、門のそばの木まで連れていくことさえできない日じゃないかぎりは幼稚園《ようちえん》に行かせます。その日もすごく具合が悪い日でしたけど、もっと苦しそうなさけび声をあげていたこともあるから、それにくらべると最悪な状態《じょうたい》というほどではありませんでした。だから、幼稚園《ようちえん》に連れていく一〇分間だけ家を空けてもだいじょうぶだろうと思いました。

家にもどると、お母さんに『深呼吸《しんこきゅう》して』『がんばって』と声をかけながら、アデオラ先生が来るのを待ちました。水を飲みたそうなときはストローで飲ませて、痛《いた》がるお母さんの気をまぎらわせるためにテレビを見せようとしました。でもお母さんは痛《いた》みが強すぎて、目をぎゅっとつぶっていました。それからの一時間は、四時間くらいに感じられましたけど、ようやくアデオラ先生が玄関《げんかん》のドアをノックしました。タタッタタッタッって、中断《ちゅうだん》したモールス信号みたいなノックの音がきこえたから、階段《かいだん》を駆《か》けおりてドアを開けました。

『やあ、オードリー。お母さんは今日はリンゴを食べなかったんだね？［ことわざ「一日一個《こ》のリンゴは医者を遠ざける」にかけた冗談《じょうだん》］』

先生はいつもと同じセリフを言いました。これをきくと、不安でいっぱいなときも、思わずにやけちゃうんです。

『調子はどうかな。オードリー、だいじょうぶ？』

そうきかれ、わたしはうなずきながら肩《かた》をすくめて、ふと考えました。アデオラ先生がお父さんだったら、どんな感じかな。いつも優《やさ》しいから、先生の子どもはラッキーだなって。

『お母さんは一階？』

その質問《しつもん》に、わたしは首を横にふって、先生を二階に連れていきました。お母さんは歯を食いしばって、先生に――それかわたしに――たいして痛《いた》くないそぶりをして言いました。

『ありがとう、オードリー……もういいわよ』

お母さんがこう言うときは、わたしに部屋を出て、診察《しんさつ》が終わるまではなれた場所で静かにしておいてほしいときです。わたしは部屋を出てドアを閉《し》め、わざと大きな足音ではなれたふりをすると、忍《しの》び足でもどってきき耳を立てました。何年も、そうやってこっそり会話をきいてきました。お母さんは診察《しんさつ》の結果を、わたしに全部は伝えないから。

立ち聞きは犯罪《はんざい》じゃない……ですよね？　お母さんの具合がよくなるのか知らなくちゃいけないから、いいですよね？」

話を中断《ちゅうだん》して答えを待つと、巡査《じゅんさ》部長は首を横にふって、少しほほえんで言った。

「心配しなくてだいじょうぶですよ。犯罪《はんざい》になるのは、国家機密《きみつ》を盗聴《とうちょう》した場合だけだと思います。どうぞつづけてください」

「よかった……ええと、やっぱり立ち聞きしてよかったです。それがきっかけで、いろんな考えが浮《う》かんで……ここまで来ることになったんですけど」

「それは、どういう意味？　何をきいたんですか？」

巡査《じゅんさ》部長がきき、ジョージーさんも目を見開いて答えを待っている。

「先生の指示《しじ》を全部きけたんです。お母さんはいつも先生に、痛《いた》みをやわらげるためにもっと強い薬を出してほしいとお願いするんです。それで先生は処方歴《しょほうれき》を見て、薬を変えたり量を増《ふ》やしたりします。でもその日、先生はこまった声で言いました。
『マヤ、これ以上、量は増《ふ》やせないよ』マヤというのは、お母さんの名前です。かわいいですよね。『もう上限《じょうげん》に達してしまったんだ。これまできみはずっと、わたしの提案《ていあん》をどれもはねのけてきたけど、もう先に進まなければ。これからも買い物に出かけたいなら、電動車いすが必要だ。すぐ近くの店でも、荷物を持って歩道の段差《だんさ》をのりこえたり、坂を歩いたりしてはいけないよ。それにもう少しすれば、寝室《しんしつ》は一階にうつして浴室を車いす対応《たいおう》に改築《かいちく》するか、二階のこの部屋を改築《かいちく》して浴室をつけなくてはいけない。階段昇降機《かいだんしょうこうき》も必要だ。日に五回も六回も階段《かいだん》をのぼりおりするなんてことは、もうできなくなる。
考えてごらん。もし火事が起きたら？　子どもたちのだれかに緊急事態《きんきゅうじたい》が起きたら？　移動《いどう》しやすいように生活を変えていかないといけない。放置すればするほど、痛《いた》みに耐《た》える日々はつづいていくし、痛《いた》みはもっとひどくなっていく。薬の効果《こうか》には限界《げんかい》があるし、飲んでいい量にも限界《げんかい》があるんだよ！　……申し訳《わけ》ない、厳《きび》しい言い方になってしまったね。でも厳《きび》しい態度《たいど》をとるしかないよ。きみのため、きみの人生のためなんだ』
ドアごしに、お母さんのつらそうな泣き声がきこえてきました。お母さんはめったに泣かないんです。泣くのは本当につらいときだけ。痛《いた》みで流すよりも、ずっとつらい涙《なみだ》。その声は、世界じゅうのどんな音よりもきくのが苦しいです。黒板をつめでこする音や、夜中にケンカしているネコのうなり声より。でも救《すく》われるのは、お母さんの泣き声はいつも一分もつづかないこと。泣きやんだお母さんが先生にたずねるのがきこえました。

『でも先生、そんなお金、どうやって工面すればいいの？　収入《しゅうにゅう》は何もないのに。どれも費用《ひよう》が出せない。わたしたちの状況《じょうきょう》は知っているでしょう？　国民保健《ほけん》のシステムが破綻《はたん》しかけていることも。医療《いりょう》サービスを受けたい人たちが大勢《おおぜい》、認定《にんてい》や診察《しんさつ》の順番待ちをしているときいたわ。わたしの番がまわってくるのは何か月も、ひょっとすると何年も先かもしれない。国会議員が利益《りえき》を得《え》るために、あえて状況《じょうきょう》を放置したら、永遠《えいえん》に順番はまわってこないかも。自分たちさえよければそれでいい、わたしみたいな人間のことなんて気にもかけない人たちなんだから』

アデオラ先生の声もきこえました。

『方法はある。たしかに状況《じょうきょう》は厳《きび》しい。何か月、いや一年以上かかるかもしれない。しかし、やってみよう。きみの同意がなければ、わたしは何もできないんだよ。子どもたちのために決断《けつだん》するべきだ。ここまできてもまだ同意しないなら、わたしもそろそろがまんの限界《げんかい》だよ！　電動車いすがあれば、外出はもっと楽になる。調子のいい日にはビーチまで足をのばすことだってできるだろう。バスにのって友だちに会いにも行ける。子どもたちは本当は、きみと出かけたいと思っているんだよ。キャットとペックなんて、一度もいっしょに出かけたことはないんじゃないかい？』

お母さんは何も答えませんでした。わたしのところまできこえなかっただけかもしれませんけど。でもうなずいたみたいで、先生は言いました。

『よかった！　じゃあ、わたしのほうで手続きをはじめるよ。補助金《ほじょきん》関係や、ほかにもいくつか必要な書類をおくるから、目を通してほしい。オードリーにも手伝ってもらってね。あの子は、本当に素晴《すば》らしい子だ』

先生がわたしのことを『素晴《すば》らしい子』だと言ってくれて、うれしかったです。お母さんをもっと手伝おうと思いました。だからそのあと、先生がお母さんに薬の説明をしてから帰ると、わたしはお母さんにききました。『これからは一階で過《す》ごせるように、荷物を下に運ぼうか？』って。お母さんはわたしが立ち聞きしていたのに気づいたみたいでしたけど、それについては何も言わず、首を横にふって、ゆっくりと答えました。

『ううん、まだいいの。寝《ね》る場所を今日から一階のソファーに変えたところで、何もいいことはないし。今はまだ一階は寒いしね。そうね、もう少しあたたかい時期になったら。

でもこれからは、できるだけ一階で過《す》ごすようにする。約束する』
アデオラ先生のアドバイスにしたがうつもりはない――そう、すぐにわかりました。どうしようもなくなるまで、今のままでいつづけるつもりだと。怒《いか》りがわいてきました。でも、お母さんはリビングで寝《ね》るのがきらいだというのも、わかっていました。せまいし、キャットとペックのおもちゃや古びた本でいっぱいだし、使い古したソファーはかたくて、床《ゆか》にすわったほうがいいくらいだし。
その夜は、なかなか眠《ねむ》れませんでした。いろんな不安が頭の中でうずまいて。アデオラ先生が提案《ていあん》したことは、どれもすごく費用《ひよう》がかかります。それにお母さんが言っていたように、認定《にんてい》や病院の順番待ちに長い時間がかかったら？　それならまだしも、支援《しえん》なんて何ひとつ受けられなかったら？　お母さんが言っていた『国会議員』というのが、どういう人たちなのかよく知らないけど、こまっている人を助けるよりもお金もうけに夢中《むちゅう》な人たちなのかなと、きいていて思いました。お母さんに必要なものをそろえるために費用《ひよう》を支援《しえん》してくれる人はだれもいません。知りあいに大金持ちの人はいないし、おじいちゃんとおばあちゃんは死んでしまったし、お母さんは一人っ子だから、たよれるおじさんもおばさんもいないんです。

たよれるのは、自分だけ。

お母さんに必要なものを手配して、お金の心配をさせない、それができるのはわたしだけ。お母さんはプライドがじゃまして助けを求められないけど、わたしはちがう。お母さんの日々の生活をよりよくするためなら、なんだってする。ときには……悪いことも。そのことについても、あとで話すと約束します……。

電動車いすと、使いやすいお風呂《ふろ》と、階段昇降機《かいだんしょうこうき》が必要なら、お母さんのために必ず手に入れます。どんなことでもするし、だれにでも助けを求めます」

7 もうひとつの箱

わたしがジョージーさんとアニタ巡査部長《じゅんさぶちょう》の顔を見あげてだまりこんだから、ジョージーさんはきいた。

「オードリー、だいじょうぶ？　少し休憩《きゅうけい》しましょうか？　お水を持ってきましょうか？」

「いえ、そうじゃなくて……自分がしたことを告白《こくはく》しないといけないから、言葉がつかえてしまって。そのあとにしたことを。わたし……そうするしかなかったんです。でも……お母さんには知られたくなくて。伝えないでもらえますか？　もし知ったら、お母さんはもっとショックを受けるから。そしたら病気がもっとひどくなるかもしれない。わたしが何をしたか知ったら……永久《えいきゅう》にわたしをきらいになるかもしれない」

少しの沈黙《ちんもく》のあと、巡査部長《じゅんさぶちょう》がせきばらいをして言った。

「たぶんね、オードリー。あなたがしたことが何であっても、必要なことだったのなら、多くの人が理解《りかい》してくれると思いますよ。お母様もね。何が起きたか、ありのままを話してくれることが重要なんです。あなたの行動によって影響《えいきょう》を受けたかもしれない人たちに埋《う》めあわせをする、最善《さいぜん》の方法を模索《もさく》するためにね」

「お母さんには言わないでもらえますか？」

「必要がなければ伝えません」

望み通りの返事じゃなかったけど、少し気持ちが軽くなった。もしここで何もかも話して、それをお母さんに伝える必要があると判断《はんだん》されても、わたしが本当はそんなことをしたくなかったんだとお母さんにわかってもらえるように、この人たちが話してくれるだろう。ときには世界が、自分を一番なりたくない人間に変えてしまうこともあるんだ。

「わかりました……」

わたしは背《せ》すじをのばし、自分と、両手にかかえた郵便袋《ゆうびんぶくろ》に心の中で伝えた――たまったほこりを捨《す》てたばかりの掃除機《そうじき》みたいにからっぽになるまで、告白《こくはく》をやめない。わたしの秘密《ひみつ》が、どんなにほこりまみれで汚《よご》れていても。

「アデオラ先生の指示《しじ》通りに必要なものを手に入れると決めたので、そのために何をすればいいか考えました。何千ポンドものお金が必要です。家のものを全部売っても足りないでしょう。そこで何ができるか考えて、取り調べノートの裏《うら》に書いていきました。どんなことかというと……」

わたしは目をぎゅっと閉《と》じて、指折り数えながらアイデアを思いだした。まちがいない。五つだ。

「ひとつ目は、宝《たから》くじを買うという案でした。でも子どもは買えないから、だれか大人の人にかわりに買ってもらわなくちゃいけません。モーさんなら協力してくれると思ったんですけど、そもそも宝《たから》くじを買うお金が必要ですし、何度買っても当たらないかもしれません。

ふたつ目は、お菓子《かし》を焼いてバザーをひらくという案でした。去年、六年生のアミタブが絶滅危惧種《ぜつめつきぐしゅ》のユキヒョウを救《すく》うためにバザーをひらいて、三〇〇ポンドくらい売りあげたんです！　でも、前に鶏《とり》の丸焼きを作ろうとして火が出たのを思いだして、それに材料費《ひ》もガス代もかかると気づいてやめました。

三つ目はチャリティマラソンでした。でも、スウォンジーで走るわたしに何千ポンドも出してくれるスポンサーがいるかな？と考えても、いるとは思えませんでした。スウォンジーはせまいから走れる場所が少ないし、一年の半分は雨だし。ロンドンやニューヨークみたいに有名なマラソン大会がないのは、それが理由でしょうね。

四つ目は、向かいの家に侵入《しんにゅう》して、カヴィが予想していたようにダイヤモンドがかくされていないか探《さが》して、あったら通報《つうほう》して警察《けいさつ》と盗難《とうなん》被害《ひがい》にあった宝石店《ほうせきてん》から謝礼《しゃれい》をもらうという案でした。でも書いてすぐに、ダイヤモンドなんかなくて、中にひそんでいる強盗《ごうとう》団《だん》につかまるだけかもしれないと気づきました。それか、カヴィはまちがっていて、正しいのはわたしで、やっぱりひそんでいるのはソーシャルワーカーで、わたしをつかまえてどこかに連れていくかもしれません。そんなリスクはおかせません。

最後に思いついた案は……。

お父さんでした。

思ったんです。お父さんは、今は意外と元気にやっていて、見つけだして事情《じじょう》を話せば助けてくれるかもしれません。これだけこまった状況《じょうきょう》になっていると知ったら、助けてくれるはずです。クリスマスにプレゼントをおくってくれるんだから、お金はたくさん持っているはずです。去年のクリスマスには、わたしの足にぴったりのサイズの新デザインのローラースケートと、読みたいのに学校の図書室でいつも貸《か》し出し中で読めない本が全部入ったリュックサックをおくってくれたんです。それにキャットがほしがっていたモンスタートラックのおもちゃとレゴのセット、ペックが一年じゅう、ほしいほしいと言っていたお絵かきセットとサイズぴったりのスニーカーも。どれも、わたしたちがクリスマスにほしいものリストに書いていた通りのものでした。毎年、リストを書くとモーさんが『北極　サンタクロース様』にあてて郵送《ゆうそう》してくれるんです。お父さんが家を出ていってから毎年、その通りのプレゼントが届《とど》くようになりました。おくり主は本当はサンタさんじゃないって、わかってます。だってクリスマス当日より前に届《とど》くから。きっとお母さんがこっそりお父さんに、わたしたちのほしいものを伝えてるんだと思います。いつも『あの人からは何も受けとるつもりはない』なんて言っているけど。

最後の案を思いついた瞬間《しゅんかん》、それが一番いいと思いました。実行するには、お父さんの住所か電話番号を突《つ》き止めて、お母さんを助けてほしいとお願いするだけでいいんです。

次の日、学校では何も問題ないふりをして過《す》ごして、帰ってきてキャットとペックのお世話をすませると、調査《ちょうさ》をはじめました。お母さんは大事なことをメモしている手帳を持っていて、お父さんの情報《じょうほう》もそこに書いてあるはずだと思いました。手帳はベッドわきに置いてあるので、夜にお母さんが眠《ねむ》ってからこっそり持ちだして、すみからすみまで目を通しました。お父さんのディラン・ヒューズという名前がどこかに書いていないかと探《さが》しましたけど、ありませんでした。

次に、お母さんのスマートフォンをチェックすることにしました。お母さんがゆっくり時間をかけて、キャットとペックのお風呂《ふろ》と着替《きが》えを手伝っているすきに、パスワードを入力してロックを解除《かいじょ》しました。お母さんの緊急時《きんきゅうじ》にはわたしがなんでもやらなくちゃいけないから、パスワードは知っているんです。それで、連絡先《れんらくさき》アプリを開いて『ディラン』で検索《けんさく》したんですけど、登録されていませんでした。

ひょっとしたら、ニックネームで登録しているのかな？と思いました。お父さんが出ていったのは、お母さんの具合がとても悪くて、ひどい夫婦《ふうふ》げんかをしたときだったんです。きっと怒《いか》りをこめたニックネームだろうと思って、けんかしていたときにお母さんが口にしていたお父さんの呼《よ》び名を思いだして入力していきました。でも『バカ』『あいつ』で検索《けんさく》しても、連絡先《れんらくさき》は見つかりませんでした。

アデオラ先生の指示《しじ》のことは、カヴィとイナラには伝えませんでした。みんな、イースター休暇《きゅうか》のあとのテストにそなえてリー先生が出した宿題や、その前にある事前テストのことで頭がいっぱいだったんです。わたしはそういうのは心配していません。クラスで成《せい》績《せき》最下位になりたくないし、将来《しょうらい》はお医者さんになってお母さんの痛《いた》みをなくしたいと思っていて、ふだんから授業《じゅぎょう》を真剣《しんけん》に受けているからです。でもよく考えてみたら、一生懸命《けんめい》に勉強しても将来《しょうらい》、お母さんを置いて家を出ることもスウォンジーをはなれることもできません。だから成績《せいせき》がよくても、あんまり意味がないんですけど……。そのときはただ、イナラもカヴィもヌタンも、ほかのみんなもテストと宿題のことで頭がいっぱいでよかったと思いました。そのおかげで、お父さんの住所をどうやって突《つ》き止めるか考える時間が増《ふ》えたから。お母さんが部屋にいないときを見計らって、部屋じゅうをほとんどすみからすみまであさってみたんですけど、住所がわかるものは見つかりませんでした。

どこを探《さが》せば見つかるか、ふと思いついたのは、アデオラ先生に指示《しじ》を出されてから二日後の金曜のことでした。思いついたのは、モーさんのおかげです。ニューヨークシティからはるばる旅してきた切手をくれたんです。銀色にかがやくシューズをはいた三人の女の人が、レースで走っている絵柄《えがら》の切手でした。そのシューズが目に入った瞬間《しゅんかん》、頭の中でパチンと指を鳴らす音がきこえて、箱のことを思いだしたんです。わたしが切手を集めているのと同じような、靴《くつ》の空き箱。その箱は、わたしのよりずっと古びていました。見たのはずいぶん前、お父さんが家を出ていったすぐ後。中には手紙やドライフラワーや昔の写真がぎっしり入っていて、見ようとしたら、お母さんに『しまっておいて。二度とその箱にさわっちゃだめ』って言われたんです。それからずっと言いつけを守っていたけど、きっとお父さんからの手紙も入っていて、住所が書いてあるはずだと思いました。

お母さんが部屋にいないタイミングがなかなかなくて、やっと手紙を探《さが》しに中に入れたのは日曜でした。この、ほんの少しの隙《すき》に見つけださないと、と大急ぎで探《さが》しました。衣《い》装《しょう》ダンスの奥《おく》で、ビニール袋《ぶくろ》に入った箱を見つけた瞬間《しゅんかん》、『やっぱり、この中にあるはず』と直感でわかりました。そしてこっそり自分の部屋に持ちだして、ふたを押《お》さえていたゴムバンドをはずしました。ふたを開けると、しわしわの紙とインクと図書室の本みたいなにおいが充満《じゅうまん》していて、宝箱《たからばこ》みたいでした。その一番上に、宛名《あてな》にお母さんの名前とこの家の住所が書かれた、色あせた金色の切手がはってある封筒《ふうとう》がありました。住所の下、封《ふう》筒《とう》の端《はし》に、こう書いてありました。

オードリー、キャット、ペックへ
いつか必ず、三人にこれをわたしてほしい

最後の一文は大きな文字で書かれていて、線が引いてありました……ほら」

巡査《じゅんさ》部長とジョージーさんが見つめる中、わたしはオーバーオールの胸《むね》ポケットから、折りたたんでしわの寄《よ》った封筒《ふうとう》を出し、テーブルに置いた。巡査《じゅんさ》部長はきいた。

「中の手紙を読んでもいいですか、オードリー？」

わたしは封筒《ふうとう》を差しだし、巡査《じゅんさ》部長が中から慎重《しんちょう》に手紙をとりだして、無言で読む姿《すがた》を見つめていた。巡査《じゅんさ》部長は「ああ」とつぶやくと、手紙をジョージーさんにも見せてから封筒《ふうとう》にもどした。

「見せてくれてありがとう。とても短い手紙ですね……」

「ええ」わたしは巡査《じゅんさ》部長の悲しそうな目の色に気づかなかったふりをして、つぶやいた。「でも、べつにいいんです。大事なのは封筒《ふうとう》だから。裏《うら》にお父さんの住所が書いてあります。知りたかったのはそれだけですから」

8 パーティーへの招待《しょうたい》

「住所がわかって、それからどうしようとしたんですか？」

アニタ巡査《じゅんさ》部長は、封筒《ふうとう》を返しながらきいた。わたしはそれを注意深く胸《むね》ポケットにしまった。ポケットのすぐそばで、心臓《しんぞう》がドクドクと脈打《みゃくう》っている。

「すぐに、お父さんに手紙を書くつもりでした。でも、お父さんの手紙を読み終えた瞬間《しゅんかん》、お母さんが一階から呼《よ》ぶ声がきこえました。わたしは箱をベッドの下にかくして、一階におりました。でもお母さんが呼《よ》んだのは、何かしてほしいことがあったわけじゃなくて、テストの話をするためでした。『明日は事前テストだから、できるか心配でしょう？　授《じゅ》業《ぎょう》の復習《ふくしゅう》をしなくちゃね』って。わたしは『心配してないよ。本番のテストはまだ先だから、それに向けて休みの日に復習《ふくしゅう》すればいいし』って答えたんですけど、お母さんは『それじゃだめでしょ』と言って、わたしといっしょにキャットとペックを寝《ね》かしつける準備《じゅんび》をしながら、リー先生にわたされたワークブックの問題を出してきました。でも、わたしの頭の中はほかのことでいっぱいで、上《うわ》の空《そら》で答えられずにいたから、お母さんは『ベッドに入って頭を休めなさい』と言いました。ベッドに入っても、脳《のう》みそはランニングマシンにのっているみたいに休むそぶりもなくて、ひょっとしたらわたし、お母さんに『事前テストも大事なのよ』と言われたから不安が押《お》しよせてきちゃったのかな？と思いました。

次の日になると、テストのこと以外、何も考えられなくなっていました。事前テストが終わるとみんな、いつも成績《せいせき》トップのビジャヤラニさえ顔が青白く、具合が悪そうな表情《ひょうじょう》になっていました。休み時間のはじまりのベルが鳴ると、リー先生は答案用紙を集めて、『顔色がよくなるように、めいっぱい外で遊んできなさい』と言いました。

それでみんな外に出て遊んでいると、突然《とつぜん》、おかしなことが起きました。その日は、おかしなことがふたつ起きたんです。ひとつ目は、校庭で。ふたつ目は、家に帰ったあとで。

ひとつ目は、わたしたちが遊んでいるところに、ファティマとカリーとフレッドがやってきたことです。わたしはイナラとカヴィ、アンジー、ラリーと一列にならんでバルーンマン対決をやってたんですけど――」

「ちょっといいかしら、オードリー。バルーンマン対決って？」

後ろからそうたずねてきたジョージーさんをふり返って見て、思った。それも知らないの⁉　大人って、たいくつな毎日をおくってるんだな。わたしは将来《しょうらい》、そうなりませんように。心の中だけでも、キラキラと楽しく生きていたい。

「洗車場《せんしゃじょう》のバルーンマン〔細長い人型の風船〕って、ゆらゆらゆれて、ぴーんとのびたり、くねっと曲がったりしますよね。あのまねをだれが一番上手にできるか競争するんです。こんなふうに」

わたしはイスから飛びおりて、郵便袋《ゆうびんぶくろ》をかかえたまま体をよじったり足をぶらぶらさせたり、腕《うで》をゆらしたり、しゃがんだり急に立ちあがったりしてみせた。

「似《に》てますよね？」

巡査《じゅんさ》部長は、まるで飲んだ薬が急に気管に入ったみたいな顔になり、ジョージーさんは胸《むね》をたたいて「うふん！」と変なせきばらいをして言った。

「そんな遊びがあるとは知りませんでした」

わたしはイスに腰《こし》をおろした。

「とっても楽しいんです。体をどれだけちぢめられるかと、どれだけ高く背《せ》のびできるかを審査《しんさ》して勝者を決めるんです」

巡査《じゅんさ》部長は真顔にもどってきいた。

「つまり、その対決をしているときに、三人が近づいてきたんですね?」

「はい。ファティマとカリー、フレッドです」巡査《じゅんさ》部長がメモをとっているから、ゆっくりと名前を言った。「三人が来たから対決をやめました。ファティマはウェールズでも指折りの、かがやいてるクールな子なんです。お父さんはウェールズのラグビーチームの選手だから、みんなファティマと友だちになりたがってます。でもこれまで、お近づきになれたのはカリーとフレッドだけ。ファティマはとなりのクラスだし、わたしともカヴィやイナラとも友だちじゃないから、こっちに歩いてくるのが見えたとき、なんでだろう?と思いました。

カヴィは何か言おうとして口を開いたんですけど、言葉じゃなくてげっぷが出たから、顔が完熟《かんじゅく》オレンジみたいな色になりました。いつもならそんなとき、イナラは笑うんですけど、口をあんぐり開けてファティマにくぎづけになっていたし、ネコ耳つきのカチューシャが頭から落ちないようにおさえるのに気をとられていて、それどころじゃありませんでした。

わたしは最初、まさかファティマがわたしたちに話しかけにくるなんて思いもしなくて、何かまちがってこっちの方向に来ちゃったのかなと思っていました。でもファティマは、編《あ》みこんだつやつやの黒髪《くろかみ》を肩《かた》からさっとはらって、まるでマジシャンがトランプをあやつるみたいに、さっとむらさきの封筒《ふうとう》を何枚《まい》かとりだしました。

『あなたたち、オードリーと……イナラ……カヴィ……アンジーとラリー？』

ファティマが封筒《ふうとう》の名前を読みあげてきいたので、わたしはおずおずとうなずきました。アンジーもカヴィと同じですごく緊張《きんちょう》していたんだと思います。急に『バットマン』のジョーカーみたいに笑いだして、フガッと鼻を鳴らしたかと思うと、ふっと静かになりました。ラリーはというと首振《くびふ》り人形みたいに、しきりにうなずいていました。

『あなたたちを誕生日《たんじょうび》パーティーに招待《しょうたい》しようと思って』ファティマは五つのフリスビーを連続で投げるみたいに、一人一人に招待状《しょうたいじょう》の入った封筒《ふうとう》をササッとわたしました。

『遅刻《ちこく》しないでね。それに書いてある決まりごとにしたがわないと入れないからね。いい？』

『そうそう！』

フレッドが耳を上下させながら、すかさず答えました。左右の耳をバラバラに動かせるのは、学校でフレッドだけです。学年主任《しゅにん》のガルシア先生は、フレッドは将来《しょうらい》、スウォンジー一《いち》の大金持ちになるだろうと言ってました。最近は、耳を動かすのを見たい人たちからお金をとるようになって、もうかなりの額《がく》がたまってるそうなんです。

カリーがつけくわえました。

『ダサい服で来ないでよ！　学校の先生は全員、もちろんガルシア先生も来るからね』

そしてフレッドの腕《うで》をぽんとたたくと、ファティマの後について、さわがしい校庭を横切っていきました。

わたしたちは三秒くらい無言で見おくったあと、いっせいに招待状《しょうたいじょう》を開きました。ファティマは毎年、盛大《せいだい》な誕生日《たんじょうび》パーティーを開いていて、終わってから何週間も、ウェールズじゅうがその話題で持ち切りになるんです！　ニュース番組で報道《ほうどう》されたこともあるんですよ。招待客《しょうたいきゃく》が順番に乗馬体験していたポニーが車道に逃《に》げだしたから。イナラもわたしも、それまで招待《しょうたい》されたことはありませんでした。カヴィは招待《しょうたい》されたことがありましたけど、それは両親がファティマの両親と知りあいだからです。イナラとわたしのために毎年、会場にあったお菓子《かし》やギフトバッグをこっそり持ち帰ってくれるんですけど、やっぱりわたしも招待《しょうたい》されたくて、ずっとうらやましかったんです。

封筒《ふうとう》を開けると、中から緑のラメがふわっと飛びだしてきて、服につきました。イナラもラメがジャンパーについて、『うわー』と声をあげていました。中から招待状《しょうたいじょう》を引きぬくと、ふちには風船を持った動物の絵がちりばめられていて、真ん中ではサーカスの団長《だんちょう》が横断幕《おうだんまく》をかかげていて、『あなたをご招待《しょうたい》するのは……』と文字がありました。

その下に、誕生日《たんじょうび》パーティーの案内が書いてありました。テーマはサーカスで、マンブルズの海辺にあるファティマの家で土曜に開かれるということも。……つまり、先週の土曜です。そして、三時ちょうどに親に連れてきてもらうこと、夜七時前には迎《むか》えに来てもらうこと、キラキラした派手《はで》なサーカスの衣装《いしょう》で来ること、と決まりが書いてありました。

カヴィは大興奮《だいこうふん》して『やったね！』とさけんで、アンジーとラリーはその場でスキップしたりジャンプしたりしました。ファティマに招待《しょうたい》されたからには、クールにふるまわなくちゃいけないのに。

イナラが言いました。

『どうして急に招待《しょうたい》したのかは、想像《そうぞう》つくよ。ガルシア先生とリー先生も来ることになったから、招待《しょうたい》する相手をえりごのみしてるってバレないように、だね。あ～あ、なんか行きたくないなあ……』

『そういうわけだよね』

わたしは透明《とうめい》なゆで卵《たまご》が胸《むね》につかえているみたいに苦しくて、そう答えるのがやっとでした。招待状《しょうたいじょう》をもらって舞《ま》いあがっていたけど、現実《げんじつ》に引きもどされたんです。リー先生とガルシア先生が来るなら、わたしも行かないわけにはいきません。みんなと同じだと思ってもらうために。そのためには、ふさわしい服を用意して、どうにかしてマンブルズのファティマの家まで行って……お母さんに車でおくってもらったふりをして……素敵《すてき》なプレゼントを用意して……家を二〇分以上、留守《るす》にすることになります。

下校の時刻《じこく》になるころには、学校じゅうのだれもが、テストや九九や、主語と述語《じゅつご》を正しく使った文の書き方のことなんかはすっかり頭から消えていました。パーティーにどんな人たちが来るだろう？　どんなファッションだろう？といった話で持ち切りでした。ガルシア先生も行くとわかって、いっそう盛《も》りあがっていました。ガルシア先生がどこかのパーティーに参加したという話は今までできいたことがなかったので、みんな先生に見てもらうために、最高のファッションとプレゼントを準備《じゅんび》しようと口々に言っていました。わたしも輪に入って、わくわくしているふりをしようとしたんですけど、まだゆで卵《たまご》が胸《むね》につかえたままでした。すごくすごくやりたいことがあるのにできないとき、いつもそうなるんです。

　ファティマから招待状《しょうたいじょう》をもらったこと、それがその日のおかしな出来事のひとつ目でした。

　ふたつ目は、家に帰ってから起きました。わたしが帰ったとき、お母さんはキッチンでおやつにサンドイッチを作っているところでした。調子がいい証拠《しょうこ》です。わたし、お母さんの作るサンドイッチが大好きなんです。手がすばやく動かせないから、作るのに時間がかかるんですけど、おいしくできるんです。わたしは手伝おうとお母さんの横に立って、ファティマから招待状《しょうたいじょう》をもらったからすごく行きたいんだと話しました。お母さんがにっこりして『そう』と言ったので、わたしはうれしくなってクチュしました。お母さんはパンケースのとなりを指さしました。

『そういえば今朝、オードリーにお届《とど》けものがあったわよ。モーさんが朝の配達を終えてから、届《とど》けてくれたの。向かいの家の玄関《げんかん》の前に置いてあったらしくて、あなた宛《あて》だって』

　目をうたがいました。カヴィのニンジャ・タートルズのボトルが届《とど》いてたんです！　しかも、中に何か入っていました！

『ここにメッセージがあるわね』

お母さんがそう言って、ボトルにはってある黄色いふせんを指さしました。その指が少しふるえているのに気づいて、思わず口に出しそうになったけど、ぐっと飲みこんで、ふせんのメッセージに視線《しせん》をうつしました。

ゆうびんはいたつのかたへ
ドアナンバー33の　おんなのこに　とどけてください

キャットとペックくらいの小さな子が書いたような、いびつな字でした。ボトルのふたを開けてさかさまにすると、巻《ま》き紙といっしょに二ポンド硬貨《こうか》が落ちて、カウンターの上でくるくるまわって止まりました。巻《ま》き紙を開くと、こう書いてありました。

つごうのいいときに　せんしゃしてください
チップを　いれておきます　ありがとう

『お母さん！　洗車《せんしゃ》してほしいんだって。ほんとに返事が来た！』

そう言うと、お母さんに『だれから？』ときかれたので、『向かいの家に引っ越《こ》してきた人と友だちになりたくて、置き手紙をしたの』と答えました。そしたら『うまくいったみたいね』って。

でも、ふっと不安になりました。ひょっとして、わななのかな？　どうして返事を出すのにこんなに時間がかかったんだろう？　わたしの家族について情報《じょうほう》を手に入れるために、わたしをおびきよせようと計画を練っていたんじゃ？

わたしは金色の二ポンド硬貨《こうか》をひろいあげました。スーパーに行くときや何かの支払《しはら》いをするとき以外で、だれかにお金をもらったのは、おじいちゃんとおばあちゃんが亡《な》くなってから初めてのことでした。でもこの二ポンドはわたしだけじゃなく、イナラとカヴィと三人で受けとるお金です。この硬貨《こうか》をどうしようかと考えていると、お母さんの声がきこえました。

『ああ、そうそう！　ほかにもおやつがあったはず』

お母さんはずいぶん前に買っておいたビスケットを一箱見つけ、それぞれの皿のジャムサンドイッチの横に、ゆっくりと一枚《まい》ずつのせていきました。パンの包みに目をやると、あと二枚《まい》しかなくて、バターもほとんど残っていませんでした。今まで、子どもたちに食べ物を少しでもとっておくために、お母さんがお腹《なか》がすいていないふりをしているところを何度も見てきました。ここしばらく、向かいの家やアデオラ先生の指示《しじ》やテストのことで頭がいっぱいで、今月もそのときがやってきていることに気づいていませんでした。そういえばその週、モーさんが白い封筒《ふうとう》をいくつも配達してくれたんです。もちろん、中はどれも請求書《せいきゅうしょ》です。あの白い封筒《ふうとう》が、わたし大嫌《だいきら》いです。お母さんのなけなしのお金をブルドーザーみたいに飲みこんで、何もかも穴《あな》だらけにするから。わたしたちの心まで。でも最悪なのは、その封筒《ふうとう》が次々に届《とど》いても、わたしは何もお母さんの役に立てないこと。請求書《せいきゅうしょ》の一枚《まい》さえ、どうにもできないこと。わたしがお金をかせいで支払《しはら》える年になるまで、まだ七年もあります。

選択肢《せんたくし》はひとつだけ。それは、だれにも教わらずに覚えたこと……泥棒《どろぼう》になることでした」

9 銀河《ぎんが》の万引きルール

「あの……水か、何か炭酸《たんさん》ジュースをもらってもいいですか？」

喉《のど》がからからになってお願いすると、アニタ巡査《じゅんさ》部長は言った。

「もちろん。何か食べるものも持ってきましょうか？　一日じゅう旅してきたんですものね」

「サンドイッチとポテトチップスを持ってきましょうか？」

ジョージーさんの言葉に、わたしは首をふった。お腹《なか》は全然すいていない。喉《のど》がかわいているだけだ。巡査《じゅんさ》部長はドアの向こうのだれかに何か伝えてから、わたしにほほえんだ。

「すぐに用意しますからね」

ジョージーさんは全部の指に指輪がはめてある手で、わたしの腕《うで》をトンとたたいた。

「あなたはよくやっているわ。本当に、本当によくやっている」

二分後も、そう思っているかな？　わたしが次に何をしたかをきいても。きっと見方が変わる。全て話し終えたら、わたしをつかまえたことに大喜《おおよろこ》びして、起訴《きそ》して刑務所《けいむしょ》に入れるはず。

しばらく、みんな無言で待っていると、警察官《けいさつかん》の男の人がドアをノックして、オレンジスカッシュの入ったプラスチックのカップを運んできてくれた。背《せ》が高くて背《せ》すじがぴんとしているから、定規《じょうぎ》が歩いているみたいだ。その人が、まるで執事《しつじ》のように片手《かたて》は背中《せなか》に当て、もう片方《かたほう》の手でわたしの目の前にカップを置くと、巡査《じゅんさ》部長は言った。

「ありがとう。下がっていいですよ」

「承知《しょうち》しました！」

その人は背《せ》すじをのばしたまま、スタタタッと部屋から出て、後ろ手にドアを閉《し》めた。

わたしはオレンジスカッシュを時間をかけてちびちびとすすって、喉《のど》を滝《たき》のように流れ、胃《い》の中の湖に落ちていく感覚をひとしきり味わってからきいた。

「被告人《ひこくにん》はみんな、オレンジスカッシュを飲ませてもらえるんですか？」

どうして家で飲むのより、こんなにおいしいんだろう？

巡査《じゅんさ》部長はおどろいた顔で答えた。

「いいえ。一般《いっぱん》の方だけですよ。それにオードリー、あなたは被告人《ひこくにん》ではありませんよ。ここは刑務所《けいむしょ》でもありません、ただの取り調べ室です。あなたは事情聴取《じじょうちょうしゅ》を受けているだけです」

「そうですか。ああ、このスカッシュ、ほんとおいしい」

「つづきを話してもらえますか？」

わたしがうなずくと、巡査《じゅんさ》部長は重ねてきいてきた。

「さっき、泥棒《どろぼう》になると言っていたけれど、それはどういう意味？」

わたしはしばらくだまりこんで、ドアに目をやった。今すぐあそこから飛びだして、消えてしまいたい。でもわたしは臆病者《おくびょうもの》じゃない。だから深呼吸《しんこきゅう》して、つづきを話しはじめた。

「これから話すことは、お母さんにはぜったいに知られたくないんです」

巡査《じゅんさ》部長もジョージーさんも何も言わず、わたしを見つめて、目で「わかった」と伝えてきた。

「……請求書《せいきゅうしょ》がたくさん届《とど》くと、お母さんは……政府《せいふ》からもらっている食料費《ひ》の残りでは足りなくて、払《はら》えないんです。毎月、同じ時期にいつもそうなって、お母さんは悩《なや》んで眠《ねむ》れなくなります。モーさんが、請求書《せいきゅうしょ》しか入っていない薄《うす》い白い封筒《ふうとう》を立てつづけに配達する時期があるので、ああ、お母さんはまた眠《ねむ》れなくなるなとわかります。そういう封《ふう》筒《とう》って、ケチで切手が貼《は》ってないんですよ、知ってます？　すみに大きな丸と文字が印刷されてるだけなんです。いろんな人からたくさんお金を支払《しはら》ってもらってるんだから、切手くらい買えるはずなのに！

えっと、前に……七歳《さい》くらいのとき……状況《じょうきょう》がとても悪くなったときに……わたしたち家族が飢《う》え死にしないように、初めて……物を借りました。そのあとも、何回か……ううん、もっと」

その先は、テーブルに目を落としたまま話すことにした。視界《しかい》に何も入らないほうが、真実を口にしやすいときもある。

「次の日……ファティマからパーティーの招待状《しょうたいじょう》をもらって、洗車《せんしゃ》してほしいと返事が来て、お母さんがおやつを食べなかった日の次の日……わたしはいつもよりずっとはやく目を覚ましました。泥棒《どろぼう》になるしかない日には、家族より一時間はやく起きます。その日の朝は暗くて、灰色《はいいろ》の雨雲が、怒《おこ》った宇宙船《うちゅうせん》みたいに空をおおっていました。寒くてどんよりしていて、ほっとしました。雨がふっているほうが、やりやすいからです。

まず、お母さんが眠《ねむ》っているか確認《かくにん》しました。痛《いた》み止めがきかなくて、ベッドにいるけど目は覚めていたり、夜明け前でも部屋を歩きまわっていたりすることがあるから。でも寝息《ねいき》がきこえたから、しばらく起きないとわかりました。お母さんが寝《ね》ているときの鼻息は、リコーダーを吹《ふ》く息が弱くて音程《おんてい》がおかしいときみたいな音がするんです。それもわたしの好きな音です。

お母さんの部屋のドアを少し開けて、キャットとペックも眠《ねむ》っているのを確認《かくにん》しました。二人とも両手両足を投げだして寝《ね》ていて、二匹《ひき》のヒトデの足が波のせいでからまったみたいでした。寝相《ねぞう》がかわいいんです。部屋の時計を見ると、六時五四分だったのをはっきりと覚えています。つまり、あと三六分はだれも起きないはずでした。

わたしはパジャマの上に、持っている中で一番ぶかぶかのパーカーを着て、その上にコートをはおると、お母さんの財布《さいふ》と家の鍵《かぎ》と、ペックの恐竜型《きょうりゅうがた》の腕時計《うでどけい》を手にとりました。自分の腕時計《うでどけい》はないけど、犯罪者《はんざいしゃ》には時刻《じこく》の確認《かくにん》が重要だから。

本当は犯罪者《はんざいしゃ》になんか、なりたくなかったんです」

この先を話す前に、二人に念押《ねんお》ししておきたかった。

「でも、なるしかなかった。お父さんが出ていって、お母さんが仕事をやめなくちゃならなくなって、わかってきたんです。お金がなければ食べられない。わたしにはお金をかせげない。赤ちゃんのころ、わたしは犯罪者《はんざいしゃ》じゃなかった。でも大きくなるにつれて、他人のものを盗《ぬす》んだことはあったかもしれません。お菓子《かし》とかおもちゃとか。そのときはまだ犯罪《はんざい》とまでは言えなかったとしても、今はまちがいなく、そう。

初めて万引きしたときは、無意識《むいしき》でした。その日のことは忘《わす》れもしません。お母さんに薬局で薬を受けとってきてほしいとたのまれて、走っていきました。薬剤師《やくざいし》さんが奥《おく》のほうで薬をそろえてくれるのを待っているとき、お腹《なか》がすいているのをがまんしながら薬局の中をなんとなく見まわしていると、ぴかぴかの金の包み紙に入ったチョコレートバーがカウンターにずらりとならんでいるのが目に入りました。学校でみんなが話題にしている、新発売のチョコレートバーでした。包み紙の内側に「アタリ」マークがあると、一生無料でチョコレートバーがもらえるという懸賞《けんしょう》つきだったからです。お母さんが特別なときにだけ買っていいと言ってくれる、スーパーのチョコレートバーよりも高かったから、食べたことがありませんでした。すると知らず知らずのうちに、目が監視《かんし》カメラのようにあたりを見まわし、だれもいないのを確認《かくにん》すると、わたしの指はチョコレートバーをさっとつかんでコートのポケットに入れたんです！　体がロケットになって発射《はっしゃ》するみたいに、つま先から頭まで一気に炎《ほのお》がふきあがる感じがしたので、顔が真っ赤になっていたと思います。はっとしてカウンターにもどそうとしたとき、薬剤師《やくざいし》さんがもどってきて、薬とオイルの入った袋《ふくろ》をわたしてくれました。

わたしは受けとると、薬局からあわてて飛びだしました。薬剤師《やくざいし》さんが気づいて警察《けいさつ》に通報《つうほう》するかもしれないと思ったら、こわくて気分が悪くなってきました。アタリが出ても賞品《しょうひん》をわたさないように、チョコレートバーの会社にも電話するかもしれません。いつかお金をかせげるようになったら、必ず代金を払《はら》いにいこうと心に決めました。

罪悪感《ざいあくかん》は消えません。それから何かを盗《ぬす》むたびに、罪悪感《ざいあくかん》が積み重なっていきます。

次の日、学校でカヴィとイナラの前でポケットからチョコレートバーを出すと、イナラは目をかがやかせて、わたしが一枚《まい》持っていると大声でみんなに言いました。いつの間にか、校庭にいた子たちの半分が集まってきて、包み紙の内側にアタリのマークがあるか、かたずをのんで見つめていました。アタリじゃなかったんですけど、そのときの、うきうきとはずむような胸《むね》の感覚は忘《わす》れられません。ああ、わたし、まるでふつうみたいって。みんなが毎日しているようなこと、わたしがふだんは決してできないことを、しているんだって。

その日から、盗《ぬす》みをはたらくしかなかったときは、その代金をいつか払《はら》うために記録をつけておくようになりました。メモ帳に金額《きんがく》を書いて、切手を集めている箱の中に入れているんです。悪夢《あくむ》を見ることもあります。だれかがメモ帳を見つけてお母さんに見せて、ウェールズのＦＢＩに逮捕《たいほ》されて、だれも見つけられないような奥地《おくち》の深い谷にたたずむお城《しろ》の地下牢《ろう》に閉《と》じこめられる……そんな悪夢《あくむ》を。

みんなに知られてしまうんじゃないかと考えると、いつもおそろしくて……。盗《ぬす》みをやめようとしたこともあります。はじめて盗《ぬす》みをはたらいた、チョコレートバーを盗《ぬす》んだ日、もう二度と、二度とこんなことはしないと心に決めました。でもそれからどんどん物価《ぶっか》があがっていって、請求書《せいきゅうしょ》の額《がく》も家賃《やちん》も食料品の値段《ねだん》もあがりつづけて。お母さんは毎月、できるだけ節約して、食べ物を買うお金をとっておきます。でも物価《ぶっか》があがったから、同じ金額《きんがく》で買える食べ物の量は減《へ》ってきました。買えない分を盗《ぬす》むんです。お母さんの好きなバターとか、キャットとペックの好きなビスケットとか、お母さんの骨《ほね》をじょうぶにするための牛乳《ぎゅうにゅう》とヨーグルトとか。バナナを七本盗《ぬす》めたこともありました。一度、牛肉のパティとバンズと、ケチャップとカスタードの缶《かん》を一気に盗《ぬす》めたこともありました。それでハンバーガーを作って、あたためてとろけたサクサクのチョコレートバーにカスタードをそえておやつに出したときの、お母さんとキャットとペックのうれしそうな顔は、一生忘《わす》れられないと思います。

ときどき、お母さんに『あら、こんなものも買えたの？』ときかれることがあって、そんなときはうそをつくしかありません。それも犯罪者《はんざいしゃ》のかかえる闇《やみ》です。愛する人に知られないよう、うそを重ねなくちゃいけない。『一人でおつかいに行ったとき、半額《はんがく》で売ってたの』とか、ビスケットやお菓子《かし》を盗《ぬす》んだときは、『ランチのときに、持っていったおやつをイナラとカヴィと交換《こうかん》したんだ』とか。

犯罪者《はんざいしゃ》でいるのはかんたんなことじゃありません。お父さんが来て助けてくれたら、やめられる。商品を盗《ぬす》みにお店に入るのは、もういやなんです。心臓《しんぞう》が飛びだして喉《のど》の奥《おく》にはりついたみたいに、ドクドクと鼓動《こどう》の音が耳からはなれません。盗《ぬす》めそうなタイミングがやってくると、手と足が冷凍《れいとう》の魚フライみたいに冷たくなって、まわりの時が止まったような感覚になります。銀河《ぎんが》までが回転をやめて、わたしに注目しているみたいな。ときどき、実行しているのはわたしに似《に》ただれかで、本当のわたしは上空にただよいながらながめている、そんな感覚になることもあります。

わたし、盗《ぬす》むのがうまいんだと思います。見つかったことは二回しかないから。一度目は、スープの缶《かん》を三つ、ジャンパーの中にかくして、お店から出ようとしたときでした。ドアのところでうっかり落としてしまって。警備員《けいびいん》の人が駆《か》けつけて腕《うで》をつかんだけど、わたしが泣いたら腕《うで》をはなしたから、そのすきに逃《に》げました。

二度目は去年、街で開かれたクリスマスマーケットに行ったとき。机《つくえ》の上に置くような、小さなクリスマスツリーを盗《ぬす》もうとしたんです。うちにはクリスマスツリーがないから、キャットとペックを喜《よろこ》ばせようと思って。それでコートの下にかくしたら、ツリーはベルがついていて、わたしが動くと音が鳴ったんです。巡回中《じゅんかいちゅう》の警察官《けいさつかん》がつかまえて、お母さんに電話しようとしたんですけど、なぜか店長さんが見逃《みのが》してくれて、しかもそのツリーをくれたんです！　どうしてかはわかりませんけど、かわいそうだと思われたのかな。そのツリーは今もリビングの暖炉《だんろ》の上にあります。

お金がなくて大人でもどうしようもないときに、どうやって物を手に入れればいいか、方法が書いてあるガイドブックはありません。だから自分でルールを決めました。ぜったいにやぶってはいけない大ルール三つと、どうしてもできないときはやぶってもしかたない小ルール五つ。それを守ればつかまりません。

先週のその日、あんなことになると知っていたら、ずっとベッドから出ずにいたはずです。でも予想していなかったから、ペックの腕時計《うでどけい》をつけると、こっそり家を出て、通りの端《はし》にならぶお店のほうに走っていきました。どのお店でも盗《ぬす》んだことがあって、その日はデイビスさんのお店に向かいました。デイビスさんのお店は、そのとなりのミニスーパーマーケットよりも小さいけど必要なものはなんでもそろっていて、郵便局《ゆうびんきょく》の支店《してん》でもあります。そこに向かったのは、食料品だけじゃなく、ファティマの誕生日《たんじょうび》パーティーに持っていくプレゼントも手に入れなくちゃならなかったからです。それにデイビスさんは分厚《ぶあつ》いメガネをかけているのに、なんにも気づかないから。

はじめは順調でした。なんてことのない顔でお店に入ると、入り口でいつものように来客を告《つ》げるブザー音が鳴りました。デイビスさんはお客の顔がよく見えないかもしれないから、わたしは『こんにちは』とあいさつして、デイビスさんは『いらっしゃい』と言いました。中にはもう一人お客がいて、茶色いロングヘアーの女の人でした。ちょうどいいと思いました。ほかのお客がいたほうが、デイビスさんの気がそれて盗《ぬす》みやすいから。

わたしはパンのコーナーに行き、そのお客とデイビスさんの様子を横目で確認《かくにん》しました。泥棒《どろぼう》になるのは、未知の銀河《ぎんが》に突入《とつにゅう》して、危険《きけん》な惑星《わくせい》やブラックホールや宇宙人《うちゅうじん》を警戒《けいかい》しつづける宇宙船《うちゅうせん》のパイロットになるようなものです。店長さんは宇宙人《うちゅうじん》のリーダーみたいなもので、居場所《いばしょ》をずっと把握《はあく》しておかなくちゃいけません。それがひとつ目の大ルール〈宇宙人《うちゅうじん》のリーダーからぜったいに目をはなすな〉。

二人ともわたしのほうは見ていなかったので、パン、卵《たまご》、バターを買うために手にとりました。それがふたつ目の大ルール〈盗《ぬす》むときには、安いものでもいいから必ず何か買う〉。罪悪感《ざいあくかん》が減《へ》るし、買い物をしたお客がそれとは別に何か盗《ぬす》んでいるとは、お店の人は思わないから。身をかがめて、買えるものを手にとると同時に、買えないものも手に入れるんです。ベイクドビーンズの缶《かん》をパーカーの前ポケットに、パスタのミニ缶《かん》をコートの左ポケットに。そしてわざと大きなせきばらいをしながら、お母さんの好きな袋《ふくろ》入《い》りのヌードルも左ポケットに入れました。

デイビスさんがまだほかのことに気をとられているのを確認《かくにん》すると、わたしは冷蔵《れいぞう》コーナーに行って、小瓶《こびん》に入った牛乳《ぎゅうにゅう》を買うためにひとつ手にとり、スライスチーズのパックはジーンズのポケットに入れました。ポケットの中で曲がっちゃったけど、ペックはトーストにチーズをのせるのが好きで、曲がってても気にしないから。

そのとき、入り口で来客のブザー音が鳴って、赤いTシャツ姿《すがた》の男の人が、大きな封筒《ふうとう》を手に駆《か》けこんできてカウンターに向かいました。さっきの女性《じょせい》のお客さんもカウンターに来ていたので、しばらくデイビスさんは忙《いそが》しくなりそうだと思い、ほっとしました。

あと必要なものはふたつ。ファティマのパーティーまであと四日しかありません。ファティマがわたしのことをふつうだと思ってくれるようなプレゼントを用意しなくちゃなりませんでした。お母さんにパーティーに行きたいと言ったら、『そう』と返事をしていたから、行く準備《じゅんび》をしておきたかったんです。

わたしは平然とした顔で誕生日《たんじょうび》カードのコーナーに行き、ゆっくりと見てまわりました。そのお店のカードはほとんどが、何年も売れずにならんだままで、おじいちゃん世代が子どものころに印刷されたみたいに古ぼけているのもあります。でもその中に、ファティマにあげてもだいじょうぶそうな、キリンに風船が結びつけてある絵のカードを一枚《まい》見つけました。わたしはだれも見ていないかまたたしかめると、パーカーのすそを持ちあげて、カードを包んでいるビニールがすれて音がしないように気をつけながら、ジーンズのウエストに差しこみました。カサカサと音がする袋《ふくろ》や包装紙《ほうそうし》に入った商品を盗《ぬす》むのが、一番むずかしいんです。かくしてからも、音がして宇宙人《うちゅうじん》のリーダーに気づかれないように、歩き方を工夫《くふう》しないといけないから。それが三つ目の大ルール〈大きな音がしそうなものには手を出さない〉。でもファティマにあげるには、それを選ぶしかありませんでした。

入り口のブザー音がまた鳴って、さっきの男の人が出ていったところでした。カウンターにいるお客はあのロングヘアーの女の人だけです。その人は急いでいるのか、デイビスさんと早口でやりとりしていたので、はやくしないと最後のひとつを手に入れる時間はないとわかりました。ファティマへのプレゼントです。

選ぶなら、お菓子《かし》か文房具《ぶんぼうぐ》。どっちのコーナーも危険《きけん》なブラックホールゾーンです。防《ぼう》犯《はん》カメラがするどい目つきで監視《かんし》していて、あやしい動きが見つかればやっかいなことになります。きっと、お菓子《かし》や文房具《ぶんぼうぐ》は万引きされやすいんだと思います。どのお店でもカウンターの目の前にあって、防犯《ぼうはん》カメラが二四時間、監視《かんし》しているから。

しばらく迷《まよ》ってから、文房具《ぶんぼうぐ》のコーナーに向かいました。ふせんや茶色い紙ひもやボールペン、マーカーとか、なんでもない日にだれかにあげるのにさえぱっとしないのに、誕《たん》生日《じょうび》のプレゼントになんてできるわけないものばかりがならんでいました。でもその下のたなに、あったんです。ぴったりなプレゼントが！　目が動く動物のシールがならんだシートと、トラの消しゴムつきの鉛筆《えんぴつ》のセットです！　ファティマはぜったいに気に入るはずだし、サーカスがテーマのパーティーに持っていくにもぴったり。ファティマはすごく気に入って、学校にも持ってくるかもしれません。そしたらみんなが『それどうしたの？』ってきいて、ファティマはわたしからのプレゼントだと答えて、みんなのわたしを見る目が変わるはず！

そのとき、またブザー音が鳴りました。デイビスさんがひまを持てあまして、わたしを気にしはじめるかもしれないから、はやくしないと。わたしは牛乳《ぎゅうにゅう》とパンとバター、卵《たまご》を落とさないように片方《かたほう》の腕《うで》にかかえ、もう片方《かたほう》の手でシールと鉛筆《えんぴつ》のセットをジーンズの中に押《お》しこみました。

あとは、変な歩き方にならないように注意しながらカウンターに行って、買えるものは買って、なんでもないふうをよそおってお店から出るだけでした。

お店のどこに人がいるかたしかめていれば、うまくいったはずでした。でも、ファティマにぴったりなプレゼントを見つけて浮《う》かれていて、すっかり忘《わす》れていました。

デイビスさんのいるカウンターに向かおうと一歩ふみだして、ジーンズにかくしてある袋《ふくろ》の音をかき消そうと、口笛をふいたり歌ったりしようとしはじめた瞬間《しゅんかん》、だれかに肩《かた》をつかまれたんです。そして耳慣《みみな》れない声がとどろき、銀河《ぎんが》を木《こ》っ端《ぱ》みじんにしました。

『ちょっと、デイビスさん！　泥棒《どろぼう》をつかまえましたよ！』」

10 つかまった!

「走馬灯《そうまとう》みたいに思い出がかけめぐった経験《けいけん》、ありますか? 映画《えいが》でよく、死に直面した人がそうなりますよね」

アニタ巡査《じゅんさ》部長とジョージーさんの顔を見あげると、二人とも首を横にふっていた。

「わたしもありません。そのとき、わたしの脳《のう》は走馬灯《そうまとう》を準備《じゅんび》しようとしたと思うんです。でもどのシーンを流せばいいかわからなくて、かわりに真っ暗な映像《えいぞう》を流すしかなかった。これまでの人生でたいしたことをしてこなかったからかもしれません」

すると巡査《じゅんさ》部長は首をかしげた。

「そうかしら。わたしには、あなたは九年間の人生でたいしたことをたくさんしてきたように思えますよ。あなたのように親御《おやご》さんのお世話をしている子どもは、あまりいませんからね。それにいくつものリスクをおかして、命まで危険《きけん》にさらしてこうしてロンドンまでやってくる子もいないはずです」

「あ、そっか……」

少しうれしくなった。次の機会には、わたしの脳《のう》も走馬灯《そうまとう》を準備《じゅんび》してくれるかもしれない。

ジョージーさんがとてもやさしい声できいた。

「オードリー、こわかった？　肩《かた》をつかまれてどなられて、逃《に》げだしたかったんじゃない？」

わたしはうなずいた。そう、こわかった。人生で一番こわかった瞬間《しゅんかん》かもしれない。それまで二回、盗《ぬす》みを見つかったときよりも。デイビスさんがこわいんじゃなくて、お母さんに知られるかもしれないから。お母さんは調子のいいときは、デイビスさんのお店に行くことがあるから。

わたしは二人の顔を見あげた。

「こわかったです。すごく、すごくこわかった。それに、それからいろんなことが一気に悪いほうに流れはじめたんです。ドミノをたくさんならべたのに、うっかり手が当たって次々にたおれていって、どんなに急いで止めようとしても間にあわないときみたいな。

肩《かた》をつかまれて雷《かみなり》みたいな声がとどろいて、わたしの体が震源地《しんげんち》みたいにゆれたのが、たおれた最初のドミノでした。逃《に》げだしたかったけど強い力でおさえつけられていて、足をふみだそうとしても前に出せなくて、かかえていた牛乳《ぎゅうにゅう》と卵《たまご》とパンが腕《うで》からはなれて宙《ちゅう》を舞《ま》って、オリンピックの飛びこみ競技《きょうぎ》の選手みたいに床《ゆか》に落ちました。なぜかスローモーションで見えました。テレビでボクシングの試合がスロー再生《さいせい》されて、パンチされた選手のほっぺたの肉がぶるぶるっとゆれるのが見えるみたいに。

そしてパンがドサッ！　卵《たまご》がグチャッ！　牛乳《ぎゅうにゅう》がゴボゴボゴボ！と音を立ててスニーカーのまわりにこぼれました。

卵《たまご》の黄身と牛乳《ぎゅうにゅう》が混《ま》ざりあっていくのが目に入ると、真っ暗だったわたしの脳《のう》ははっとわれに返って、『戦え！』と指令を出しました。

『はなして！　なんにもとってなんかいない！』

そうさけんで、わたしをつかんでいる手を押《お》しのけようとしたんですけど、そのとき、うそを証明《しょうめい》するかのように、ジーンズのポケットに押《お》しこんでいたスライスチーズが飛びだして、黄身と牛乳《ぎゅうにゅう》の上にパシャッと落ちました。まさかチーズに裏切《うらぎ》られるとは思ってもみませんでした。

デイビスさんがやってきて、『何があったの？』とききました。するとわたしが答える間もなく、さっきの声が言いました。

『万引きですよ、デイビスさん。ポケットにかくしてる。それにジーンズの中にも』

その人が一言繰《く》りだすたびに、逃《に》げたい気持ちがどんどん強くなっていきました。でもがっちりとつかまれていて、身動きがとれません。

デイビスさんは、呆然《ぼうぜん》とわたしを見つめました。

『オードリー？　本当？』

なんて答えていいかわかりませんでした。本当はこう言いたかった。

『ちがうんです！　そんなつもりなくて。レジに持っていこうとしたところだったんです。誤解《ごかい》しないでください！』

でも何も言えなくて、熱いしずくが目からぽろぽろこぼれて、ほおをつたって鼻からしたたり落ちました。スニーカーにしみこんでいく白と黄色の液《えき》だまり以外、何も見えなくなりました。

『警察《けいさつ》を呼《よ》びましょうか？』

そう言った人の手は、わたしの肩《かた》をまだがっちりとつかんでいて、体がにぎりつぶされてしまいそうでした。

きっとデイビスさんは、その人に警察《けいさつ》を呼《よ》んでもらうだろうと思いました。でもデイビスさんは言ったんです。

『いいえ。誤解《ごかい》に決まっていますから』

そのときまたお店のドアが開いて、ブザー音が鳴りました。だれが入ってきたのかわからないけど見られたくなくて、パーカーのフードをかぶると小声で言いました。

『どれも買うつもりだったんです、デイビスさん。ほら！』

そしてうそを信じてもらうために、お母さんの財布《さいふ》を差しだしました。するとききれ慣《な》れた声がしました。

『どうしたんですか、デイビスさん？』

モーさんです！　わたしはうなだれました。これでモーさんは友だちじゃなくなってしまう。切手も二度とくれないだろうな。もしくれようとしても、モーさんが配達に来てもドアは開けないし、お母さんとも話はさせない。モーさんがこのことを話してしまうかもしれないから。わたしの人生は終わりだ。

デイビスさんは頭をかいて言いました。

『あら、こんにちは、モー。……ネッサさんがオードリーをつかまえたところで……いくつか商品をかくしちゃったから！』

ネッサさんという人は、ようやくわたしから手をはなして言いました。

『かくした⁉　このお店の半分を、まるっと持っていこうとしていたみたいですけど？』

ふりかえってネッサさんを見ると、大きな丸い目の上に、ラメ入りのむらさきのアイシャドウをたっぷりぬった金髪《きんぱつ》の女の人でした。頭を風船でこすったみたいに、髪《かみ》があちこちにはねていました。冷たい雰囲気《ふんいき》だったから、わたしはいっそう気持ちが沈《しず》みました。

『レジに持っていくつもりだったんです！　合計金額《きんがく》を頭で計算したんですから！』

声がどんどん大きくなりました。わたしは信じてほしくて、モーさんの顔を見あげました。うそじゃないから。全部払《はら》うつもりでした……その日じゃなくて、将来《しょうらい》だけど。手紙のたばを持ったモーさんの顔に、笑《え》みはありませんでした。笑顔《えがお》じゃないモーさんの顔を見たのは、出会ってからその日が初めてでした。大きく見開いた目は、心配そうでした。

しかられるかな、それとも見放されるかな……そう思って待っていたけど、モーさんはただこう言っただけでした。

『デイビスさん、ちょっと外でお話しできますか？』

デイビスさんは悲しそうな顔のままうなずいて、二人はブザー音とともにお店の外に出ました。いっしょに警察《けいさつ》を呼《よ》ぶんだな、と思いました。

ネッサさんは舌打《したう》ちをはじめ、わたしは身じろぎひとつせずに待っていました。体がこおりついて、床《ゆか》を見つめていることしかできませんでした。袋《ふくろ》から飛びだして牛乳《ぎゅうにゅう》と卵《たまご》の沼《ぬま》に浸《つ》かっているパンになりたい、と思いながら。

一分くらい経《た》って、またブザー音が鳴って、うつむいた視線《しせん》の先にデイビスさんの青いスリッパとモーさんのぴかぴかの黒いスニーカーがもどってきました。

『ネッサさん、もう帰っていただいてけっこうですよ』

デイビスさんが言うと、ネッサさんはききました。

『えっ？　でも、目撃証言《もくげきしょうげん》が必要でしょう？』

『いえいえ、だいじょうぶです。あとはモーさんとわたしが対応《たいおう》しますから。そうそう、お礼といってはなんですが、どうぞこのカップ麺《めん》とポテトチップスをお持ちくださいね』

ネッサさんはちょっと考えてから言いました。

『そうおっしゃるなら、じゃあこれで……』

そしてネッサさんがお店の外に出ようとドアを開けたとき、パトカーのサイレンの音がきこえてきました。わたしをつかまえにきたんだと思いました。スウォンジーはせまいから、パトカーもすぐに駆《か》けつけられるんです。

きっとモーさんとデイビスさんはお店を閉《し》めて、ドアに『CLOSED』の札をかけて、パトカーが到着《とうちゃく》するまでわたしを閉《と》じこめておくだろうと思いました。でもどれも予想がはずれて、デイビスさんはわたしに、家に持ち帰ろうとしたものをひとつ残らず見せるようにと言いました。わたしはポケットからヌードル二袋《ふくろ》と、ベイクドビーンズとパスタの缶《かん》をとりだしました。ファティマへのプレゼントはかくしたままでもバレないと思ったけど、モーさんとデイビスさんの前でごまかしたくありませんでした。だからシールセットとカードも、ロボットのように無心でジーンズの中からとりだしてわたすと、両手首を差しだしました。

デイビスさんはとまどった顔でききました。

『それは何？』

『パトカーにのせる前に、手錠《てじょう》をかけますよね』わたしはデイビスさんに答えると、モーさんにお願いしました。『お母さんに伝えてくれる？　ごめんなさい、こんなことになるなんて思ってなかったって』

モーさんはしばらく返事をしませんでした。とても悲しそうな顔で、目はうるんでいて。そして首をふると、わたしの手を包みこんで言いました。

『はっきりとした理由もないのに、仲間を刑務所《けいむしょ》におくったりはしないよ、オードリー。だれも警察《けいさつ》は呼《よ》んでいないからね。今日のところは』

デイビスさんが言いました。

『その通り！　さあさあ、かたづけましょう。もう少ししたら、常連《じょうれん》さんたちが買い物にやってくる時間だから！　ここをきれいにしてから、新しいパンと卵《たまご》と牛乳《ぎゅうにゅう》と、ほかにもあなたのお母さんに必要なものを買って帰ってね。レジに持ってきたら、いっしょに合計金額《きんがく》を確認《かくにん》しましょう』

なりゆきが信じられませんでした。モーさんは、わたしがとまどって何もできずにいるのを見て、赤い郵便《ゆうびん》カバンを肩《かた》からはずして床《ゆか》に置き、カウンターのロールティッシュを手にとりました。

『オードリー、ほら、これでスニーカーをふいてごらん。あとはぼくがかたづけるから。はやくすませて帰らないと、お母さんが心配するよ！』

そしてウインクした仕草は、変わらず友だちのままのようでした。そしてモーさんは、一面に広がっているスライムの海みたいな牛乳《ぎゅうにゅう》と卵《たまご》をふきとりはじめました。

わたしはスニーカーをふくと、新しい牛乳瓶《ぎゅうにゅうびん》と卵《たまご》一パックと、スライスチーズとパンをとりに行き、誕生日《たんじょうび》カードとシールセットとヌードル、缶詰《かんづめ》といっしょにカウンターにならべました。全部買えるだけのお金を持っていないことに、まだ気づいていないふりをしなければいけません。

デイビスさんはそれぞれの値段《ねだん》をレジに打ちこんで合計金額《きんがく》を確認《かくにん》すると、メガネごしにわたしを見下ろしました。

『全部で七ポンド三九ペンスね』

わたしはなんということのない顔をして、お母さんの財布《さいふ》を開き、一〇ポンド紙幣《しへい》が一枚《まい》あると思っていたのに、三ポンド六二ペンスしかないことに初めて気づいてびっくりした演技《えんぎ》をしました。

『お金をいくらか家に置いてきたみたいです。今あるお金でパンと卵《たまご》が買えるなら、あと、もし牛乳《ぎゅうにゅう》も買えるなら、それだけ買って帰ります』

きっと演技《えんぎ》がうまかったんだと思います。

『ああ、だいじょうぶよ』デイビスさんはカウンターの下から大きなノートをとりだして、後ろのほうの真っ白なページを開きました。『今日のところはパンと卵《たまご》と牛乳《ぎゅうにゅう》のお金をいただいて、そのほかは未払《みばら》い帳につけておくから、あとで払《はら》ってもらうのでいいかしら？』

『未払《みばら》い帳……って、なんですか？』

『お金が足りなくて買えないときに、記録しておくものよ。あとで、あなたとお母さんがお金の用意ができたときに支払《しはら》ってもらうの』

デイビスさんはページの一番上に〈未払《みばら》い帳　オードリー〉と書きました。わたしは急に大人になったような、なんだかうれしい気分になりました。

モーさんが床《ゆか》の掃除《そうじ》を終えて、となりにやってきてきました。

『どうかな、オードリー？』

じつは家にも、こっそり記録してきた未払《みばら》い帳があるんだ！　そう呼《よ》ぶとは知らなかったけど――とモーさんに言いたかったけど、まずはデイビスさんに確認《かくにん》しました。

『つまり、これ全部、今日持って帰っていいってことですか？　それで……あとで払《はら》えばいいんですか？』

デイビスさんはうなずきました。

『今日だけじゃなくて、必要なものがあるのにお金が足りないときは、いつでもね。商品をレジに持ってきてくれれば未払《みばら》い帳に書くから、払《はら》えるときに払《はら》いに来て。いい？』

だれかに親切にしてもらったとき、特に自分がすごく悪いことをして、親切にされる価《か》値《ち》がないとき、すぐには信じられないことがあります。それまでデイビスさんのお店からは、何度もいろいろなものを盗《ぬす》んできました。自分の未払《みばら》い帳につけてあるからまちがいありません。だからデイビスさんの言葉が現実《げんじつ》だとは思えませんでした。でもモーさんの顔を見ると、わたしを見てうなずいていたから実感がわいてきて、思わず笑顔《えがお》になりました。

モーさんはわたしにウインクして、笑顔《えがお》で言いました。

『そうそう！　ただ、ひとつ条件《じょうけん》があるけどね。いや、条件《じょうけん》じゃなくてチャンスといったほうがいいかな……』」

11 バケツリスト

「チャンス？」
アニタ巡査《じゅんさ》部長は興味津々《きょうみしんしん》の顔できいた。
「はい。でもそのときは、チャンスにするひまはありませんでした。わたしが家にいないとお母さんが気づく前に帰らなくちゃいけなかったし、キャットとペックを幼稚園《ようちえん》におくっていかなくちゃいけません。
いろいろなことがあって胸《むね》にかかえる秘密《ひみつ》が増《ふ》えすぎて、心臓《しんぞう》がバクバクしてきました。このままじゃ爆発《ばくはつ》して、秘密《ひみつ》が全部飛びだしちゃうんじゃないかと思うくらい。だれかに何もかも打ち明けたくてたまりませんでした。アデオラ先生の指示《しじ》のこと、お父さんを見つけたいこと、モーさんの言っていたチャンスのこと。でも話したら、お母さんの深刻《しんこく》な病気のことも、わたしが泥棒《どろぼう》だということもバレてしまいます。だから頭の中にそんなことはひとつもつまっていない演技《えんぎ》をして、イナラとカヴィにはふたつだけ伝えました。ひとつ目はボトルで届《とど》いた返事のこと、ふたつ目はファティマへのプレゼントに何を買ったか。そのときはまだプレゼントのお金は払《はら》っていなかったけど、あとで払《はら》ったから、うそをついたわけじゃありません。

どんなプレゼントか知った二人は『いいね！』と言って、置き手紙の返事と二ポンド硬《こう》貨《か》のことをきくと目をかがやかせて、すぐに計画を立てはじめました。イナラは明るい顔で鼻をこすりながら、自分がリーダーだとアピールするように、はきはきと言いました。

『明日、学校帰りに洗車《せんしゃ》しに行こうよ』

カヴィはうなずきました。

『ぼくも明日は行けるよ。ラグビークラブがないから』

『わたしも空いてる』

わたしはまるで、いろんなクラブに入っているけど、たまたまその日は空いているみたいな感じで答えました。

『決まり！　じゃあ、バケツリストを作ろう』

なんのことかわからなくてとまどっているカヴィとわたしに、イナラは説明しました。

バケツリストというのは古い車を持っている人には欠かせないリストだと。イナラにはカーディフだけじゃなくポートトールボット［ウェールズ南部の港町］でもたくさん洗車場《せんしゃじょう》を経営《けいえい》しているおばさんがいるんです。その人が前に言っていたそうです。『車が古くなるほどバケツリストが長くなるわ』って。イナラは、きっとそれは車をぴかぴかに洗《あら》うための道具のリストのことだろうと言ってました。それで、向かいの家の住人の車は古くて汚《よご》れているから、ぴかぴかにするにはいろんな道具が必要で、リストはすごく長くなるだろうって［これはイナラのかんちがいで、おばさんの言うバケツリスト（ｂｕｃｋｅｔ ｌｉｓｔ）とは、死ぬまでにやりたいことのリスト。愛車が古くなるほど、つまり自分が年を重ねるほど、そのリストが長くなっていくという意味］。

『じゃあ、わたしがリストを作るね』

イナラはうきうきした顔で言いました。どんなときもリストを作るタイプなんです。ディズニーワールドに行ったときには、持ちものや買いたいもの、だれに会いたいかのリストを一ページ分も書いていました。いつもリストの半分もこなせないと思うんですけど、イナラは気にしていないんです。ペンで色分けしてリストを作るだけで、予定がもっと楽しみになるからって。だからその日、イナラはフットベースボールをやっているとき以外はずっと、腕《うで》にリストを書いていました。そして最後の休み時間に、三人でリストに抜《ぬ》けがないか確認《かくにん》して手紙を書きました。
下校の時刻《じこく》になると、二人はリストに書いたものを準備《じゅんび》するために、まっすぐ家に帰りました。わたしの準備《じゅんび》は、向かいの家の郵便《ゆうびん》受けに手紙を入れることだけでした。

〇〇様（お名前を知らないので）
チップをありがとうございました。
明日、学校が終わったあと、四時きっかりに洗車《せんしゃ》します。

オードリー　イナラ　カヴィ

事前に知らせずに、いきなり行っておどろかせたほうがいいんじゃないかって、わたしは言ったんですけど、カヴィが『知らせておけば、ちゃんと洗車《せんしゃ》してるか確認《かくにん》するために家にいるようにするだろうから、こっちもスパイしやすくなる』と言って、イナラも賛成《さんせい》しました。わたしは学校帰りに手紙を小さな封筒《ふうとう》の形に折りたたんで、幼稚園《ようちえん》に寄《よ》って連れて帰ってきたペックとキャットといっしょに、向かいの家の郵便《ゆうびん》受けに入れてから家に帰りました」

「そのとき何か見えたり、きこえたりしましたか？」巡査《じゅんさ》部長はペンを、着陸態勢《たいせい》に入った宇宙船《うちゅうせん》のようにノートの上に浮《う》かせてきいた。「前にきこえた機械のような音とか」

「何もきこえませんでした。でもキャットとペックがいっしょだったから、郵便《ゆうびん》受けに入れるほんの数秒しかそこにいなかったので」

巡査《じゅんさ》部長はうなずいて、メモをとりながらきいた。

「それで、そのあとは？」

「ええと……その夜、みんなが寝《ね》たあと、おそくまで起きていて、新しいリストを作りました。でもそれは洗車《せんしゃ》じゃなくて、お父さんのリストでした。つまり、手紙。住所を見つけた日からずっと、お母さんのことを知らせる手紙を落ち着いて書くひまがありませんでした。ようやくその夜に時間ができたんです。手紙を読んだお父さんが、必要なものをバケツに入れておくってくれるイメージで、その手紙を『お父さんのバケツリスト』と呼《よ》ぶことにしました。

でも疲《つか》れていたんだと思います。書いているとちゅうで、いつの間にか眠《ねむ》っていて、目が覚めたらとっくに、いつも起きる時間をすぎていました。それで、洗車《せんしゃ》を終えたあとでつづきを書こうと決めました。

その日は、とっても楽しかったです。学校でイナラとカヴィが、こっそりリュックにつめてきた、リストのものを見せてくれました。ふたりとも持ってきていたのは、スポンジ、窓《まど》ふきワイパー、カラフルなモップ（巨人《きょじん》の髪《かみ》のたばをくっつけたみたいでした）。イナラはスプレー缶《かん》も持ってきていて、得意《とくい》げに『窓《まど》用の特別な洗剤《せんざい》！』と耳打ちしてきました。それなのにカヴィが携帯《けいたい》ラジオを忘《わす》れていて、イナラはカンカンに怒《おこ》っていました。計画にぜったいに必要だったからです。

『リストに書いてたカヴィの持ちものは、ふたつだけだったでしょ！　スポンジとラジオ！　もう、どうするのよ！』

『ラジオのかわりに、大声で歌ったらいいんじゃない？』そう答えるカヴィの顔が、真夏のビーチにいるみたいに赤くなっていたから、ムッとしているのがわかりました。『ラジオなしじゃ歌いたくないなら、ぼくが一人で歌うよ。イナラはそんなにうまくないみたいだし！』

『何言ってるのよ。みんなわたしのこと、歌が一番うまいって言ってるんだから。イード［イスラム教の祝祭］のときも、家族に歌ってってたのまれるし』

『それは家族だからだよー』

その言葉にカッとなって、イナラはカヴィの腕《うで》をパンチしました。それから二人はずっと無視《むし》しあってたから、どうしよう、洗車《せんしゃ》する気がなくなっちゃったかな？と心配したんですけど、下校の時刻《じこく》になるころには、また二人とも計画にうきうきしはじめたから、けんかしてたことは忘《わす》れたんだなと思いました。

三人でキャットとペックを迎《むか》えに行って、早足で家のある通りに向かって、向かいの家の車の前で足を止めました。わたしはキャットとペックから幼稚園《ようちえん》バッグを受けとると、二人に『イナラとカヴィといっしょに、ここで待ってて』と言って、自分の家に行って幼《よう》稚園《ちえん》バッグを置いてからバケツに水をくみ、お母さんの様子を確認《かくにん》しました。お母さんは二階にいて、『窓《まど》からあなたたちを見てたのよ』と声をかけてきました。一階にいなくてよかった、とわたしは胸《むね》をなでおろしました。イナラとカヴィに、お母さんが家で打ちあわせをしているから、二人を家には連れていけないと伝えていたので。もし二人が窓《まど》から中をのぞいても、お母さんの姿《すがた》を見られる心配はありません。

バケツが見つからなかったから、大きな鍋《なべ》ふたつにお湯と、よく泡立《あわだ》つように洗剤《せんざい》をたっぷり入れました。それから……友だちと洗車《せんしゃ》したことありますか？」

わたしが二人にきくと、ジョージーさんは答えた。

「あいにく、ないです。いつも洗車場《せんしゃじょう》で洗《あら》ってもらうので」

巡査《じゅんさ》部長も首を横にふっている。わたしは言った。

「今度やってみてください。人生で一番の楽しい経験《けいけん》になると思いますよ！　あんまり楽しいから、もし将来《しょうらい》、お母さんの病気をなおすお医者さんにも、世界的に有名な切手収集家《しゅうしゅうか》にもならなかったら、洗車《せんしゃ》を仕事にしたいくらいです。ただ、カヴィとイナラといっしょならの話ですけど。窓《まど》を泡《あわ》だらけにして、スポンジでキュッキュッと洗《あら》って、汚《よご》れがフライパンで温めたバターみたいにとけていくのを見るのが、とっても楽しくて！　キャットとペックのあんなに大きな笑い声をきいたのは、わたしがくすぐったとき以外では初めてでした。すごく幸せな気分でした。

もちろん、ほかにもやらなくちゃいけないことはありました。何かというと、わざとうるさくして、赤いドアの内側の住人を外におびきだすことです。だからラジオが必要だったんです。大音量で音楽を流せば、住人は出てきて文句《もんく》を言うはずです。提案《ていあん》したのはカヴィです。大人は自分の知らない、若《わか》い人たちの音楽がきこえてくると、必ず文句《もんく》を言うって。でもラジオを忘《わす》れたから、ほかの方法でうるさくしなくちゃなりませんでした。

そこでイナラは『ヘイ！　そこの家の人！　洗車《せんしゃ》してるYO《よ》！』、カヴィは『イエイ！　ピッカピカになりすぎて、宇宙《うちゅう》から見てもまぶしいぜ！』とか声をはりあげて、二人が車をハグしてびしょぬれになっていくたびに、わたしもさけびました。

『ほーらほらー！　車にクチュしてますよー！』

しばらくすると、イナラが『何か歌おうよ！』と言って、わたしとカヴィに曲を選ぶひまもあたえずに歌いはじめました。なんていうアーティストの曲だったかな、ええと、こんな感じの……『かっとばせー！　べ・イ・ビー！　……ええと、イエイ！　三振《さんしん》！　アウト！　オー！』

もっといい歌だったと思うんですけど、わたしはイナラほど歌がうまくないから。カヴィも歌にあわせて声をはりあげました。

『イエイ！　オー！　イエイ！　オー！』

そしてダンスしはじめたんですけど、うっかり感電した人みたいになっていました。すごく楽しかったから、わたしも歌わずにはいられなくて、そのうちわたしもイナラもカヴィにあわせてダンスしはじめました。お母さんが見ているかなと思って、うちの二階の窓《まど》をふりかえったけど、そこにいるかどうかよく見えなくて、一応《いちおう》、手をふりました。

歌の二番に入ったとき、イナラが急にわたしとカヴィをつかんで、ドアナンバー42の二階の窓《まど》を指さしました。

『ほら、だれかいる！』

でも歌うのをやめて見あげても、だれの姿《すがた》も見えませんでした。イナラは言いました。

『ほんとにいたんだから！　ほら、手をふって。まだこっちを見てるかもしれない！』

三人で手をふって、キャットとペックが『こんにちはー、やーっほー』とさけんだとき、だれかの声がきこえてきました。

『ねえちょっと、さっきからうるさいわよ。やめてくれない？』

やった！と思いました。住人をおびきだすのに成功したんだ、と。でも、となりの家の生け垣《がき》からラムリーさんが顔を出しました。

『わたしはいいけど、メイジーの気が立つのよ』

生け垣《がき》の向こうで、メイジーがほえるのがきこえました。だから五人であやまって、静かにすると約束しました。ラムリーさんが『ありがとう』と言って顔を引っこめると、イナラがわたしをひじでつついて、ささやきました。

『証言《しょうげん》！　忘《わす》れたの？』

『あっ、そうだった！』わたしはささやき返すと、生け垣《がき》のほうへ駆《か》けていきました。

『ラムリーさん、待ってください！』

『え？』

ふさふさの白髪《しらが》のラムリーさんが、また生け垣《がき》から顔を出しました。

『ちょっとききたいことがあるんですけど……何か見えたり、物音がしたりしたことはありませんか？　この家から』

わたしが赤いドアを指さすと、イナラがつけくわえました。

『変な音とかしませんか？』

ペックとキャットは、カヴィの背中《せなか》や車によじのぼろうとしていて、カヴィは二人を止めるのにいそがしそうでした。わたしはたたみかけました。

『光が見えたりとか』

ラムリーさんは眉間《みけん》にしわを寄《よ》せて、少し考えてから答えました。

『いいえ……ああ、そういえば先週、やたらとさわがしいときがあったわ。電動ドリルみたいな音がして。うちの二階のおどり場の向かいからもきこえたの。メイジーが落ち着かなくて、散歩に連れだしたんだけど、もどってきたらまた物音ひとつしなくなってたわ』

『電動ドリル……』

わたしはそうつぶやいて考えこみました。やっぱり住人はソーシャルワーカーで、ドリルで壁《かべ》に監視《かんし》カメラをとりつけたのかも。とりつけるなら、まさに二階のはず！　お母さんの寝室《しんしつ》がよく見えるから。わたしは外壁《がいへき》にこっそり防犯《ぼうはん》カメラがとりつけられていないか、見まわしました。学校の玄関《げんかん》ロビーにあるみたいな。でもどこにも見当たりませんでした。きっと窓《まど》の内側にとりつけたんだなと思いました。

『ラムリーさん、この家の人に会ったことはありますか？　裏庭《うらにわ》に出ているときとか』

『いいえ。でも裏《うら》のドアから出入りしてるみたい。夜、うとうとしはじめたころによく、さびついてきしんだような音がきこえてくるの。だれかが裏《うら》の通りから運転してきて、裏《うら》庭《にわ》に車をとめてるんだと思うわ。迷惑《めいわく》というほどじゃないけど、いつも夜中なのよね』

そのときメイジーがほえはじめたので、ラムリーさんは『それじゃあね』と言って、また姿《すがた》が見えなくなりました。

カヴィはわたしとイナラから話をきくと、『ほらね！』と言いました。

『え、何が？』

わたしがきくと、カヴィは得意《とくい》げに言いました。

『やっぱり泥棒《どろぼう》だったね！　ドリルみたいな音は、逃亡《とうぼう》するためのトンネルをほってる音だよ！』

ちがうと思いました。トンネルをほっている音なら、二階じゃなく地下からきこえるはずです。

『ちょっと待った……』カヴィは目を見開いて、キャットが足に抱《だ》きついたのにも動じずに言いました。『ぼくらに洗車《せんしゃ》させたのは、車に残ってる証拠《しょうこ》を洗《あら》い流したかったからかもしれないよ？　それにあの二ポンド硬貨《こうか》は盗《ぬす》んだものなのかも』

そして汚《よご》れた水だけじゃなく、別のおぞましい何かに染《そ》まったものでも見つめるように、手にしているスポンジに目を落としました。わたしは心臓《しんぞう》がバクバクして飛びだしそうだったんですけど、みんなにささやきました。

『何も気づいていないふりしてね。たぶん、今もこっちを見てるよ。車をふいたら、また置き手紙をしよう』

みんなで車をふいて、モップでみがきました。終わるころには、車は青くぴかぴかにかがやいていて、わたしたちはびしょぬれになっていました。

カヴィが落ち着かない様子で、あたりを見まわしながらききました。

『置き手紙に、なんて書く？』

『貸《か》して』

わたしはイナラの練習帳から一ページもらって書きました。


こんにちは。車を洗《あら》いました。

ぴかぴかになったので、よろこんでもらえたらうれしいです。

よかったらお返事ください。

オードリー　イナラ　カヴィ

するとイナラが言いました。

『ミステリアスな感じにしようよ。たとえば……〈あなたの正体を知っています。ラムリーさんだけじゃなく、わたしたちも電動ドリルの音をききました！〉ってつけくわえるとかさ。そしたらびっくりして、本当に正体がばれてるかたしかめに外に出てくるかも！』

カヴィは口をあんぐり開けて言いました。

『何言ってるんだよ！　そんなことしたら、オードリーやラムリーさんがつけまわされるかもしれないよ？』

『だいじょうぶ、そんなこと書かないから』

わたしはそう言って手紙を丸めました。ソーシャルワーカーのスパイが二階の窓辺《まどべ》に監《かん》視《し》カメラをつけたなら、はやく帰ってカーテンをしっかり閉《し》めたかったんです。それで、二度と開けないようにしようと思いました。

イナラとカヴィにそれ以上、何も言う間もあげずに、赤いドアに駆《か》けていって、郵便《ゆうびん》受けにカコーンといきおいよく手紙を投げこみました。そして向こうの床《ゆか》に落ちる音もきこえないうちに通りに駆《か》けだして、ぴかぴかの車の横を通りすぎ、家に向かいました。大事な家族をスパイから遠ざけるために。その瞬間《しゅんかん》も、わたしと二階のお母さんが監視《かんし》されていたとしても」

12 たのみの綱《つな》は

「それで、返事はありましたか？」アニタ巡査部長《じゅんさ》はイスの背《せ》にもたれてきいた。「返事が来て、洗車《せんしゃ》しているところを見られていたことがわかったんですか？」

「いえ……えっと、そのときはまだ」イスにもたれたのがなんだかかっこよかったから、わたしもまねした。「でもお母さんは見てました！」

ジョージーさんが言った。

「まあ、そう！　それで、なんて？」

「歌がきこえて、笑いが止まらなかったと言ってました。それとダンスがおもしろくて、しばらく痛《いた》みを忘《わす》れたって。すごくうれしかったです。お母さんの笑い声は、世界で一番素敵《すてき》な音なんです。波が少しずつ近づいてきて、一気に岸壁《がんぺき》にぶつかってはじけるみたいな。そばでききたかったなあと思いました」

そこでだまりこんだ。お母さんの笑い声、またきけるかな？　わたしが今、警察署《けいさつしょ》にいることを考えると、もうきけないだろうな……。

「その夜、キャットとペックを寝《ね》かしつけたあと、お母さんとテレビで最近の映画《えいが》を見ました。見終わると、お母さんは『あなたがほこらしいわ』と言ってクチュしてくれたので、体の中で気球が二〇個舞《こま》いあがったみたいな気分になって、お父さんのバケツリストをぜったいに成功させなくちゃと思いました。だからおやすみを言ったあと、お母さんの寝室《しんしつ》の明かりが消えたのを確認《かくにん》すると、自分の部屋のドアをそっと閉《し》めて、明かりをつけました。

計画はとてもシンプルでした。バケツリストを完成させておくるだけ。モーさんにたのんで特別便でおくってもらおうと思いました。郵便局《ゆうびんきょく》ではたらく人たちだけが使える、秘《ひ》密《みつ》の特別郵送《ゆうそう》サービスがあるはずなので、それでおくってもらえばふつうの郵便《ゆうびん》よりはやくお父さんのもとに届《とど》きます！

前の日の夜に書きかけだったバケツリストのつづきにとりかかりました。お父さんに感心してほしくて、うんときれいな字で書きました。日記帳から切りはなした罫線《けいせん》入りの紙に書いたのに、どうしてか字がよれよれになっちゃって、三回も書き直しました。ようやく一〇〇パーセントかんぺきだと思えるものが書けたので、忍《しの》び足で一階におりました。そして、お母さんが仕事をしていたころに事務《じむ》用品を入れていたキッチンの引き出しを開けて、封筒《ふうとう》をとり、住所を書きました。それから、お母さんが仕事用にためていた切手の中からよさそうなのを探《さが》したら、すごくいいのがあったんです！　頭に冠《かんむり》をのせた、小さな金色のカンガルーの絵柄《えがら》の切手でした。お父さんはわたしが小さいころによく、カンガルーがボクシングをしたり謎《なぞ》をといたりするおもしろい番組を見ていたから、その切手を気に入るはずだと思いました。

次の日の朝、お母さんが見ていないすきに、モーさんに手紙を大急ぎで発送してほしいとお願いしました。モーさんは『わかった』と言ってウインクすると、帽子《ぼうし》をかたむけて、手紙を内ポケットに大事そうにしまいました。

そして発送してくれたのはわかってます。……でも……うまくいきませんでした」

巡査《じゅんさ》部長はまゆをひそめてきいた。

「うまくいかなかった？　どういうことですか？」

「手紙は……届《とど》かなかったんです……」

わたしは目にたまった涙《なみだ》がこぼれ落ちないようにふんばりながら、右そでをたくしあげて、四回折りたたんで小さくなった封筒《ふうとう》をとりだした。そしてテーブルにゆっくりと置くと、また郵便袋《ゆうびんぶくろ》に目を落とした。

「見てもいいですか？」

巡査《じゅんさ》部長が、まくらのようにやわらかく静かな声できいた。わたしはうなずいて、横の壁《かべ》に目をそらした。その濃《こ》い灰色《はいいろ》の壁《かべ》を見つめたまま動かないように、と眼球《がんきゅう》に命じたけど、すぐに視線《しせん》はもどって巡査《じゅんさ》部長の手元を見つめていた。こぼれないようにと涙《なみだ》に命じたのに、一粒《つぶ》転がり落ちてほおをつたったから、さっとふいた。

巡査《じゅんさ》部長は折りたたまれた封筒《ふうとう》を慎重《しんちょう》に開いた。表には、わたしが書いたお父さんの住所があって、その横は黒のサインペンでぬりつぶしてある。新しい封筒《ふうとう》は家にないから、お母さんにおくられてきた請求書《せいきゅうしょ》の封筒《ふうとう》を再《さい》利用したんだ。そのときに、お母さんの名前と住所をぬりつぶした。すみにはカンガルーの切手がはってあって、その横にバーコードと「特別便」の印がある。でもどちらにも大きな×印がつけられていて、左を指さした手のマークの中に、〈差出人に返送〉という大きな赤い文字がある。

巡査《じゅんさ》部長はきいた。

「オードリー、中を読みあげてもいいですか？　いやなときは言ってくださいね。録音しておけば、あなたが今日、なぜこんなことをしたのか、きく人に理解《りかい》してもらえると思います」

わたしは床《ゆか》に目を落としてつぶやいた。

「いいですよ」

巡査《じゅんさ》部長はせきばらいをして封筒《ふうとう》から手紙をとりだし、かかげた。お気に入りの青いペンのインクが、裏《うら》にまでにじんでいる。うまくいきますようにと願いをこめて、すみに書いた大きなハートマークも透《す》けて見える。

巡査《じゅんさ》部長が手紙を読むのをきいていた。ほかの人が声に出して読みあげると、ずいぶんちがう感じがする。わたしじゃなくて、だれか別の女の子が、別のお父さんに書いたみたいに。

お父さんへ

わたしのことを思いだしてくれるといいな。まだクリスマスじゃないけど。わたしだよ。オードリー。あなたの娘《むすめ》。お父さんが元気で、キャットとペックのことも思いだしてくれるといいな。いつもプレゼントをありがとう。おもちゃでよく遊んでる。本もどれも好きなのばかりだよ。

お父さんの住所は、お母さんの部屋で見つけたの。そういうの、あんまりいいことじゃないかもしれないけど、お父さんに助けてもらうために、手紙を書かなくちゃいけなかったから。

お母さんの体調が悪くて、支援《しえん》がなければよくなる見こみがないとお医者さんに言われたの。国民保健《ほけん》ではうんと時間がかかるし、お医者さんにも用意できないものが、いくつもあるんだ。

1、お風呂《ふろ》の工事

2、電動車いす

3、手すり
4、階段《かいだん》を楽にのぼりおりするための昇降機《しょうこうき》

お父さんなら用意できる？　クリスマスに毎年、わたしたちのほしいぴったりなものをおくってくれるから、お母さんに必要なものも、お父さんなら用意するのはむずかしくないんじゃないかなと思ったの。お母さんはお父さんにプレゼントをねだったりしないし、もし今度のことで助けてくれるなら、今年はわたしへのプレゼントはいらない。はやく用意しないと具合がどんどん悪くなって、痛《いた》みがもっと強くなって、痛《いた》み止めも効《き》かなくなってくると思うの。

お父さんが、生きていく道をもう見つけていること、助けてくれることを願っています。ロンドンはアベルタウエより広いから、長いこと道を見失っていたのかもしれないけど。

返事を書くか、帰ってきてお母さんを助けて。キャットとペックは、お父さんの顔も覚えていないし、わたしもどんな声だったか忘《わす》れちゃった。ずっといなくてもいいの。少しの間、もどってきて助けてほしい。もしウエールズにもどりたくないなら、必要な

ものをおくってくれるだけでもいいです。

お母さんが家を出なくちゃいけなくなったり、病気がもっと重くなったり、わたしたち子どもが引きはなされたりするのはいやなの。それに、だれかに監視《かんし》されてるの。助けて。

いっぱいの愛をこめて　娘《むすめ》オードリーより　××××○×××○
（念のため書いておくと、×はキスで○はハグね）

巡査《じゅんさ》部長は読み終えると、手紙をテーブルに置いて、わたしにかえした。病院の手術台《しゅじゅつ》で切り開かれて、引きとり手のいない心臓《しんぞう》みたいだ。

渾身《こんしん》のきれいな字で書いた手紙の一行一行を、じっと見つめる。お父さんがこれを見ることは、あるのかな。

「オードリー？」巡査《じゅんさ》部長に呼《よ》びかけられ、わたしは涙《なみだ》をぬぐって顔をあげた。「オードリー、とても素敵《すてき》な手紙ですね。きっと長い時間をかけて書いたのよね。お父様が読んだら、まちがいなく感心しますよ」

ジョージーさんがやさしい声できいた。

「もう、しまいましょうか？」

わたしはうなずいて、どの指にも指輪をはめてあるジョージーさんの両手が、わたしの言葉と、血を流しているハートを折りたたんで、しわしわの封筒《ふうとう》に入れるのを見つめていた。

しばらく無言の時間が流れた。巡査《じゅんさ》部長の目は、透明《とうめい》な魚が泳いでいる大きなふたつの湖みたいに水をたたえている。少しすると、巡査《じゅんさ》部長はせきばらいをして口を開いた。

「それで……手紙は読まれないまま、もどってきたんですね？」

「はい」

かぼそい声で答えるわたしに、ジョージーさんはきいた。

「いつ返送されてきたの？」

巡査《じゅんさ》部長はノートにメモしている。わたしは鼻をすすった。

「おとといです」

「つまり、火曜……」巡査《じゅんさ》部長は目を閉《と》じ、大きく息をついた。そして目を開けると、たたえていた水は消え、元の色にもどっていた。魔法《まほう》みたいだ。「それから今日までの間に、何があったんですか？　手紙が返送されてきてから」

「というか、まず、手紙がもどってくる前に、大変なことがたくさんありました」その先を、どう説明すればいいだろう？「少し話をもどさなくちゃいけません。……何日か前……ファティマのパーティーの前の日まで。わたしが初めてラッキーな仕事をした日、世界がめちゃくちゃになったあの夜まで」

13 郵便《ゆうびん》の仕事

「ラッキーな仕事というのは何ですか、オードリー？」

アニタ巡査《じゅんさ》部長は首をかしげ、身をのりだしてきいた。

「ああ、世界で三番目に素敵《すてき》な仕事です。一番目は親友との洗車《せんしゃ》、二番目はお医者さん。お母さんもそう思ってます」

「では、お母様もそのことはごぞんじなんですね？」

「はい。デイビスさんにたのまれて、モーさんがお母さんにきいたんです。そしたら、いいよって。きっと感心したと思います」

「どんな仕事？」

わたしはちょっと胸《むね》をはった。

「郵便《ゆうびん》の仕事です。週に二回、月曜と金曜に学校に行く前の一時間、はたらくんです。一時間で五ポンドもらえるんです！　つまり……」指を折って、五を八回数えた。「一か月で四〇ポンド！」

巡査《じゅんさ》部長はにっこりした。

「九歳《さい》にとっては大金ですね」

わたしは得意《とくい》な気分になった。

「そうなんです。この前の金曜日にはじめたばかりだけど、デイビスさんはすぐに支払《しはら》ってくれました。それにくらべて、お母さんは請求書《せいきゅうしょ》が届《とど》いてから支払《しはら》うまでに一か月かかりますけど。

一時間はたらいたら、すぐに五ポンドもらえます。金曜に最初の五ポンドをもらって、次の五ポンドを三日前にもらって、ウェールズで一番お金持ちの子になった気分でした！お金をためて何に使うかは考えてありました。半分は食べ物を買ったり、未払《みばら》い帳につけている盗《ぬす》んだもののお金の返済《へんさい》に。あと半分は瓶《びん》に入れて貯金《ちょきん》しておいて、お母さんが必要なときに使ってもらうんです。最初にもらった五ポンドでは、キャットとペックの好きなポテトチップスと、お母さんの好きなチョコレートバーを買いました。盗《ぬす》むんじゃなく、買って家族にあげるのは最高の気分でした。この仕事を二四時間やりたいくらい！」

「郵便《ゆうびん》の仕事は、具体的にどんなことをするんですか？」

巡査《じゅんさ》部長は、自分もその仕事がやりたいみたいな顔できいてきた。やたらとメモをとっている。

「かんたんですよ。郵便局《ゆうびんきょく》のマークと日付がセットになったゴム印を、チラシに押《お》していくだけです。郵便局《ゆうびんきょく》がイギリスじゅうの家に何千枚《まい》ものチラシをおくってるって、知ってます？　つまらないチラシもあります。保険《ほけん》とか旅行とか。でも中には素敵《すてき》なのもあって、新デザインの切手の広告《こうこく》とか、切手のデザインコンテストの作品募集《ぼしゅう》とか。お母さんも応《おう》募《ぼ》したらいいのにと思うんですけど、モーさんが言うには、郵便業務《ゆうびんぎょうむ》に従事《じゅうじ》する人と家族は応募《おうぼ》できないそうなんです。わたしは郵便業務《ゆうびんぎょうむ》をしているから、だめらしくて。それ、本当ですか？」

巡査《じゅんさ》部長は手を止めて、眉間《みけん》にしわを寄《よ》せた。

「そうですね。それと、もうひとつ本当のことを言えば、あなたはまだはたらいていい年《ねん》齢《れい》ではないんですよ。子どもの労働を禁止《きんし》する法律《ほうりつ》がありますから」

わたしは背《せ》すじをのばし、眉間《みけん》にしわを寄《よ》せて対抗《たいこう》した。

「でも！　でも、労働っていうほどじゃありません。かんたんな仕事なんです！　それにお金が必要だし……デイビスさんを逮捕《たいほ》しないでください！　モーさんといっしょで、わたしを助けようとしてくれただけなんです！」

「だいじょうぶよオードリー、落ち着いて」ジョージーさんはわたしの腕《うで》に手を置いた。

「アニタさんはわかってらっしゃいますよ」

巡査《じゅんさ》部長の眉間《みけん》から、しわが消えた。

「オードリー、だいじょうぶ、約束します。デイビスさんもモーさんも、こまったことにはなりませんよ。ただ、わたしから話はしておきますね」

わたしは、あふれる熱い涙《なみだ》をぬぐった。

「話したら、わたしは仕事を失うの？」

「いいえ。そんなことにはなりませんよ。しかるべきところに、しかるべき許可《きょか》をとってくださいとお話しするだけです。こまったことになったら、いやでしょう？」

「はい」とたんに気持ちが軽くなった。モーさんとデイビスさんなら、すぐに許可《きょか》をとってくれるはず。「それならよかったです。許可《きょか》をくれた人たちに、わたしの仕事ぶりを見にきてもらってもいいな！　初めてはたらいた日、わたしがすばやく仕事をこなしていくから、デイビスさんに『こんなにはやく印を押《お》せる人、見たことないわ』って言われたんです。そしてカウンターのうしろ、切手や特別印の目録がならんでいるところで、わたしをとなりにすわらせてくれました。

朝七時の開店までにデイビスさんがどんな準備《じゅんび》をしているか見るために、六時半にお店に行って仕事をはじめます。で、七時三五分までに家にもどって、学校に行く準備《じゅんび》と、キャットとペックが幼稚園《ようちえん》に行く準備《じゅんび》をします。わたしが仕事の日は、お母さんもはやく起きて、わたしが寝《ね》ぼうしないか、身だしなみがととのっているか確認《かくにん》してくれます。お母さんも仕事ぶりを見たいだろうと思ったから言いました。『もう少しあたたかくなったら、体調のいい日に、わたしがかせいだお金でタクシーを呼《よ》んでお店に連れていってあげるね』って。

イナラとカヴィにも、仕事をはじめたことを金曜にすぐに伝えました。イナラの目は、トースターから飛びでたトーストみたいになって、カヴィは『ワオワオワーオ！』って五回はさけんで、お祝いにグミを半パックくれました。二人は、スーツを着ていくのかとか、一分間に何枚《まい》のチラシに印を押《お》せるかとか、給料はいくらかとか、質問攻《しつもんぜ》めにしてきました。わたしは『そんなにもらえないよ。おおげさだなあ』って言ったんですけど、二人はやっぱり大ニュースだと思ったみたいでした！　わたしの年ではたらいてる子なんて、だれもいませんから。もちろん、家のことを手伝って親からお金をもらうのとかは別ですよ。はたらいているところを学校のだれかに見られたって、かまいません。だって仕事をするほうが、万引き犯《はん》になるより何億倍もいいから。それにわたしに収入《しゅうにゅう》があれば、ソーシャルワーカーにお母さんを連れていかれる心配もなくなります。

木曜にモーさんに、お父さんへの手紙をおくってとお願いしたとき。それと金曜の朝に、仕事をはじめたとき。このふたつは、人生最高の瞬間《しゅんかん》でした。仕事をしながら、ずっと想《そう》像《ぞう》していました。手紙が届《とど》いたら、お父さんは何もかも手配して、それをどんなふうにわたしたちに伝えておどろかせようかとアイデアを練るだろうなって。

金曜は学校での出来事も、何もかも楽しく感じました。イナラとカヴィはほかの子たちにも、わたしが仕事をはじめたことを伝えて、みんな自分もやりたいと言ってました！いつも、みんなのことをうらやましいと思うばかりで、自分がうらやましがられるのは初めてだったから、秘密《ひみつ》の誕生日《たんじょうび》みたいな気分でした。前に新発売のチョコレートバーを学校に持っていったときと同じくらい、わくわくしました。

みんなはその日、ファティマのパーティーの話題でもりあがっていました。あと一日にせまって、どんなパーティーになるか、話はどんどん大きくなっていました。ガルシア先生がプレゼントにロボット犬を買ったとか、曲芸師《きょくげいし》が空中ブランコをしながらウェールズを練り歩いてやってくるとか。オリバーは、一億パーセントの確率《かくりつ》でだれかが大砲《たいほう》で撃《う》たれるらしいときいたと言ってました。

空中ブランコはちょっとありそうだけど、ほかのうわさはどれもありえないと思いました。でもイナラとカヴィは信じてました。本音を言うと、どれもデマだったとしても、わたしはべつによかったんです。パーティーでするのが『ハッピー・バースデー・トゥー・ユー』を歌ってケーキを食べることだけだったとしても、わたしにとっては最高に幸せな時間になるからです。人生で初めて参加する誕生日《たんじょうび》パーティーだから。

その前の日の夜、お母さんに、二時間だけパーティーに行ってきていいって言われたんです。それで、お母さんはモーさんに送り迎《むか》えをお願いしてくれました。キャットとペックがよっぽどやんちゃしないかぎり、体調は問題ないだろうし、わたしに頭の中でたくさん写真を撮《と》ってきて、お土産《みやげ》話をきかせてほしいと言われました。まぶたにラメもつけていいし、おばあちゃんの形見のカラフルな羽根つき帽子《ぼうし》をかぶって、オウムの仮装《かそう》をしたら?って言われたから、『カア!　カアー――!』って鳴き声まで練習したんですよ。

午後は、だれも授業《じゅぎょう》に集中していませんでした。あんまりわくわくして上《うわ》の空《そら》だったたから、先生たちもあきらめてました。リー先生は、その週の授業《じゅぎょう》をちゃんときいていたか確《かく》認《にん》するために、毎週金曜にテストをするんです。でもその日は教室に大型《おおがた》テレビを運んできて、一時間まるまる『パフ・ザ・マジック・ドラゴン』を見せました。まるでもうパーティーがはじまったみたいな雰囲気《ふんいき》でした。

放課後、とてもいい気分だったから、幼稚園《ようちえん》にキャットとペックを迎《むか》えに行って、デイビスさんのお店に寄《よ》って、さっき話したように最初のお給料の五ポンドで、二人にポテトチップス、お母さんにチョコレートを買いました。なんだか一気に大人になって、身長が三メートルくらいにのびたような気分でした。帰りつくと、『お母さん、ただいま!』と声をかけました。一階にはいなかったので、キャットとペックがお母さんを探《さが》しに二階に駆《か》けあがっていきました。わたしはおやつの用意をしようとパンをとりだして……そしたら、さけび声がきこえたんです。

その瞬間《しゅんかん》、レンガを投げつけられた花びんみたいに、自分が粉々《こなごな》にくだけ散るのがわかりました。

パンを床《ゆか》に落として、急いで二階に駆《か》けあがりました。キャットとペックはお母さんの寝室《しんしつ》の前で、おびえて両手を口に当て、涙《なみだ》で顔をぐしょぐしょにして突《つ》っ立っていました。

そして……お母さんは床《ゆか》に……床《ゆか》に落ちた人形みたいに横たわっていました。

わたしは駆《か》け寄《よ》ってひざまずいて、『お母さん！』とさけんで肩《かた》をゆすりました。でもお母さんはぴくりとも動かなくて、目も閉《と》じたまま。わたしは心臓《しんぞう》がバクバクして、手の感覚がなくなって頭が真っ白になったけど、お母さんの胸《むね》に耳を当てました。

ドクン、ドクン。

生きてる。まだ、わたしたちのところにいる。

わたしの体は息をふきかえして、電話の受話器をつかんで救急《きゅうきゅう》ダイヤルにかけました。

そして電話口の相手が口を開く間もなく、わたしはようやくさけんで自分の声を感じ、助けを求めました」

14

郵便《ゆうびん》は、ときには

「とてもこわかったでしょうね、オードリー」

ジョージーさんは、わたしに身を寄《よ》せて言った。

わたしはひざの上の郵便袋《ゆうびんぶくろ》に目を落とし、角をつまんでめいっぱいねじりつづけた。

アニタ巡査《じゅんさ》部長はイスごと、さらに近づいてきて言った。

「オードリー、そのときのことを話すのは、とても負担《ふたん》が大きいですよね。休憩《きゅうけい》しましょうか？　ジョージーさんといっしょに、しばらく外の空気を吸《す》ってきてもいいですよ」

ねじっていた手をはなすと、郵便袋《ゆうびんぶくろ》の角はバレリーナみたいにくるくるとまわりながら、元にもどった。一度この部屋をはなれたら、もどりたくなくなるのはわかっていた。灰色《はいいろ》の壁《かべ》は、わたしの話をよくきくために、こっそりと少しずつこちらにせまってきている感じがする。

「いいえ……わたし……一気に話してしまって、家に帰りたいんです」

まだ残っているスカッシュを一口すすると、背《せ》すじをのばして、巡査《じゅんさ》部長の丸くて黒い腕時計《うでどけい》に目をやった。長針《ちょうしん》が、世界一小さな湖を飛びこえるかのように、ぴょんと進む。

「それで、オードリー、お母様が横たわっているのを発見して、救急《きゅうきゅう》ダイヤルにかけたんですね。今日のことは、その出来事がきっかけで決意したんですか？」

無言でうなずいた。腕時計《うでどけい》から目はそらさない。まばたきしちゃだめ。まばたきしたら、まぶたの裏《うら》にまた、たおれているお母さんの姿《すがた》が浮《う》かんでしまう。もう二度と、二度と思いだしたくない……投げだされた腕《うで》と足は、骨折《こっせつ》したみたいに折れ曲がって……。それまでも、気を失っているお母さんを発見したことは二回あったけど、あんなふうにたおれていたことなんてなかった。一度目は一階のお風呂《ふろ》で、二度目は寝室《しんしつ》のイスにすわっている状態《じょうたい》で。どちらも、あれほどこわい思いはしなかった。

「お母さんは救急車《きゅうきゅうしゃ》で運ばれたんですか？」

巡査《じゅんさ》部長は、さっきよりもっと優《やさ》しい声できいた。

「ううん……その必要はありませんでした。ウィルソン先生が、あ、救急医《きゅうきゅうい》の一人ですけど、言ったんです。お母さんは決められた時間に薬を飲まなかった、それだけだって。その人たちが処置《しょち》すると、二、三分で意識《いしき》をとりもどして、お母さんは説明しました。頭がぼんやりしてきて、一階のリビングから薬を持ってくるのを忘《わす》れたのに気づいたから、おりていこうと寝室《しんしつ》のドアに向かっていって、そこから記憶《きおく》がないと。

もう一人の救急医《きゅうきゅうい》のキャシー先生は言いました。

『こういうケースはよくありますから気にしなくていいですよ。すぐに救急車《きゅうきゅうしゃ》を呼《よ》んだのは適切《てきせつ》でした。食事の量が足りなくて血糖値《けっとうち》が下がったのが、よくなかったですね。薬をいくつも処方《しょほう》されている患者《かんじゃ》さんは、その点、特に注意が必要なんです。空腹状態《くうふくじょうたい》にならないよう、いつも気をつけてくださいね』

首をふりふりきいていたお母さんは、言いました。

『こんなへまをするなんて、自分が信じられない。もう二度とこんなことにならないよう気をつけます』

これまでもよく口にしてきたセリフです。いつものように、わたしは決意しました。もう二度と、二度とこんなことにならないよう、わたしがなんとかしようって。前にお母さんが気を失ったときも、わたし、目の前が真っ暗になって、アデオラ先生にお願いして杖《つえ》をもう一本用意してもらったんです。一本しかないからバランスをくずしたんだって気づいたから。

今度のことで、自分にできるのは、お母さんが空腹《くうふく》にならないよう食べ物を買うことだと気づきました。これからは仕事でお給料をもらえるから。次にデイビスさんに会ったときは、毎日、日曜もはたらかせてほしいとお願いしようと決めました。印を押《お》すスタッフを探《さが》しているお店をデイビスさんがほかにも紹介《しょうかい》してくれたら、もっとかせいで、じゅうぶんな食べ物が買えます。

キャットとペックはすごくおびえていたので、救急医《きゅうきゅうい》の人たちがやってきて帰るまでの間、ずっと静かにしていました。ウィルソン先生とキャシー先生が二人にウインクして『お母さんはすぐに元気になるよ』と声をかけても、口をつぐんだままでした。わたしのそばでただじっと、なりゆきを見つめていました。二人の指がわたしの足にしがみついているのを感じました。

キャシー先生に『今夜は病院に泊《と》まったほうがいいですよ。病状《びょうじょう》を確認《かくにん》できますから。その場合、お子さんたちを預《あず》かってもらえる方はいらっしゃいますか？』ときかれて、お母さんは首を横にふりました。お母さんがどんなに病院が嫌《きら》いか、わたしたちは知っています。いったん入院したら、閉《と》じこめられて二度と退院《たいいん》できないんじゃないかと思っているんです。

　お母さんは、先生たちにもらって飲んでいたジュースを手にとってみせました。

『すっかり生き返ったようです。このジュースのおかげですね』

　でもキャシー先生はあまり信じていない顔で『なるほど』と言って、血圧計《けつあつけい》の黒いバンドをお母さんの腕《うで》に巻《ま》きました。バンドがしまっていくウイーンという音がつづいたあと、一気にゆるんで空気がぬけていきました。そして聴診器《ちょうしんき》で心音を確認《かくにん》すると、ようやく後ろのウィルソン先生をふりかえって言いました。

『全て異常《いじょう》ありません。状態《じょうたい》は良好です』

　持ちものをまとめる先生たちに、お母さんは言いました。

『お二人とも、本当にありがとうございました』

　イスに腰《こし》かけたままおじぎするお母さんの目を見て、本当は元気だったときのように立ちあがってあく手して、一階の玄関《げんかん》までお見おくりしたいんだなとわかりました。だから、わたしは『ありがとうございました』と言って、かわりにそうしました。キャシー先生の、次にウィルソン先生の手をにぎり、お母さんの分まで力をこめてブンブンとふりました。

ペックとキャットもあく手したがったので、そうさせました。お母さんの体調がよくなったとわかって、いつもの二人にもどったんです。魔法《まほう》がとけて、石像《せきぞう》が息をふきかえして人間にもどったみたいに。キャットなんて、無線機を使わせてほしいってお願いまでしていました。

　先生たちは玄関《げんかん》まで行くと、『じゃあね、お大事に！』と声をそろえて、またわたしとあく手しました。わたしは二人をぎゅっと抱《だ》きしめて『ありがとう、ありがとう、ありがとう』と一〇〇万回言いたかったけど、子どもっぽいし、仕事を持っている人間にはふさわしくない行動だと思ったからやめました。それで、ぴーんと背《せ》すじをのばして、二人が救急車《きゅうきゅうしゃ》にもどっていくのを見おくりました。その後ろ姿《すがた》は、スーパーヒーローそのものでした。

　そうか、救急車《きゅうきゅうしゃ》は家の前で待ってたんだ、とはっと気づきました。青と赤と白と銀とオレンジの混《ま》ざりあったライトを点滅《てんめつ》させて。一体何が起きたのかと、通りの家の人たちがみんな、外に出て見守っていました。救急車《きゅうきゅうしゃ》やパトカーがやってくると、それがこまるんです。みんなすぐに気づくし、どうしてやってきたのか、だれを助けにきたのか知りたがるから。

　ラムリーさんがメイジーといっしょに、生け垣《がき》から顔を出しているのが見えました。右どなりの家のゴーシュさんは、もうじゅうぶんに土がしめっているのに、まだ花の水やりをするふりをしてこっちを見ていました。ジャハンギルさんと奥《おく》さんまで赤ちゃんを抱《だ》っこして、初めて外に出たみたいな顔で、家の門のところで様子をうかがっていました。どの家の庭にもだれかがいて、こっちを見ているようでした——向かいの家以外は。向かいの家を見あげると、二階の窓《まど》で何かがチラチラ光っていました。でもすぐに消えたから、家の中が光っていたのか、それとも救急車《きゅうきゅうしゃ》のライトが反射《はんしゃ》していただけなのか、わかりませんでした。

救急車《きゅうきゅうしゃ》とスーパーヒーローが帰っていくと、わたしはキャットとペックをせき立てて家の中にもどり、ドアを閉《し》めて、みんなの視線《しせん》をさえぎりました。でもその日のトラブルは、まだ終わりじゃなかったんです。夜おそく、また見えたんです。向かいの家で、真っ白に点滅《てんめつ》する光を。一〇時一七分でした。くわしい状況《じょうきょう》と時刻《じこく》を次の日に取り調べノートに記録したので、まちがいありません。

ちょうど、お母さんと寝室《しんしつ》でアニメ映画《えいが》を見ていたときでした。キャットとペックもその夜はお母さんのそばからはなれたくなくて、寝室《しんしつ》のベッドでもうぐっすり眠《ねむ》っていました。お母さんもうとうとしはじめたとき、突然《とつぜん》、テレビ画面がぴかっと銀色に光りました。

窓《まど》から入ってくる光を反射《はんしゃ》したんです。わたしはお母さんのひじかけイスから立ちあがって、窓《まど》に駆《か》け寄《よ》りました。そしたら、また光ったんです！　向かいの家の窓《まど》から白い光が、わたしたちのほうをまっすぐ照らしていました。そして光は消え、また真っ暗になりました。

やっぱり、あの人たちだ。ソーシャルワーカー！　カメラやスマートフォンのフラッシュみたいな光だったから、暗い部屋からこっちの様子を撮影《さつえい》しているんだと思いました。救急車《きゅうきゅうしゃ》に気づいて、お母さんの具合が悪いのを察して、子どもの世話ができない状態《じょうたい》のお母さんを撮影《さつえい》しようとしてるんです！

お母さんはカーテンを閉《し》めるのをいやがるんです。外の様子が見えないと、閉所恐怖症《へいしょきょうふしょう》になりそうだって。でもその夜、わたしはカーテンをしっかり閉《し》めて、お風呂場《ふろば》から大きなタオルをとってきてカーテンレールにかけました。お母さんは目を覚ましてそれに気づくと、すごくとまどった顔をしたので、外の冷たい空気が伝わってきて寒かったから、みんながかぜをひかないように閉《し》めたんだと、うその説明をしました。

スパイのことをはやくイナラとカヴィに話したかったから、次の日が学校だったらよかったんですけど、休みでした。ファティマの誕生日《たんじょうび》パーティー当日です。その日の朝、お母さんは少し体調がよくなったみたいでした。でも幽霊《ゆうれい》みたいに顔色が悪かったから、朝ご飯にはお母さんの好きなものばかり用意して、『わたしは仕事に行かなくちゃいけないから、ぜったいに食べてね』と念押《ねんお》ししました。そして、お母さんがうっとうしいと思ったって、週末は一秒だってそばからはなれないつもりだと伝えました。でも、それはつまり……」

いつも胸《むね》につっかえているゆで卵《たまご》が、急に喉《のど》にせりあがって、言葉をせき止めてしまった。ジョージーさんがその先を引きとってくれた。

「つまり……ファティマさんのパーティーには行かないことにした、ということですか？」

わたしはゆで卵《たまご》を押《お》しもどして、どこか行ってと命令した。ゆで卵《たまご》はせまくて通れない路地を無理やり進む車のように、喉《のど》をなんとか通りぬけて胸《むね》までたどりついた。

「べつによかったんです」肩《かた》をすくめ、本当に全然気にしていなかった演技《えんぎ》をした。「どんなパーティーよりも、お母さんが大事だから。それから……あ、そうそう、モーさんがドアをノックしたから、パーティーのことはすぐに頭から消えました。モーさんは、そんなタイミングだったと知るはずもないですけど。

ちょうどお母さんの朝ご飯を用意しているとき、いつものように二回、ノックの音がしました。ドアを開けると、モーさんは『おはよう、リトルマダム！　モーだよ！』とあいさつしてから言いました。

『お母さんの調子はどう？　スウォンジーじゅうの人たちが、ここに救急車《きゅうきゅうしゃ》が来たってうわさしているんだよ。ぼくとデイビスさんが気にかけていると伝えてくれるかな。それと……あとでぼくがパーティーにおくっていくというのは、予定通りでいいのかな？』

その悲しそうな目の色を見て、答えはわかってるんだなと思いながら、わたしは首をふりました。

『わたし……お母さんといっしょにいたいの。体調はばっちりなんだけど……ただ、いっしょにいたくて』

モーさんは何度もうなずきました。

『そうか……。そうだ、今日は特別なお届《とど》けものがあるんだよ』

そう言うと、こぶしを差しだしました。切手だ！とわかりました。切手をくれるのは何日かぶりだったんですけど、そんなふうに差しだすのは特別な切手のときだけなんです。

わたしがいつものように、こぶしをとんとんとたたくと、モーさんは花が開くように少しずつ指を開いていきました。てのひらの真ん中にのっていた切手は、ヤシの木が生えた島と、真っ青な海、右下で小さなクジラが潮《しお》を吹《ふ》いている絵柄《えがら》でした。見たことがない切手だったから、心の中でやったー！とさけんで、この海に飛びこんで泳ぎたいなあと思いました。

『ドミニカのだよ』

モーさんは切手のふちに印刷された『REPUBLICA DOMINICANA［ドミニカ共和国］』という小さな緑の文字を指さしました。切手の上のほうに、円の四分の一くらいと三本の波線が押《お》してありました。消印のあとです。モーさんがどこかの封筒《ふうとう》からはがしてきてくれたんだとわかりました。

ドミニカ共和国がどこにあるのかわからなかったので、地図を持っていたら調べられるのになあと思っていると、モーさんが説明してくれました。アメリカとメキシコの沖のほうにある島国で、モーさんの生まれ故郷《こきょう》だって。びっくりしました。

『そうなの⁉　ウェールズの人だと思ってた！』

モーさんはにっこりしました。

『ウェールズもふるさとだよ。ふるさとはひとつだけとはかぎらないからね。それも世界のおもしろいところだ』

『この切手、大切に保管《ほかん》しておくね。ねえ、ドミニカってどんなところ？』

『ヤシやココナッツ、バナナの木が生えていて、さらさらの砂浜《すなはま》が三日月形につづいていてね。見わたすかぎり、そんな景色が広がっているんだ。島をかこむ海では、あちこちでクジラの親子が歌っているよ。オードリーもいつか行って、自分の目でたしかめてみたらいいよ』

わたしは『そうだね』と答えたけど、そんな日は来ないとわかってました。ウェールズの外にさえ出たことがないのに、遠くの国なんて。あ、でも、ウェールズから出たことがないのは、昨日までの話です。

お父さん宛《あて》の手紙は発送してくれたか、もう届《とど》いているころか、わたしがきくとモーさんはうなずきました。

『もちろんだよ、リトルマダム！　それがぼくの最優先《さいゆうせん》の仕事だったからね。ちゃんと特別便で出したから届《とど》いているはずだよ。お父さんの家の配達員が、ぼくと同じくらい優秀《ゆうしゅう》だったらの話だけどね！』そしてニッと笑いました。『ところで、何かお父さんに連絡《れんらく》をとらなくちゃいけない用事があったのかな？』

すぐには答えられませんでした。お医者さんの指示《しじ》や、向かいの家で点滅《てんめつ》していた光のこと、あの人たちが、お母さんをわたしたちから引きはなすための証拠《しょうこ》集めをしていることを話したほうがいいのか迷《まよ》ったからです。でも心が決まらないうちに、メイジーとの朝の散歩からもどってきたラムリーさんが、通りの反対側から『モー、おはよう！』と声をかけてきたので、話すタイミングがなくなりました。モーさんはわたしに帽子《ぼうし》をかたむけてウインクすると、ラムリーさんのほうへ歩いていきました。

その週末はずっと、いつもよりさらに慎重《しんちょう》にお母さんのお世話をして、お母さんが窓《まど》に近づかないように気をつけました。そして、わたしのいないパーティーでみんなはどんなに楽しくすごしているだろうとか、誕生日《たんじょうび》ケーキはどのくらい大きいだろうとか、そんなことを考えないようにしました。かわりに、手紙を読んだお父さんはどうするだろうと考えました。一番大事なのは、そのことでした。

月曜の朝になっても、お母さんは一〇〇パーセント回復《かいふく》したとはいえませんでした。ナイトメア・デイではないけど、まだ痛《いた》みがつづいていました。最悪な状態《じょうたい》ではなくなったけど、まだそばをはなれちゃいけない、学校へは行けないと思いました。デイビスさんのお店に行って仕事をして、二枚《まい》目の五ポンド紙幣《しへい》はもらったけど、それはお母さんがちょうど眠っていたから行けたんです。わたしが仕事を終えて帰ってくると、お母さんが目を覚まして、わたしはそれからキャットとペックを幼稚園《ようちえん》に連れていって、また家に走って帰ってお母さんのお世話をしました。

アデオラ先生が、診察《しんさつ》のお昼休みの時間に様子を見にきてくれました。お母さんはきかれたくなかったと思うけど、わたしはお母さんが泣きながら、『前に話していた申請《しんせい》手続きをはやく進めてください、これ以上こんな生活はつづけられない』と先生にお願いするのを立ち聞きしていました。そしたら胸《むね》がぎゅーっと苦しくなって、息ができなくなりました。お父さんがはやく手配してくれますようにと、いっそう強く思いました。

でも、そのまま火曜になって……玄関《げんかん》のドアを開けて目にしたモーさんの顔は、いつもの笑顔《えがお》じゃなくて、厚《あつ》い灰色《はいいろ》の雲におおわれた太陽みたいでした。それで、何かおかしいと気づきました。

『おはよう、リトルマダム。ええと……お届《とど》けものがあってね……』

モーさんは、わたしがお父さんに書いた手紙を差しだしました。大きくバツ印がつけられていて、赤いマークと文字も見えました。まるで、いたずらされた絵画のようでした。

どういうことなのかわからなくて無言で立ちつくしているわたしに、モーさんはずっと話しつづけていました。最初は『お父さんはこの住所から引っ越《こ》したのかもしれないね、リトルマダム』と言ったんですけど、わたしがまだ無言だったから『それか、宛名《あてな》が〈お父さんへ〉になっているから、配達員にはだれのことだかわからなかったのかもしれない。フルネームを書いてもう一度出しなおしたらどうかな?』と言って、それでも無言だったので『もし引っ越《こ》したなら、この住所に今住んでいる人にきけば、引っ越《こ》し先がわかるかもしれないよ。その人宛《あて》に手紙を書いてみるのも手だね』と言って、そのあともわたしがずっとだまっていたから、ついに言いました。『ああ、ごめんね、オードリー……郵便《ゆうびん》ではうまくいかないこともあるんだ』

わたしはずっと、口をつぐんだままでした。口を開いた瞬間《しゅんかん》に泣いてしまうとわかっていたから。だから手紙を受けとってうなずくと、ひらひらとふる手でさよならを伝えて家に入り、切手を集めている箱の中に手紙をかくしました。

お母さんに『ずいぶん体調がよくなったから、今日は学校に行ってね』と言われて、行きました。校庭でカヴィとイナラが、曲芸師《きょくげいし》は来なかったけど、サーカスの団長《だんちょう》っぽくシルクハットをかぶった男の人やユニコーンの仮装《かそう》をしたロバがいたとか、パーティーの話をしている間、わたしはずっと考えていました。郵便《ゆうびん》ではうまくいかないこともあるというモーさんの言葉や、どれほど時間をむだにしたかを。お父さんが手紙を読んでどうするだろうと想像《そうぞう》している間、手紙はただ差しもどされていただけだったなんて。カヴィやイナラやみんなに、どうして救急車《きゅうきゅうしゃ》が来たのかきかれたときは、わたしが足をひねっただけだとうそをつきました。たしか、点滅《てんめつ》する光のことはカヴィとイナラに話さなかったと思います。ほかの日に話したかもしれませんけど、頭がいっぱいで。

その夜、家族がみんな寝《ね》たあと、こっそり自分の部屋にもどって、切手を集めている箱から手紙をとりだしました。モーさんが言っていたように、この住所に今住んでいる人がお父さんの引っ越《こ》し先を知っていて、その人にきくだけでいいんだったら？　あ！ひょっとして、お父さんはやっぱりこの住所に住んでいるんだけど、わたしの字が下手すぎて読めなかったのかも！　リー先生にいつも、もっときれいに書かないと読みまちがえられますよって言われるし。宛名《あてな》が知らない人の名前に見えて、他人の手紙を開封《かいふう》するのは違法《いほう》だから、わたしからだと気づかずに返送したのかも！　わたしたちがどんなに助けを必要としているかも、あの人たちの手がせまっていることも知らないまま！

そんなことを、どのくらい考えていたかな。ふと、チーターの絵柄《えがら》の切手に目がとまって、その瞬間《しゅんかん》、わたしの頭の中にならぶドアを、アイデアの芽が次々にノックしはじめたんです。もしわたしが世界一足のはやい動物だったら、お父さんの住所の家まで一目散に駆《か》けていって、ドアをノックしてだれが住んでいるか確《たし》かめるのに。もしそれがお父さんだったら、助けてほしいって、面と向かって言えます。もし別の人だったら、お父さんの引っ越《こ》し先をきいて、そこまで駆《か》けていけばいいんです！　あっという間に移動《いどう》できたら、わたしがいないことにもだれも気づかないはず……。
　そして、はっと気づきました。自分は何をすればいいか！　全速力のチーターみたいに、だれにも見られず、つかまらずに移動《いどう》できる方法がある。イナラとカヴィと、あとデイビスさんも本人が気づかないうちに、ちょっと協力してもらうだけで実行できる方法が
……」

15 特別速達

「わたし……トラブルに巻《ま》きこむかもしれないのに、友だちに協力をお願いするのはよくないというのは、わかってました。二人は、わたしにたのまれたからやっただけです。……二人のお母さんとお父さんには伝えないですよね？　それと……デイビスさんは手を貸《か》した自覚さえないんです。何も悪くありません。全部、わたしの責任《せきにん》で、ほかの人はだれも悪くないんです。本当だと誓《ちか》います」

アニタ巡査《じゅんさ》部長とジョージーさんを見あげた。

「だれかを罪《つみ》に問うつもりは、まったくありませんよ」

巡査《じゅんさ》部長がそう言い、ジョージーさんがつけくわえた。

「オードリー、アニタさんはただ何が起きたのか、郵便局《ゆうびんきょく》のみなさんが正確《せいかく》に知ることができるようになさりたいんです。どうやってこんなに遠くまで一人で移動《いどう》してきたのか、その方法をね。とても危険《きけん》なことですから、だれも二度とそんなことができないように対《たい》策《さく》をとろうとなさっているんです。それだけですよ」

巡査《じゅんさ》部長は言った。

「その通りです。あなたが大きなケガもなくここまで来られたのは、運がよかっただけです。わたしの仕事は人々を守ること、安全を確保《かくほ》することです。ですから、あなたがどうやってここまで来たのか正確《せいかく》に把握《はあく》し、今後は同じようなことが決して起こらないようにしなければいけません。話をきいているのは、あなたやだれかを罰《ばっ》するためではないんですよ。わかりましたか？」

オーバーオールの太ももに落ちる涙《なみだ》と、ひざの引っかき傷《きず》に貼《は》ってもらった絆創膏《ばんそうこう》を見つめながら、うなずいた。今日はたくさんケガをした。骨《ほね》がひとつも折れなかったのは、運がよかっただけなんだ。

「では、話を元にもどしましょう。カヴィくんとイナラさんに計画を伝えて、協力を求めたのは正確《せいかく》にはいつですか？」

巡査《じゅんさ》部長はたずねながら、メモに下線を引いた。

「昨日のお昼休みです」

ジョージーさんがせきこんで、おどろいた声できいた。

「お昼休みの時間だけで、この計画を練ったんですか？」

「下校前の最後の休み時間も使いました。でも二人に伝える前に、一人で調査《ちょうさ》をはじめていました。

まず昨日の朝、モーさんが来たときに質問《しつもん》しました。スウォンジーからロンドンまで一番はやく届《とど》く郵送《ゆうそう》方法や、届《とど》くまでの時間とか。でも考えておいた質問《しつもん》は多すぎて、手元に取り調べノートがないと全部は思いだせませんでした。モーさんは質問《しつもん》を指折り数えながらきいていたんですけど、とちゅうであやしいと思ったような顔をしたので、学校の課題のためだと説明しました。前にも近所の人たちのことを知るために、いろいろ質問《しつもん》させてもらったでしょ？って。世間話をよそおって重要なことをききだすレポーターや探偵《たんてい》みたいに、うまく演技《えんぎ》できていたんだと思います。ひとつ残らず答えてくれたから。

そのあと、学校に行くとちゅうでデイビスさんのお店に寄《よ》って、郵便車《ゆうびんしゃ》は何種類あるか、どれが一番はやいか、重たいものを発送すると料金はいくらになるか質問《しつもん》しました。それも学校の課題だと説明して。

もし警察《けいさつ》の人が、特別な許可《きょか》をもらって子どもをはたらかせることができたら、犯罪者《はんざいしゃ》全員に自白させられますよ。子どもが『学校の課題で必要だから質問《しつもん》したい』って言えば、だれでもなんでも話してくれますから」

巡査《じゅんさ》部長はかすかにほほえんだ。素晴《すば》らしいアイデアに感心したんだろう。

「キャットとペックを幼稚園《ようちえん》に連れていって、学校に着いたときには、計画は準備万端《じゅんびばんたん》になっていました。頭の中に地図があって、今からどの道をたどって目的地に行けばいいかはっきりわかっているような、そんな感じでした。カヴィとイナラにはやく話したかったんですけど、二人ともみんなと同じでファティマのパーティーの話に夢中《むちゅう》でした。授業《じゅぎょう》がはじまる前も、最初の休み時間もお昼休みも、全校児童の半分が輪になってささやきあっているみたいで、二人をその話の輪から連れだすタイミングは一秒もありませんでした。やっと輪からぬけられたのは、食堂《しょくどう》の列にならんだときでした。ミックスベジタブルフライとポテトチップスの間に来たとき、二人に話をはじめて、プリンのコーナーにたどりつくころには、計画について話し終えていました。複雑《ふくざつ》な計画じゃないから、説明するのに時間はかかりませんでした。

計画を先に理解《りかい》したのはイナラでした。

『ちょっと待って！　そんな計画、本当にやるの⁉』

『そうか、そういう計画……えっ⁉』

数秒おくれて、カヴィも理解《りかい》したようでした。口をあんぐり開けて、わたしを見つめていたから、かんでいたフルーツグミが丸見えでした。

わたしは二人に『シーッ！』とささやきました。ヌタンやラリーたちが、こっちを見ていたからです。わたしは二人をせかして、食堂《しょくどう》のすみのテーブルに行くと、近くにだれもすわらないうちに計画をもう一度伝えました。二人に『どうしてそんなことするの？』ときかれて初めて、そうだよな、お父さんへの手紙のことは話していないんだから、そう思われるよなと気づきました。答えを用意していなかったので、お母さんが仕事で緊急《きんきゅう》に必要なものがあって、ロンドンまで行かないと手に入らないから、自分が手に入れておどろかせようと思って……と説明をはじめたとき、おかしなことが起きました。言葉がだんだん出てこなくなって、そのうち口を閉《と》じてしまったんです。

それ以上、うそをつきたくありませんでした。演技《えんぎ》をつづけられるのは、体がストップをかけるまでなのかもしれません。だから有名な俳優《はいゆう》さんたちも、しばらく活躍《かつやく》したあと見かけなくなるのかも。本当の自分じゃない姿《すがた》を演《えん》じるのに疲《つか》れてしまって。わたしにも、そのときが来たんだと思います。だから本当のことを話しました。手短にですけど。

『すぐにお父さんの助けが必要なの。お母さんが病気で』

お母さんが病気で――その言葉を言い終えたとたん、喉《のど》がぎゅっとつまって苦しくなりました。お医者さん以外の人の前でそう口にするのは、たぶん初めてでした。そして急に不安になりました。話しすぎたんじゃないかって。イナラとカヴィの、わたしを見る目が変わってしまうんじゃないかって。わたしとお母さんは、かわいそうな人たちだと思われるんじゃないかって。

二人とも何か言いたそうでした。でもそのとき、ラリーとアンジーとヌタンが同じテーブルにやってきて、またパーティーの話をはじめました。今度は参加者にくばられたお菓《か》子袋《しぶくろ》の話でした。わたしは大急ぎでランチを口につめこんで、イナラとカヴィもあわてて食べ終わると、三人で校庭に駆《か》けだしました。

二人がお母さんのことで何か言う前に、わたしはききました。

『それで……協力してくれる?』

カヴィはイナラを、イナラはカヴィを見て、それからそろってわたしを見つめ、何も答えませんでした。

『ねえ、協力してくれる?』わたしは絶望的《ぜつぼうてき》な気持ちになって、大きな声でもう一度ききました。二人の協力がなければ、計画は実行できないんです。どうしてもイエスと言ってもらわないと！『お願い』

イナラはうなずきました。

『いいよ。オードリーのお母さんのために協力する。具合が悪いことは、何年も前から知ってたんだ』

『えっ、そうなの？』

『うん。……オードリーのお母さん、うちのお母さんと仲がいいでしょ？　うちのお母さん、体調がだいじょうぶか気にして、ときどきスマートフォンでメッセージをおくってるんだ。オードリーがまた学校を休んでたって、わたしからきいたときとか』

『メッセージを？』

思わず声が大きくなりました。するとカヴィが言いました。

『うちも。ぼくらが友だちになったときからずっと、うちのお父さんとお母さん、オードリーのお母さんと仲いいからさ』

『ああ、そうか……すっかり忘《わす》れてた』

そう言いながら思いました。二人はどうしてずっと、そのことをだまってたんだろう？

いんです。

お母さんは仕事でいつも忙《いそが》しいって、わたしがうそをついても、何も言ってきたことはな

イナラはとても小さな声で言いました。

『お父さんの助けが必要だってことは、深刻《しんこく》な状態《じょうたい》なんだね。連絡《れんらく》をとる方法は、それしかないの？　そんな危険《きけん》な方法じゃなくて、何か』

わたしは首をふって、ズボンのポケットからお父さん宛《あて》の手紙をとりだしました。

『手紙を出してみたの。でもモーさんが言うには、宛名《あてな》にフルネームを書かなかったから、お父さんは開封《かいふう》しなかったんじゃないかって。それか引っ越《こ》したのかもって。どっちにしても、お父さんに会うには、その住所に行くしかない。引っ越《こ》してたとしたら、新しい住人に引っ越《こ》し先をきいてみればいいし。もう……もう、また手紙を書く時間はない。これ以上待てないの。週末にあんなことがあったから』

『足をひねって救急車《きゅうきゅうしゃ》が来たこと？』

カヴィは飛びだしそうなくらい目を見開いて、わたしににじり寄《よ》りました。

『うん。でも救急車《きゅうきゅうしゃ》はわたしじゃなくて、お母さんのために来たの』じっと見つめるイナラとカヴィを前に、本当の言葉があふれだしてきました。『お母さんがたおれて……大変

な状態《じょうたい》だったから……救急車《きゅうきゅうしゃ》が来て、お医者さんたちが処置《しょち》したら意識《いしき》をとりもどしたの。でも、もう薬だけじゃどうにもならない。状況《じょうきょう》をよくするには必要なものがたくさんあるけど、どれもすごく費用《ひよう》がかかるの。電動車いすとか、新しいお風呂場《ふろば》、階段昇降機《かいだんしょうこうき》。郵便《ゆうびん》の仕事をはじめたけど、それじゃ足りない。だからお父さんに会ってお願いしなくちゃいけないの……明日。はやくしないと、もっと状況《じょうきょう》が悪くなって、お母さんがまたケガをするかもしれないし、向かいの家の人たちがつかまえに来るかもしれない』

『ちょっと待って、あの家にいるのはきっと強盗《ごうとう》だよ！』

カヴィがそう言ったから、何もかも話すことにしました。

『ぜったいにソーシャルワーカーだよ。お母さんをわたしたちから引きはなそうとしてるの』

するとイナラが息をのんで言いました。

『そんな！　引きはなすなんて、どうして？』

わたしは、前に見たドキュメンタリー番組の内容《ないよう》を話しました。ソーシャルワーカーの人たちがいろんな家族について調査《ちょうさ》して、きちんと世話をできない親から子どもを引きはなすということを。そして、向かいの家で光が点滅《てんめつ》していたことも。わたしは話し終えると、静かにきいていたイナラとカヴィが何か言うのを待ちました。待っている間、たぶんウェールズで一番さわがしい校庭にいるのに、自分の鼓動《こどう》の音しかきこえませんでした。

しばらくして、イナラがようやくわたしの腕《うで》をつかんで言いました。

『わかった。協力する。お母さんを引きはなしたりはさせない』

カヴィも言いました。

『そうだね。でも、つかまらないようにしないと。刑務所《けいむしょ》に入れられて、お父さんに殺《ころ》されちゃう』

『つかまったりしない。計画は必ずうまくいくから』

断言《だんげん》するわたしに、カヴィがききました。

『でも、郵便局《ゆうびんきょく》が開くのは朝九時だよね？ 学校はどうするの？ 三人とも休むなんて無理だよ！』

『デイビスさんのお店は七時に開くの。郵便局《ゆうびんきょく》の支店《してん》も兼《か》ねてるから、デイビスさんは支《し》店長《てんちょう》で郵便業務《ゆうびんぎょうむ》はなんでもできる。今朝、きいてきたんだ。郵便車《ゆうびんしゃ》の種類と配達の流れを。取り調べノートに記録してある。当日配達の特別速達でおくればいいの。それなら、どの郵便局《ゆうびんきょく》の管轄《かんかつ》でも当日午後一時までに配達しなくちゃいけないって、郵便法《ゆうびんほう》で決まってるんだって』

『へ～え、魔法《まほう》みたいだね！』

イナラは、ランプをこすって魔人《まじん》ジーニーを出そうとしているみたいに、鼻をごしごしごしっといきおいよくこすりました。わくわくしているのがわかって、わたしもわくわくしてきました。

『だよね。それとモーさんが言ってたんだけど、郵便物《ゆうびんぶつ》を時間通りに配達できるように、何種類ものワゴン車やトラックでリレーして運んでるんだって。二人にお願いしたいのは、わたしをデイビスさんのお店に運んで、キャットとペックを幼稚園《ようちえん》に連れていって、わたしが学校にいないのがばれないようにごまかすこと。あっという間に帰ってくるからだいじょうぶ！』

そしたらカヴィが言いました。

『でも、お金はどうするの？　計画を実行するには、お金もたくさんいるよね。ぼくの貯《ちょ》金《きん》、六三ペンスしかないよ』

わたしは心の中でお母さんにあやまりました。

『だいじょうぶ、お金ならある。二人は明日、学校へ行く前にうちに来てくれればいいから。ほかのことは全部、自分でできる。いい？　これはトップシークレットだからね。だれにも一言もらしちゃだめだよ』

特別郵便車《ゆうびんしゃ》の担当《たんとう》チームみたいに、三人で顔を見あわせてうなずきました。でもそのとき、イナラがわたしの腕《うで》をつかんで、ブンブンといきおいよくふりました。

『あっ、ちょっと待って！　どうやってオードリーをデイビスさんのお店まで運べばいいの？　わたしとカヴィじゃ、重くて持てないよ』

突然《とつぜん》、沈黙《ちんもく》がおとずれました。イナラの言う通りです。そもそもお店にたどりつけなかったら、計画が成功するはずもありません。盲点《もうてん》でした！　頭の中で洋々と広げていた地図は、目の前の手紙のようにしわくちゃになっていきました。すると、イナラが『そうだ！』と言ってカヴィの腕《うで》をパーンとたたき、『ふしぎの国のアリス』のおかしなネコみたいにニカーッと笑ってささやきました。

『スクーター！』」

16

口止めして封《ふう》をして発送して……

「なるほど！　カヴィくんとイナラさんは、スクーターであなたを運んだんですね！」

アニタ巡査《じゅんさ》部長はそう言い、ジョージーさんは口をおおってふふっと笑い、「天才ね！」とつぶやいた。

「そうです。でも昨日の夜に、あの段《だん》ボール箱があることをお母さんが思いだしてくれなければ、カヴィとイナラはわたしをスクーターにのせるための入れ物を用意できなくて、計画は実行できませんでした。本当にラッキーでした。わたし、お母さんにまたうそをついたんです。『学校の課題でホームレスの人たちについて調べてるから、できるだけ大きい段《だん》ボール箱を持っていきたいんだ』って。そしたら、『ずっと前に洗濯機《せんたくき》を買ったときのがあるけど』って。

その答えをきいたとき、新デザインの切手を目にしたときみたいに、わたしの中のサッカースタジアムが歓声《かんせい》に包まれました。そして物置に行って、中のものを押《お》しのけて見つけました。ほこりをかぶってましたけど、じょうぶで、中にお父さんのものがいくつか入っていました。スニーカーとか自転車の空気入れ、ラグビーの雑誌《ざっし》とか。お母さんに見せたら、全部捨《す》てて言われたんですけど、お父さんがまた使いたいかもしれないから、こっそり袋《ふくろ》に入れて物置の奥《おく》にかくしました。お母さんを助けに、あとキャットとペックとわたしに会いに、もどってくるかもしれないし。

段《だん》ボール箱のほこりをはらって、中を居心地《いごこち》のいい空間にととのえました。お母さんに、ホームレスの人がこの中で安全にあたたかく過《す》ごせるような空間を作ってみたいと言ったら、ソファーの上のクッションと、キャットとペックのもこもこのブランケットと、お母さんが骨《ほね》が冷えて痛《いた》みがひどくならないように秋と冬にはめている、毛糸の手袋《てぶくろ》も使っていいと言われました。大事にあつかってちゃんと返すと約束したから……全部なくしたと知ったら、お母さんは怒《おこ》ると思います。手袋《てぶくろ》は借りなければよかった。あの……郵便局《ゆうびんきょく》の人たちに、返してくださいと伝えてもらうことはできませんか？　もし見つかったらですけど」

ジョージーさんはほほえんだだけで何も言わずに、巡査《じゅんさ》部長に視線《しせん》でバトンをわたした。

わたしはつけくわえた。

「昔から持っていた手袋《てぶくろ》なんです。おばあちゃんがお母さんに編《あ》んでくれたんだと思います。あっ、それと切手も！　昨日の夜、みんなが寝《ね》たあとに、お気に入りの切手をたくさん段《だん》ボール箱の外側に貼《は》ったんです。幸運のおまじないに。ドミニカ共和国のとか、どれもモーさんがくれた特別な切手なんです。六二枚《まい》だったと思います。お願いです、郵便局《ゆうびんきょく》の人たちに、段《だん》ボール箱を返してくださいと伝えてもらえませんか？　自分で集めていたものだから、替《か》えがきかないんです。お母さんの手袋《てぶくろ》と同じで。たぶんクッションも。あ、それと、カヴィのヘッドキャップも！　正面に白いドラゴンのマークがあって、全体は赤で氷がうめこまれているみたいにでこぼこしています」

巡査《じゅんさ》部長の手とペンはすばやく動いて、次々にメモしていった。でも、ふと手を止めてきいた。

「ヘッドキャップというのは？」

「ラグビーをするときにかぶるキャップです。プレー中に脳《のう》が衝撃《しょうげき》でミルクシェイクみたいになっちゃうといけないって、カヴィのお母さんが心配して買ったんです。今朝、イナラといっしょにうちに来たとき、カヴィが『これ、かぶったほうがいいよ』って貸《か》してくれたんです。カヴィのお姉ちゃんに届《とど》く小包の箱はいつも、あちこち蹴《け》られたみたいにへこんでいるから、頭を守るためにって。それまでわたしや学校のみんなが『貸《か》して！ちょっとかぶってみるだけだから』ってたのんでも、ぜったいに貸《か》してくれなかったから、うれしかったです。かぶってみたら、初めて飛行機にのったアメリア・イアハートみたいに勇敢《ゆうかん》でかっこよくなった気分でした！　去年、授業《じゅぎょう》でイアハートのことが出てきたんです。輸送途中《ゆそうとちゅう》で行方不明《ゆくえふめい》になった小包みたいに、今でも見つかっていないそうです。イアハートがつけていた、あのパイロット用のゴーグルがほしいなと、ちょっと思ったんですけど、カヴィのヘッドキャップだけでもじゅうぶんかっこいいし」

巡査《じゅんさ》部長はきいた。

「イナラとカヴィが家にやってきたのは、今朝の何時だったか覚えていますか？」

「八時二二分です。どうして覚えているかというと、八時にはまだお母さんが一階にいて、二人が来る前にお母さんには寝室《しんしつ》にもどっていてほしかったから、時間を気にしていたんです。お風呂《ふろ》に入るために一階におりてきて、ついでにモーさんが来たときにあいさつしようと、そのまま待っていました。二人が話している間、わたしは何もかもふだん通りの演技《えんぎ》をして、でも心の中ではあせっていました。イナラとカヴィが来たときに、二人がまだ玄関《げんかん》にいたらどうしようって。でも八時二〇分に、モーさんはお母さんに帽子《ぼうし》をかたむけてあいさつして帰っていって、お母さんはゆっくりと階段《かいだん》をのぼりはじめました。キャットとペックはお母さんの寝室《しんしつ》でシリアルを食べながら、アニメの『機関車アイバー』を見ているところで、『お母さーん、いっしょに見てー』と一階に声をかけていたんです。お母さんが階段《かいだん》をのぼりきった瞬間《しゅんかん》、わたしは玄関《げんかん》横の窓《まど》に駆《か》け寄《よ》って、イナラとカヴィが来るのを待ちました。八時二一分で、ちょうど来るはずの時間でしたけど、まだ姿《すがた》は見えなくて、通りに目をやると、突然《とつぜん》、ドアナンバー42のドアが開いたんです！」

「ええっ！」

ジョージーさんが大声をあげた。

「そうなんです。でもちょうど、イナラとカヴィがスクーターにのって角を曲がってやってきて、42のドアはさっと閉《し》まりました！　わたしは二人がノックするより先にドアを開けて、二人を家の中に引っぱりこみました。

『シーッ！　急いで。あの家のドアが開いたの！　きっと外に出ようとしたけど、イナラとカヴィを見て、あわてて引っこんだんだと思う！』

わたしが言うと、イナラは小声で言いました。

『うそ！　見てみよう！』

三人で窓《まど》に駆《か》けよって少し待ったんですけど、ドアは閉《し》まったままだったので、わたしは言いました。

『それより、はやくはじめよう。キャットとペックのアニメがもうすぐ終わっちゃうから』

そして段《だん》ボール箱が置いてあるキッチンに連れていくと、二人は秘密《ひみつ》の博物館に足をふみ入れたみたいに、あちこち見まわしていました。イナラに『すてきな家だね』と言われて、うれしくなって『ありがとう』と答えました。昨日の夜、きれいにかたづけて、キャットとペックのおもちゃをソファーのうしろに押《お》しこんでおいたんです。

『ちょっと待って、なになに！　この箱で行くの？』すっとんきょうな声をあげたカヴィは、イナラにペシッとたたかれて声を落としました。『うわあ、この中、いい感じだね！居心地《いごこち》よさそう。それに切手がたくさん貼《は》ってあるのもいいな。こんなにどうやって集めたの？』

『封筒《ふうとう》に貼《は》ってあったのをはがしたりとか』

わたしはささやきました。切手を集めていることは、まだ話したくありませんでした。

長い間、秘密《ひみつ》にしてきたことを、もうずいぶんたくさん打ち明けたけど、この秘密《ひみつ》はまだとっておきたかったんです。

カヴィは小声で言いました。

『かっこいいなあ。クッションもいいけど……ほら、これも使って。身を守るために』

そして差しだしたのがヘッドキャップでした。イナラはカシスカッシュとお弁当《べんとう》を用意してくれていました。そうか、そういうのも必要だな！と初めて気づいて、お礼を言いたかったけど、どう言い表していいかわからなくて笑顔《えがお》で表現《ひょうげん》しました。

そのとき、お母さんがわたしを呼《よ》ぶ声がきこえました。アニメが終わって、幼稚園《ようちえん》と学校に行く時間が来たんです！　段《だん》ボール箱とわたしたちがみんな家から出る前に、お母さんがまたおりてくる事態《じたい》は、ぜったいに阻止《そし》しなくちゃいけません。

だから大声で『今行くー！』と返事をして、カヴィとイナラに目くばせして輪になり、早口で伝えました。

『計画通りにお願いね』

そしてキッチンカウンターの上に、はさみと粘着《ねんちゃく》テープを重しにして置いておいた紙を指さしました。だれも宛先《あてさき》を見まちがわないように大きな字で、お父さんのフルネームと住所を書いておきました。

『わかった』

ささやいたイナラに、『お金はこれ』と言って、ティッシュに包んだ三枚《まい》の紙幣《しへい》をわたしました。二人が協力すると言ってくれたあと、学校からの帰り道にあるATMで、お母さんの緊急《きんきゅう》用キャッシュカードから一〇ポンドだけ残して全額《ぜんがく》引きだしたんです。あとでお父さんから、引きだした分のお金をもらって入金しにくればいいと思いました。

二階に行く前に言いました。

『だれにも、特にモーさんに見られないように、お店までできるだけはやく運んでね。キャットとペックはお店に入れないでね！　デイビスさんにあやしまれるから』

計画が本当に動きだすんだ——三人が同時に自覚したのがわかりました。カヴィはまるでもぐもぐコンテストに出場する牛みたいに、グミを大きな音を立ててかみはじめて、イナラは故障《こしょう》したロボットみたいにブンブンとうなずきはじめました。わたしは失敗への不安を頭から追いだして、二階に駆《か》けあがりました。

本当はお母さんに、これまでのどんなときよりも長いクチュをしたかったけど、なんとか押《お》しとどまって、『行ってくるね』とだけ言いました。お母さんに『あの箱は重いから、学校まで運ぶのが大変だったら、だれか近所の方に手伝ってもらうのよ』と言われたので、『イナラとカヴィと待ちあわせしてて、手伝ってくれるからだいじょうぶ』と言いました。うそじゃないですから。それから、お母さんが快適《かいてき》に過《す》ごせるように寝室《しんしつ》の中をととのえて、チェアクッションをお母さんの好みの配置にセットして、薬もそろっているか確認《かくにん》しました。そしてお母さんの姿《すがた》を目に焼きつけて、何もかもうまくいくと自分に言いきかせ、キャットとペックを連れて幼稚園《ようちえん》バッグを手に一階におりました。

二人はイナラとカヴィがいるのに気づくと、はしゃいで大声を出しそうになったので、わたしがあわてて庭に連れだしました。計画では、それはカヴィの役割《やくわり》だったんですけど。そしてしゃがんで、二人がコートのファスナーを閉《し》めるのを手伝いました。

『キャット……ペック……お姉ちゃんね、今日はかくれんぼしようと思うの』そう伝えるわたしの横で、カヴィが二人にうなずいていました。『これね、すっごく大事な勝負でね、もし勝ったら、お母さんのことをたくさん、たーくさん助けてあげられるんだ。お姉ちゃんがかくれてる間は、イナラとカヴィの言うことをよくきいて、言われた通りにするんだよ。それと、お姉ちゃんが勝負してることは、ぜったいにだれにも言っちゃだめだからね。わかった？』

するとキャットがききました。

『それって、いつものトップシークレットくらい言っちゃいけない秘密《ひみつ》？』

『うん、同じくらい』

ペックは『ひみつひみつ』とささやいてキャットと顔を見あわせ、そろって人差し指を口に当ててました。もっと何か伝えなくちゃと思ったんですけど、ゼリーみたいに声がふるえてきたから、二人を抱《だ》きよせて『世界で一番愛してる』とだけささやいて、はなれました。そして『カヴィといっしょに、どれだけ長く口を閉《と》じていられるか競争してね』と言いました。そのゲームにはすぐに飽《あ》きちゃうんですけど、二分くらいは時間かせぎができるから。

キッチンではイナラが、緊張《きんちょう》で青ざめた顔で粘着《ねんちゃく》テープとハサミを手にしていました。

『準備《じゅんび》はいい？』

イナラにきかれ、わたしはうなずくと、ヘッドキャップをかぶって段《だん》ボール箱の中に入りました。

『しっかり封《ふう》をしてね。急いで。もう時間がない』

そう言って体を丸めると、地球から飛び立つ瞬間《しゅんかん》の宇宙飛行士《うちゅうひこうし》みたいな気分になりました。クッションやブランケットがもこもこと体を包んで、身動きがとれませんでした。見あげると、イナラがお弁当箱《べんとうばこ》とドリンクと取り調べノートを差しだしました。

『はやく帰ってきてね。それと、ケガしないように！』

わたしがうなずくと、頭の上で段《だん》ボール箱のふたが閉《し》まって、真っ暗になりました。そしてすぐに、ふたに粘着《ねんちゃく》テープを貼《は》る音がして、『うーん』『よいしょ』という声とともに、箱がゆっくりと床《ゆか》の上を移動《いどう》しはじめました。カヴィも手伝いに来た足音がきこえて、二人で玄関《げんかん》まで押《お》していって、ドンッという音とともに外に出ました。そして玄関《げんかん》ドアが閉《し》まる音がして、また『うーん』『よいしょ』という声に、今度はキャットとペックの笑い声も混《ま》ざって、箱はガタガタとゆれながら進みました。でもしばらくすると止まって、何も音がしなくなりました。カヴィがささやくのがきこえました。

『こんなに重いの持ちあげるなんて、無理だよ！　どうしよう、スクーターにのせられない！』

すると、少し遠くからワゴン車のドアが閉《し》まる音がして、声がきこえました。

『きみたち、それはなんだい？　手伝おうか？』

ルウェリンさんっぽい声でしたけど、はっきりとはわかりませんでした。イナラの声がしました。

『お願いします。学校の課題でこれを運ばなくちゃいけなくて』

その人は、わたしを箱ごとスクーターにのせてくれたようでした。箱がかたむいて、ズズーッと押《お》されて、ドンッとスクーターにのったのを感じました。カヴィが『ありがとうございます！』と言って、わたしは歩道をガタガタとゆられながら運ばれていきました。目を閉《と》じるとスパイダーマンみたいに感覚がとぎすまされる、とかよく言いますけど、ほんとだなと思いました。キャットとペックがスクーターの横でスキップしている足音、車やトラック、バイクのエンジン音やタイヤの音……。しばらくするとスクーターは止まりました。カヴィがキャットとペックに『ここから動いちゃだめだよ。ちゃんと待ってたらグミあげるからね』と言っているのがきこえました。そしてまた『うーん』と力をこめる声がしてガタガタゆれて、ついに……ブーッ！　とブザー音がしました！　デイビスさんのお店に着いたんです。

やりとりをききもらさないように、じっとして耳をすましました。でもデイビスさんはラジオをつけていたので、うまくききとれませんでした。イナラの『──配達──速達──』と言う声がとぎれとぎれにきこえました。

　そしてデイビスさんのスリッパの足音がして、『これは――運べな――大きすぎ――洗《せん》濯《たく》――』という声のあとに、イナラが『ちがい――洗濯機《せんたくき》――結婚《けっこん》――家具――おじい――たのまれ――今日中にお願いします！』と声をはりあげるのがきこえて、何分か、ラジオの音しかきこえなくなって、頭の中にいろんな考えが津波《つなみ》のように押《お》し寄《よ》せました。箱が大きすぎておくれないんだったらどうしよう？　デイビスさんが開けて中身を確《たし》かめようとしたら？　郵送料《ゆうそう》が高くて、お金が足りなかったら？　でもそのとき、急に『わかったわ！――ラベルを書くから――』という声とブザー音、そしてドサッ、ドスン！という音がしました。

　すぐそばでデイビスさんの声がしました。

『フランク、これを運んでくれる？』

　息ができるように箱のあちこちに小さな穴《あな》を開けておいたんですけど、上の穴《あな》から外をのぞくと、デイビスさんが真上にいるのが見えました。少しはなれたところから、耳慣《みみな》れない声がしました。

『何の荷物ですか？』

『結婚《けっこん》祝いですって。花嫁《はなよめ》のおじいさんの手作りだそうで、結婚式《けっこんしき》で披露《ひろう》するから、どうしても今日届《とど》かなくちゃこまるらしいの。この子、お母さんにたのまれて来たのよ。間にあわないかもしれないけど、特別速達でおくるしかないわね』

するとフランクと呼《よ》ばれた人の声が、近くなりました。

『まわりにはってある切手は？　めずらしいものばかりですね。写真をとっ――』

最後のほうはきこえませんでした。突然《とつぜん》動きだしたエレベーターみたいに、箱が飛びあがったからです。わたしはイナラからもらったお弁当《べんとう》がぐちゃぐちゃにならないようにしっかりとかかえ、クッションにしがみつきました。

するとと足音がして……バン！　バン！と鉄のドアを閉《し》める音がして……エンジン音が鳴り、箱の下がガタガタとゆれはじめました」

17 不時着

「本物の飛行機にのったこと、ありますか？」

わたしがきくと、巡査《じゅんさ》部長とジョージーさんはうなずいた。

「わたし、ないんです、一度も。本物のパイロットが操縦《そうじゅう》する飛行機にのって、どこか遠くに本物の休日を過《す》ごしに行くのがずっと夢《ゆめ》なんです。本物のオードリーが映画《えいが》の中で旅してるみたいに。お母さんは、わたしたちが生まれる前に何度ものったことがあるそうです。お母さんもお父さんも旅行が好きだから。ブラジルとかノルウェーとかイースト・アングリアにも行ったそうです。わたしはどこか行きたいところがあるわけじゃなくて、飛行機にのれたらそれだけで満足です。機内食を食べてみたいとずっと思ってて。カヴィが、世界のどんな食べ物より機内食が好きって言ってたから。チーズもクラッカーも料理もスカッシュも全部ミニサイズで、ゴトゴトゆれる機内で小さいものを食べるのが楽しいらしいんです。

段《だん》ボール箱の中で体をちぢめながらお弁当《べんとう》を食べるのは、わたしが経験《けいけん》してきた中で一番、機内食を食べる体験に近かったんじゃないかな。ぜんっぜん楽しくなかったですけど！　暗くて見えないから、ドリンクのストローがしょっちゅう鼻の穴《あな》に入ったり、目に当たったりしそうになるし。暗い中でチーズトマトサンドイッチを食べるのも楽しくなかったです。ゆれて具があちこちに飛び散って。本当に洗濯機《せんたくき》の中にいるみたいでした。わたしをきれいにするどころか、汚《よご》す洗濯機《せんたくき》でしたけど。

サンドイッチはほとんど口に入らずに散らかっちゃったから、食べるのはとちゅうであきらめました。トマトのかけらがつぶれてクッションにくっついているのがわかりました。

モーさんは、スウォンジーからロンドンまで三時間かかると言っていたので、お父さんのところにたどり着くまでまだまだ先は長いとわかっていました。スマートフォンも、暗い中で遊べるものも何もなかったので、目を閉《と》じて眠《ねむ》ろうとしました。

でも、郵便物《ゆうびんぶつ》は目的地までまっすぐ運ばれるわけじゃないなんて、知りませんでした。目的地にたどり着くまでにいくつもの場所を経由《けいゆ》するなんて、デイビスさんもモーさんも教えてくれなかったんです。ちょうどうとうとしはじめたとき、揺《ゆ》れが止まって、物音ひとつしなくなりました。そして、ドアの鍵《かぎ》を開けるみたいなカチッという音がして、声がきこえました。

『そうだ、オーワイン！　いくつか急ぎの荷物があるんだよ』

それからドン、ドスッ、ガタッと音がして、箱が引っぱられたり持ちあげられたりして、何かの上に置かれて、フードプロセッサーみたいなウイーンという音のする機械やライトがたくさんあるところに運ばれていきました。あんまりうるさかったから、ヘッドキャップの上からイヤーマフもつけておけばよかったなと思いました。そのとき、真上で別の人の声がしました。

『午後一時までにロンドンに洗濯機《せんたくき》をおくりたいだなんて、どういうわけでしょうね？』

声の主の顔を見たくて、空気穴《あな》からのぞいてみたんですけど、黄色い蛍光《けいこう》のベストがちらりと見えただけでした。するとさっきの人の声がしました。

『だいじょうぶ、洗濯機《せんたくき》じゃないからそんなに重くないよ。結婚《けっこん》祝いの品らしいんだ。お母さんにたのまれて子どもが発送したんだよ。結婚式《けっこんしき》がらみじゃなければ、デイビスさんも断《ことわ》ったと思うけどね。ちょうどその場にいあわせたんだけど、デイビスさん、お金が足りないからと何ポンドか値引《ねび》きまでしてたよ』

少し会話がとぎれて、ウイーン、ビーッという音だけがきこえていたんですけど、オーワインと呼《よ》ばれていた人の声がしました。

『ちょっとフランクさん、切手がこんなに貼《は》ってありますよ。あの人が見たら大興奮《だいこうふん》でしょうね』

フランクと呼《よ》ばれた最初の声の人は言いました。

『そう思って、じつはもう写真をおくっておいたんだよ。明日はずっと、この話ばかりしてくるだろうな』

二人の笑い声のあと、箱の横でビーッと音がして、オーワインさんが言いました。

『なんて返事が来たか、あとで教えてくださいね。ぼくは次の便でこの荷物をカーディフまで運びます。それでなんとか届《とど》くでしょう』

それから声はきこえなくなって、派手《はで》なベストの色も穴《あな》から見えなくなりました。箱が持ちあげられて、何かかたいものの上にのせられたようでした。体が軽くなるようにボールみたいに丸まっていると、『当日便！』と女の人の声がして、何かの上におろされました。箱の横の空気穴《あな》から外をのぞくと、すぐ目の前に鉄柵《てっさく》の扉《とびら》がありました。台車にのった鉄柵《てっさく》の箱型《はこがた》パレットにのせられたんだと思います。両側にはほかにも、パレットをのせた台車が何百台もならんでいるみたいでした。

しばらくそのままだったんですけど、突然《とつぜん》、台車が動きだしました。後ろでだれかが押《お》しているみたいで、ビーッと音がして箱がどんどん持ちあがっていったと思ったら、おろされました。そこは学校で一番長い廊下《ろうか》と同じくらい横長の、トラックの中でした。いろんな形とサイズの荷物をのせたパレットがならんでいました。

トラックのドアがキーッと音を立てて閉《し》まって、真っ暗になりました。

次は何が起きるんだろうと思って待っていたら、そのまま長い間、何も起きませんでした。いつもは暗闇《くらやみ》はこわくないんですけど、そのときは経験《けいけん》したことがないような、ひとすじのぼんやりした光さえない真っ黒な闇《やみ》だったので、こわくなってきました。静かで重苦しくて、自分の存在《そんざい》があとかたもなく消えてしまったようで。この段《だん》ボール箱の存在《そんざい》も忘《わす》れられて、トラックの奥《おく》に永遠《えいえん》に閉《と》じこめられたままになる、そんなことがいかにも起きそうで、押《お》しよせる恐怖《きょうふ》を追いはらうのに必死でした。

アデオラ先生がお母さんにいつも、痛《いた》みが強かったりパニックになったりしそうなときは、ゆっくり息を吸《す》って吐《は》くようにと言っているので、わたしもそうしました。空気穴《あな》は小さくて、中の熱気が外に出ていかなかったので、汗《あせ》ばんできました。体を動かして、腕《うで》と足をのばしたかったんですけど、せまくてできませんでした。懐中《かいちゅう》電灯も持ってくればよかったと思いました。あんなにせまくて真っ暗な空間には、二度と入りたくありません。『これはお母さんのため。すぐにお父さんに会える』――そうひとりごとを言いはじめたとき、ビーッ、ドンッ、ドンッと大きな音がしました。進めの合図だったみたいで、トラックはガタガタゆれながら動きはじめました。

やっと目的地に向かって動きだした、とうれしくなって自分を抱《だ》きしめました。でも少しすると、すごく寒くなってきました。まるで氷のマントに包まれたみたいに。手と腕《うで》と足をこすってクッションを抱《だ》きしめて、なんとか温まろうとしたんですけど、手足もクッションも冷たくなっていきました。歯もガチガチと鳴りはじめたので、体をアルマジロみたいに丸めて、もっときつく抱《だ》きしめました。

それからすぐ眠《ねむ》ってしまったんだと思います。次に覚えているのは、いきなりビーッという大きな音がしたこと。たくさんの人が大声で何か言っているのがきこえて、トラックのドアが開きました。そして大きな灰色《はいいろ》の手袋《てぶくろ》をはめたふたつの手がのびてきて、わたしの箱の入っているパレットをリフトにのせました。パレットは黄色い上着の人がいるところまでおろされました。

『これはロンドン行きですね?』

そうたずねる声に、パレットの後ろのだれかが言いました。

『中にはきっとヒツジが入ってるんですよ。ハハッ!「ウェールズでは人口の約三倍の数のヒツジが飼育《しいく》されている」』

そしてビーッと音がして、パレットは別のトラックにのせられました。

うそっ、ここ、まだウェールズなの?と思いました。二人ともウェールズなまりだったんです。お母さんが前に言ってました。ロンドンに着いたらすぐにわかるって。ウェールズの人たちとは話し方がちがうし、みんなせかせかしてるからって……悪いことじゃなさそうですけど」

ロンドンのことをそんなふうに言われて、ジョージーさんと巡査《じゅんさ》部長が気を悪くしたかも。そう思って、最後の一言をつけくわえて顔色をうかがった。でも怒《おこ》っている顔じゃなかった。

「とにかく、気が遠くなるくらい長い時間、箱の中にいたから、もうロンドンに着いてると思ってたんです。終わりの見えない時間を、この中で丸まって、また氷のような冷たさにふるえて過《す》ごすなんて無理――そう思ったけど、お母さんのために耐《た》えなくちゃいけません。まだ、あきらめるわけにはいきませんでした。

トラックのドアが、カカカカ！　バン！と音を立てて閉《し》まって、また真っ暗になってすぐにエンジンがかかりました。あんまり長旅になりませんようにと願いながら、目をぎゅっとつぶって眠《ねむ》ったんですけど、しょっちゅう目が覚めて、そのたびに、ここどこ？ときょろきょろしていました。

それから何年も過《す》ぎたような感覚になったころ、ビーッという音と大声と、台車の車輪の音で目が覚めて、空気穴《あな》からのぞくと、赤いベストといくつもの手が見えました。そして台車が、トラックからどこか床《ゆか》の上にドンッとおりたのを感じて、また穴《あな》からのぞくと、『マウントプレザント郵便中継局《ゆうびんちゅうけいきょく》』という大きな赤い文字が見えて、こわくなりました。ロンドンじゃなくて、どこかの山《マウント》におくられるんじゃないかと不安になったんです。

でも次の瞬間《しゅんかん》、不安は消えました。わたしの箱が急に持ちあげられて、何かとてもはやく進むものの上にのせられたんです。今どこにいるのか確認《かくにん》しようとしたんですけど、はやくてなにがなんだかよく見えなくて、大きなベルトコンベアにのっていると気づくまで時間がかかりました。

どこに向かっているのか知りたくて空気穴《あな》に目を押《お》しつけると、ビーッとかドンとかいう音がきこえて、ライトがたくさんついた大きな機械が見えました。機械には正方形のトンネルみたいな穴《あな》があって、その中に郵便物《ゆうびんぶつ》の段《だん》ボール箱がどんどん入っていきました。そのときです！　よく見ようと箱によりかかりすぎたからか、ベルトコンベアの速度がはやすぎたのか、わたしの段《だん》ボール箱がかたむきはじめました。あわてて元にもどそうとしたんですけど、間にあわなくて、箱はベルトコンベアからはずれて床《ゆか》にドンッと落ち、わたしは箱の中でさかさまになってしまいました。

けたたましいサイレンの音がひびいて、ベルトコンベアのローラーの回転音が止まりました。取り調べノートとか、お父さんに深刻《しんこく》さを伝えるために持ってきたアデオラ先生からの手紙はポケットから飛びだして、頭の近くにありました。そして、そして、両足が段《だん》ボール箱の底から突《つ》きだしていたんです！　ジタバタしたら、足が宙《ちゅう》を蹴《け》っていたからわかりました。てことはつまり、箱の中にいることがバレバレだってことです！　逃《に》げなくちゃいけません。あわてて箱の中で体を横向きに変えると、箱をパンチして押《お》しやぶって外に出ました。

立ちあがると、青い制服《せいふく》に黄色い上着を着た人たちが、四方八方からわたし目がけて駆《か》けてきました。パニックになって箱の中の荷物は置いたまま、必死で逃《に》げだしました」

18 幽霊《ゆうれい》列車の乗客

「それはそれはこわかったでしょうね」

とても心配そうな顔でジョージーさんが言い、アニタ巡査《じゅんさ》部長はうなずいた。わたしはイスにすわりなおして言った。

「はい。あんなにたくさんの大人に追いかけられたことなんて、ないですから。みんな『ちょっと！』とか『おい！』『その子を止めて！』とかさけんでました。すごくこわかったけど、お父さんに会うまではつかまるわけにいきません！　つかまえようと手をのばしてくる郵便局《ゆうびんきょく》の人たちや機械の間を全速力でジグザグにすりぬけ、床《ゆか》をすべったりダイブしたり、押《お》しのけたりしながら逃《に》げていきました。どこに向かって走っているのか自分でもわかりませんでした。とにかく、どこかドアへ！　でもドアにたどりつきそうになるたびに、歩く三角コーンみたいにサッとだれかが前にあらわれて、つかまえようとするんです。

『ほっといて！』って何度さけんだかわかりません。でもだれもほっといてはくれませんでした。はやく走りすぎて、追っ手の姿《すがた》も何もかも飛ぶようにすぎ去っていって、何もはっきりと目に入りません。何度もつかまりそうになりながら、なんとか追っ手を押《お》しのけ、かわしていきました。わたしに飛びかかろうとして、失敗してたおれて床《ゆか》をすべっていった人が二人はいました！

そのとき、壁《かべ》と壁《かべ》の間に下り階段《かいだん》があるのが見えて、足の感覚がなくなるくらい猛《もう》ダッシュで向かいました。もう少しでたどりつくというとき、つやっつやのボタンのついたてかてかのスーツの人が目の前に飛びだしてきて、両手と両足をバッ！とゴールネットのように広げました。

『お嬢《じょう》さん！　止まりなさい！』

その風船みたいにぽっちゃりとしたお腹《なか》を見て、わたしはダーツの矢みたいにまっすぐに飛びかかっていき、ぶつかる寸前《すんぜん》で足の間にダイブして後ろへすりぬけました。

思った通り、その二秒後にポヨン！　ポヨン！と大きな音がしました。追っ手が全員、その人のお腹《なか》にぶつかったんです。

やった！と思いながら、その先の階段《かいだん》に向かったとき、一本の手がのびてきて、わたしの腕《うで》をつかみました。

相手の顔を見あげて一瞬《いっしゅん》、モーさんかと思いました。口ひげがそっくりだったから。でも別人だったので足を蹴《け》って、相手がひるんで手をはなしたすきに階段《かいだん》を駆《か》けおりました。駆《か》けても駆《か》けても階段《かいだん》に終わりはなくて、どんどん幅《はば》もせまくなっていきました。ようやくたどりついた先は、地下トンネルの入り口みたいなところでした。その手前に高いフェンスがあって、『関係者以外立ち入り禁止《きんし》』とありました。

ほかに逃《に》げ道がないか見まわしたけどなくて、階段《かいだん》をもどるしかありませんでした。でも階段《かいだん》を駆《か》けおりてくる足音がひびいて、どんどん大きくなってきて、追っ手がせまっているのがわかりました。先に進むしかない！　そう思ってフェンスのすき間をむりやり通りぬけようとしました。頭が引っかかったけど、根性《こんじょう》でぐいぐい押《お》しこんでいったら、スポーンといきおいよく体が通りぬけて床《ゆか》にたおれこみました。それでひざをすりむいて、服があちこちやぶけたんです」

立ちあがって、オーバーオールのひざの部分に開いた穴《あな》と、絆創膏《ばんそうこう》を見せた。巡査《じゅんさ》部長は言った。

「あー……それはとっても痛《いた》そうですね」

「あと、手も」わたしは、てのひらのすり傷《きず》と引っかき傷《きず》も見せた。「でも、たいしたケガじゃなかったから走りつづけました。つかまったあとに診察《しんさつ》してくれた救急医《きゅうきゅうい》の人も、傷《きず》はすぐにふさがると言ってました。まだズキズキしますけど」

ジョージーさんが言った。

「それは泣いちゃうわね。わたしなら泣いてるわ」

「泣きたかったけど、そんなひまありませんでした。ケガの痛《いた》みが悲鳴をあげてたけど、頭の中でもっと大きいさけび声がきこえてたから。『立ちあがれ！　走れ！　お父さんに会えなくなるぞ！』って。

トンネルみたいな暗い階段《かいだん》を駆《か》けおりていくと、先のほうに出口の光が小さく見えて、どんどん大きくなっていきました。列車の車輪がまわる音もきこえました。ガタンゴトンと音がするのは列車だけだから、すぐわかりますよね。後ろから走ってくるのか、前からなのかわからなかったけど、とにかく走りつづけました。

でもトンネルの出口にたどりついたとき、そこに列車はいなくて、すごく短いプラットホームに郵便局《ゆうびんきょく》の人が二人ならんで立っているだけでした。一人の横には灰色《はいいろ》の袋《ふくろ》が山積みになっていて、もう一人の横には空のパレットののった台車がありました。さっきトラックにのったときに、わたしの段《だん》ボール箱が入っていたようなパレットです。二人の前には線路があって、プラットホームの端《はし》には、オレンジや緑、赤のライトが点滅《てんめつ》している大きな操作盤《そうさばん》がありました。

思わず泣きだしそうになりました。やっとトンネルの出口にたどりついたのに、そこはまだ郵便局《ゆうびんきょく》の中だとわかったから。二人に気づかれないように、物音を立てないようにひっそりと影《かげ》にかくれていました。一、二分もすれば追っ手がトンネルからやってきて、つかまるでしょう。そしたら、お父さんに会えるチャンスは二度とやってこない。それに、あの二人がこっちをふり向いて、わたしに気づいてボタンを押《お》し、サイレンを鳴らすかも。

どうしよう、と考えていると、どこからか声がしました。

『プッ！　ホワイトチャペル行き……まもなく到着《とうちゃく》。以上。プッ！』

すると二人の郵便局員《ゆうびんきょくいん》のうち、背《せ》の低いほうの人がベルトから無線機をとって答えました。

『プッ！　ホワイトチャペル行き、到着《とうちゃく》・預《あず》かり準備《じゅんび》オーケー。以上。プッ！』

最後のプッ！のあとすぐに、ガタンゴトンという音が大きくなりはじめて、列車が姿《すがた》をあらわしました。本物です！　見たことがない列車で、イベント会場とかの幽霊《ゆうれい》列車みたいに小さかったです。車体は赤くて屋根はぴかぴかのガラスで、横に大きな黄色い字で『郵便《ゆうびん》』とありました。スピードを落としていく列車を見て、幽霊《ゆうれい》列車と同じように運転士《し》がいないことに気づきました。

背《せ》の高い郵便局員《ゆうびんきょくいん》さんが、パレットののった台車に手をそえて、『さてと、今度はどっちが勝つかな？』と言うと、もう一人は『おれに勝てるわけないよ、ジョー』と言って、灰色《はいいろ》の袋《ふくろ》をかかえられるだけかかえました。何か競争をはじめるんだなと思いました。

幽霊《ゆうれい》列車が停車《ていしゃ》すると、全車両のガラスの屋根が自動的に開きました。透明《とうめい》な魔法《まほう》使いが、一列にならんでいる透明《とうめい》なぴかぴかの箱のふたをいっせいに開けたみたいに。車両の中に何が入っているのかは見えませんでしたけど、人がのっていないのはたしかで、座席《ざせき》もなさそうでした。

背《せ》の低い郵便局員《ゆうびんきょくいん》さんが『ゴー！』と言って、からっぽの車両に灰色《はいいろ》の袋《ふくろ》をふたつずつ、次々に投げ入れていきました。もう一人は身をのりだして、別の車両から青い袋《ふくろ》を次々にとりだして、パレットに積んでいきました。

また無線機から声がしました。

『プッ！　ホワイトチャペル行き、発車三〇秒前。三〇秒以内に積み下ろし完了《かんりょう》。以上。プッ！』

背《せ》の高い郵便局員《ゆうびんきょくいん》さんが『そんなにかからないよ！』と声をはりあげ、もう一人は『うーん』とうなりながら、袋《ふくろ》を四つまとめてつかみました。

そのとき、はっと思いつきました。ほかに方法はありません。ホワイトチャペルがどこにあるのか知りませんが、ウェールズじゃなさそうです。きっとイングランド、それもロンドンかもしれません。それにどこにあるんだとしても、礼拝所《チャペル》ならわたしを助けてくれるはず［ホワイトチャペルはロンドンの地名で郵便中継局《ゆうびんちゅうけいきょく》があるが、オードリーは知らないため礼拝所《チャペル》の名前だとかんちがいしている］。

でも思いついた方法を、すぐには実行できませんでした。目の前で二人がまだ袋《ふくろ》を積んだり下ろしたりしていたからです。また無線機から声がしました。

『発車一〇秒前。以上。プッ！』

そのとき、後ろから追っ手の大きな声がとどろきました。

『いた！　見つけたぞ！』

もうタイミングをはかっている場合じゃありません！　わたしは影《かげ》から飛びだして、列車に向かってダッシュしました。でもたどり着く前に、ガラスの屋根は閉《し》まりはじめて、二人の郵便局員《ゆうびんきょくいん》さんはふりかえって、わたしに手をのばして……。

背《せ》の低い郵便局員《ゆうびんきょくいん》さんの横を駆《か》けぬけ、全身の筋肉《きんにく》を使って飛びあがりました。そして閉《し》まりかけた屋根と車両のすき間にダイブし、ぎっしりと積みこまれた灰色《はいいろ》の袋《ふくろ》の山の上に着地しました。

ガラスの屋根がガチャンと閉《し》まって、列車が動きだしました。起きあがった瞬間《しゅんかん》、口をあんぐりと開けてわたしを見ている二人の郵便局員《ゆうびんきょくいん》さんと、プラットホームにあふれる追っ手の人たちが目に入りました。一瞬《いっしゅん》、全員の顔がはっきりと見えて、すぐに真っ暗なトンネルに入って見えなくなりました。絵をかいた紙が掃除機《そうじき》に吸《す》いこまれたみたいに。頭の上でたくさんのライトが飛び去っていって、どんどんスピードがあがっていきました。

列車にのっていれば安全なので、横になって、停車《ていしゃ》したらそのあとどうするか、急いで頭をめぐらせました。そのときようやく、自分が郵便袋《ゆうびんぶくろ》の山の上にいて、郵便《ゆうびん》地下鉄にのっていることに気づきました！　人じゃなくてたくさんの手紙が入った郵便袋《ゆうびんぶくろ》を運ぶ地下鉄です。いろんな地域《ちいき》の切手がはってある手紙の山です！　モーさんとデイビスさんから郵便《ゆうびん》地下鉄の話をきいたことがなかったのは、存在《そんざい》を知らないからかもしれません。はやく二人に話したくてたまらなかったけど……今日こんなことがあったから、もう二度と口をきいてくれないでしょうね。

体の下の郵便袋《ゆうびんぶくろ》のおかげで、計画を思いつきました。次の停車駅《ていしゃ》では身をかくしていなくちゃいけません。山積みの袋《ふくろ》のすき間に深くもぐると、そばに空《から》の袋《ふくろ》がありました。

――これです」

かかえていた灰色《はいいろ》の郵便袋《ゆうびんぶくろ》をかかげた。

「この袋《ふくろ》をかぶって身をかくして、飛び去っていくライトのスピードがだんだん落ちていくのを待ちました。計画ではまず、次の駅で郵便局《ゆうびんきょく》の人たちがわたしの上にのっている袋《ふくろ》をとりだしはじめるまで待つつもりでした。そして、その人たちが見ていないすきに、こっそりぬけだして礼拝所《チャペル》まで走るんです。ウェールズにはあちこちに礼拝所《チャペル》があって、どの礼拝所《チャペル》の人たちもみんなとっても親切だから、ロンドンでもそうでありますようにと願いました。たどり着いたら、そこの人に、お父さんの住所を突《つ》き止めるために協力してほしいとお願いする計画でした。

それで……それで、そう、それからどうなったかは知ってますよね」

話の終わりにたどり着いて、巡査《じゅんさ》部長の顔を見あげた。巡査《じゅんさ》部長は前のめりになって、ほほえんだ。

「ええ。でも記録のために、オードリー、あなたの口で語ってもらえますか？　あなたの視点《してん》からの話をききたいんです」

「わかりました。ええと……横になって袋《ふくろ》の下にかくれていました。こんな感じです」

わたしはイスからおりて床《ゆか》に寝《ね》そべると、体をぴーんとのばして郵便袋《ゆうびんぶくろ》をかぶった。そして袋《ふくろ》ごしに話した。

「体の上には、袋《ふくろ》がもっとたくさんのっていました。ライトも何も見えなくなりましたけど、地下鉄がスピードを落としていくのがわかりました。

すごくこわくなってきたけど、心の準備《じゅんび》をしました。そしてドアがハーシュ――――ッと音を立てて開いて、身動きひとつしないように体を硬直《こうちょく》させて待っていました。きっとすぐに、郵便局員《ゆうびんきょくいん》のだれかが『ゴー！』と言って袋《ふくろ》をとりだしはじめるだろうと思っていたんですけど、しーんとしていて……突然《とつぜん》、どなり声がふってきました。

『そこにいるのはわかっている！　手をあげて出てきなさい！』」

19 差出人に返送

「オードリー、起きあがっていいですよ」

笑いをこらえているみたいなふるえ声で、アニタ巡査《じゅんさ》部長が言った。

わたしはかぶっていた袋《ふくろ》を顔からどけて起きあがると、イスにもどった。巡査《じゅんさ》部長のくちびるは、ゆがんでいる。手で口をおおっているジョージーさんの肩《かた》はふるえていた。何がそんなにおかしいんだろうと思いながら、わたしは話を終わりに進めた。

「そして、一〇〇人以上の警察官《けいさつかん》がわたしをつかまえに来て、救急医《きゅうきゅうい》の人たちがひざにヒリヒリする薬をぬってくれて、それからここに連れてこられました。そしてあなたとあなたに会って……はい、それで全部です」

巡査《じゅんさ》部長は少しの間、わたしを見つめると、取り調べノートをゆっくりと閉《と》じた。

「オードリー、はじめから終わりまでこれほど不足ない証言《しょうげん》がなされたのは、この警察署《けいさつしょ》の管轄《かんかつ》では初めてなのではないかと思いますよ。あなたの視点《してん》でくわしく語っていただき、ありがとうございました」

「その通りですよ」ジョージーさんは、わたしの手をぎゅっとにぎった。「ここにたどりつくまでのこと、何もかも、とても上手に話してくれました」

わたしは自分の記憶《きおく》力がほこらしくなった。

「ありがとうございます。それで……これから、どうなるんですか？」

気弱にきこえないように、郵便袋《ゆうびんぶくろ》を胸《むね》にぎゅっとかかえながら、はっきりと質問《しつもん》した。

「そうですね……」巡査《じゅんさ》部長は腕時計《うでどけい》を見た。「もうすぐご自宅《じたく》に帰れると思います。明日、今日の取り調べ記録を郵便局《ゆうびんきょく》の役員の方々におわたしします。それをもとに先方が今後の対応《たいおう》と、原因《げんいん》となった特殊《とくしゅ》な状況《じょうきょう》はさておき、被《こうむ》った損害《そんがい》を埋《う》めあわせできるかどうかを判断《はんだん》されることになります」

「損害《そんがい》？」

うつむいて考えた。わたしはほかにも損害《そんがい》を引き起こしてしまったのかな。

「ええ。思い起こしてみてくださいね、オードリー。あなたがベルトコンベアから落ちたとき、警報器《けいほうき》が作動して、施設《しせつ》の装置《そうち》全てが動作を停止《ていし》しました。ケガをされた職員《しょくいん》の方もいます。あなたがのった郵便《ゆうびん》地下鉄は一時間以上、運転を見あわせました。それにより、ウェールズじゅうの郵便業務《ゆうびんぎょうむ》におくれが生じました。

重要な手紙や荷物の配達がおくれ、差出人の方々に迷惑《めいわく》がかかったでしょう。その方々から遅延《ちえん》理由の問いあわせがあるでしょうし、損害賠償請求《そんがいばいしょうせいきゅう》もあるかもしれません。郵便《ゆうびん》局《きょく》の方々は膨大《ぼうだい》な件数《けんすう》の問いあわせや請求《せいきゅう》に対して、個別《こべつ》の状況《じょうきょう》にあわせて対応《たいおう》しなければいけませんし、あなたのお話の中で出てきたモーさんやデイビスさん、フランクさんをはじめとした郵便業務《ゆうびんぎょうむ》にたずさわる何人もの方々から話をきく必要もあるでしょう。

あなたの入っていた段《だん》ボール箱を見て、何か不審《ふしん》な点に気づかなかったのか。計画に気づけるタイミングはなかったか。あなたが自分を発送するという計画を実行する前に、止められたはずです。荷物が異様《いよう》に重いこと、それを発送しようとしているのが子どもたちだということに、違和感《いわかん》を覚えるべきでした。特にデイビスさんは。郵便業務《ゆうびんぎょうむ》にたずさわる全ての人には、危険《きけん》なものや生身の人間が郵送《ゆうそう》されることがないよう、確認《かくにん》する責務《せきむ》があるんですから」

「そんな……」

わたしはつぶやいて、郵便袋《ゆうびんぶくろ》に目を落とした。こんなにたくさん迷惑《めいわく》をかけることになるなんて、考えてもみなかった。また、ドミノをたおしたんだ。デイビスさんのお店で盗《ぬす》みに気づかれたときみたいに。

「だれも悪くないんです。デイビスさんは何も悪くない！　イナラとカヴィの演技《えんぎ》がすごくうまかったから、気づけたはずがありません！　あんなにうまいなんて、わたしも知らなかったです」

録音機に向かって前のめりになった。これをだれがきくのか知らないけど、言葉を正確《せいかく》にききとってもらえるように、はっきりと発音した。

「デイビスさんもほかの郵便局員《ゆうびんきょくいん》さんたちも、みんな無実です。それと、郵便局《ゆうびんきょく》の人の足を蹴《け》るつもりはありませんでした。地下鉄に飛びのることになるのも、予想してませんでした。もし郵便《ゆうびん》地下鉄の存在《そんざい》が郵便局《ゆうびんきょく》のトップシークレットなら、のったことも、見たことさえだれにも言わないと約束します！　わたしはただ、お父さんに会ってお母さんを助けてほしかった。わたしたちを監視《かんし》するあの人たちを永久《えいきゅう》に追いはらいたかった、それだけです。わかってもらえますよね？」

不安になって、巡査《じゅんさ》部長の顔を見あげた。

「ソーシャルワーカーの人たちにも報告書《ほうこくしょ》をおくってもらえませんか？　こんな結果を引

き起こすつもりで計画したんじゃないと、わかってもらえるように。お母さんは何もかも自分でやることはできないし、わたしの手伝いが必要だけど、世界一のお母さんだということ、それから、わたしとキャットとペックをお母さんから引きはなさないでほしいということも、報告書《ほうこくしょ》に書いてもらえませんか？　あの人たちは、お父さんを探《さが》しだして協力をお願いしてくれたり、お母さんが必要なものを手に入れられるように協力してくれたりもできるのかもしれません。だから、だから、報告書《ほうこくしょ》をおくってもらったほうがいいですよね？」

「落ち着いて、オードリー」ジョージーさんが両手をのばして、わたしの肩《かた》を抱《だ》いた。ショールのようにあたたかくて心地《ここち》いい。「だれもあなたたちを、お母様から引きはなしたりはしませんよ」

「でも、わからないじゃないですか。向かいの家で監視《かんし》しているんですよ？　ソーシャルワーカーじゃなければ監視《かんし》するはずないですよね？」

ゆっくりとうなずきながらきいていた巡査《じゅんさ》部長が言った。

「オードリー、向かいの家のことについては、わたしのほうからウェールズ警察《けいさつ》に伝達しておきます。できるだけはやく確認《かくにん》してもらえるよう、個人的《こじんてき》にも依頼《いらい》しておきますね。

何か問題がないか確認《かくにん》するために。それでいいですか？　地域《ちいき》の公的機関が長期にわたって、そんな不穏《ふおん》な方法で調査《ちょうさ》をするとは思えませんが。しかも関係機関に何の通知もしないで行うというのも考えづらいです。何か疑《うたが》わしい点が見つかったり、あなたの心配を裏《うら》づけることがあったりしたら、お知らせしますね」

「本当に？　約束してもらえますか？」

「約束します。監視《かんし》していたり、カヴィさんやイナラさんが疑《うたが》っているように強盗《ごうとう》をくわだてていたりするということであれば、重大な案件《あんけん》ですからね。記録をくまなくチェックするよう依頼《いらい》しておきます。もし何も連絡《れんらく》がいかなかった場合は、心配するような点は何も見つからなかったということですので。それでいいですか？」

巡査《じゅんさ》部長はまだ何か言いたげに口を開いたけど、そのとき三回ノックする音がきこえてドアが開いた。入ってきたのは警察官《けいさつかん》で、背《せ》が低くてぽっちゃりとしていたから、身なりをととのえたペンギンみたいだった。見覚えがある。ホワイトチャペルのプラットホームで、わたしを逮捕《たいほ》しようと待ちかまえていた警察官《けいさつかん》の一人だ。

「お迎《むか》えにいらっしゃいました」

そう言って、わたしに優《やさ》しくほほえんだ。巡査《じゅんさ》部長が言った。

「そうですか。では、今からそちらに向かいますと伝えてください」

「お父さんですか?」わたしの心は浮《う》き立った。最後に会ったのは二年以上前だけど、見た目は変わっていないだろうな。わたしは変わったけど。身長が一〇センチはのびたから、わたしを見てすぐわかるかな?「あの住所の家に行ったんですか? お父さんはそこにいたんですか? 迎《むか》えに来てくれたの、お父さんですよね?」

警察官《けいさつかん》の人に質問《しつもん》をたたみかけたけど、その人はうつむいて足早に部屋を出ていった。

巡査《じゅんさ》部長は黒い機械に向かって、身をのりだした。

「聴取終了《ちょうしゅしゅうりょう》。午後七時四九分。三月三一日木曜」そしてボタンを押《お》すと、赤いライトが消えた。巡査《じゅんさ》部長はほほえんだ。「では行きましょうか。ついてきてくださいね、オードリー」

わたしはイスから飛びおりた。郵便袋《ゆうびんぶくろ》はその場に残して。もういらないから。ジョージーさんがわたしの手をとって、いっしょに巡査《じゅんさ》部長のあとをついて、さっき通ってきた経路《けいろ》を逆《ぎゃく》にたどって、いくつもの部屋の前を通りすぎていった。わくわくしてきたから、ジョージーさんのとなりでスキップしながら進んだ。最初に巡査《じゅんさ》部長と会った場所に近づくにつれ、足取りははずみ、スキップも高くなっていった。

そこにお父さんがいるんだ。わたしの背《せ》が高くなってて、びっくりするだろうな。お父さんに会うためにやったいろんなことを、話してきかせるんだ。もう道を見失ったなんて思わないで。うちに来て、お母さんを助けて。そう伝えるんだ。計画は成功したんだ。ひとつひとつの出来事は失敗だらけだったけど。

この建物に入ってきたときに目にした、大きなガラス張《ば》りのエレベーターと、まぶしい照明と行き交《か》う警察官《けいさつかん》の帽子《ぼうし》が視界《しかい》に入ってきたとき、声がした。

「オードリー！」

わたしは足を止めた。そんな……ありえない！　どこからきこえたのか、あちこち見まわした。はやく声の主を見つけたくて。

そして、見つけた。

「お母さん！」

ジョージーさんの手をぱっとはなし、お母さんの腕《うで》の中に飛びこんだ。お母さんがいる！　ロンドンに！　お母さんの髪《かみ》、お母さんのコート、お母さんの肌《はだ》。その感覚をたしかめた。夢《ゆめ》じゃない！

お母さんはささやいた。

「ああ、オードリー……大事なオードリー……一体、何をしたの？」

わたしは一歩、身を引いてお母さんの顔を見あげると、涙《なみだ》をぬぐった。そして目をごしごしこすって、また開いた。やっぱりお母さんがいる。これは現実《げんじつ》だ。

「お母さん……どうやってここまで来たの？　お父さん？　お父さんに連れてきてもらったの？」

お父さんの姿《すがた》を探《さが》して、あたりを見まわしたけど、お母さんの後ろから顔を出したのは、思いもしない人だった。

「こんばんは、リトルマダム！　一体ぜんたい、どういうことだい？」

「モーさん！」

モーさんはわたしに歩みよってクチュすると、満面の笑《え》みで言った。

「まったく、ぼくらをハラハラさせることにかけては、オードリーは名人だね。ロンドンまで自分を郵送《ゆうそう》するなんて。ウェールズじゅうのどんな子だって、かなわないよ！」

「モーさんがお母さんを連れてきてくれたの？　ほかには……だれも？」

だれかの姿《すがた》を見逃《みのが》していないかと、モーさんの後ろを確認《かくにん》した。でもそこにいるのは、まるでわたしたちをドラマの俳優《はいゆう》とかんちがいしているかのように見つめている、大勢《おおぜい》の警察官《けいさつかん》だけだった。

モーさんはとまどった顔で言った。

「いや、ぼくとお母さんだけだよ。ラムリーさんが家に来て、キャットとペックのめんどうを見てくださっているんだ。心配しなくてだいじょうぶだよ、リトルマダム。二人とも、おりこうにしていたから」

お母さんが杖《つえ》にもたれて言った。

「モー、あなたはとってもいい友だちね。あなたがいなければ、わたしたちどうなっていたか」

「でも……でも、お父さんはどこ?」

わたしはあたりを見まわしてきいた。するとお母さんは一瞬《いっしゅん》の沈黙《ちんもく》のあと、静かに言った。

「オードリー、あの人はいないわ」

その顔は痛《いた》みをがまんしているみたいだった。でも骨《ほね》が痛《いた》むわけじゃないのは、わたしにもわかった。ほかの痛《いた》み……今までなかった痛《いた》みだ。

お母さんは身をかがめ、わたしに顔を近づけた。その後ろで、モーさんがわたしを悲しげに見下ろしている。

「オードリー、教えて。どうしてあの人のところに自分をおくろうとしたの？　どうしてそんなこと」

「だって……お父さんに……助けてもらわなくちゃいけないから！」声を落として言うわたしの顔は、どんどん熱くなっていく。「アデオラ先生に指示されたものを手に入れるには、お父さんの助けが必要だから。電動車いす、お風呂《ふろ》の工事、階段昇降機《かいだんしょうこうき》……」次第に声が大きくなっていく。「お願いしようと思ったの……クリスマスにほしいものをリストにするのと同じように。お父さんはいつも、ほしいものをおくってくれるでしょ？　だからお母さんに必要なものも、手に入れられるように助けてくれると思ったの。そしたら、わたしたちは安全に暮《く》らせる」

お母さんのどういう反応《はんのう》を予想していたのか、自分でもわからない。でもお母さんの今の表情《ひょうじょう》、まるでわたしがその心を傷《きず》つけてしまったかのような表情《ひょうじょう》は、予想していなかった。

ほおをぐっしょりとぬらす涙《なみだ》をぬぐって、お母さんは手をのばし、わたしの顔にふれた。お母さんの手の感触《かんしょく》をほおに感じるのは、何年ぶりだろう。いつの間にか、わたしのほおもぬれていた。そして心臓《しんぞう》をたたき蹴《け》りあげるような鼓動《こどう》が、どんどん大きくなっていった。それは、お母さんの次の言葉を、この耳にきかせたくないからだ。でも失敗だった。何もかもきこえてしまったから。お母さんは小さな声で言った。

「ああ、オードリー……毎年プレゼントをおくってくれるのは、お父さんじゃないのよ。あれは……モーなの。モーが……通りの家の方々に声をかけて、用意してくれているのよ。あなたのお父さんには今……新しい家族がいる。もう……わたしたちとはかかわろうとしないの。でもそれは、オードリーやペック、キャットを愛していないからではないのよ。心の痛《いた》みに耐《た》えられないからなの。あの人はただ……こんなわたしを見るのが耐《た》えられないのよ。ただそれだけ。強くありたいと思っても、そうなれない人もいるの……」

その先も何か話しつづけていたけど、耳に入らなかった。手足の指が氷のように冷たくなり、耳鳴りがした。

当然だよね。お父さんがクリスマスにプレゼントをおくってくれるわけがない。当然だよね。あのたくさんのプレゼントは何ひとつ、お父さんが選んだものじゃなかった。近所の人たちに取り調べをしてまわったとき、どうしてみんな、わたしのことを知っていたのか、これでつじつまがあう。当然、知ってたんだ。みんな知ってたんだ。わたし以外。当然、お父さんには新しい家族がいて、当然、わたしたちよりその家族のほうがよくて……。

次は何が起きるんだろう？　わかっているのは、わたしの心は粉々《こなごな》に打ちくだかれたガラスのように、だれにも元にもどせない。

そのとき、これ以上、ちりぢりにくだけ散ってしまわないよう、だれかがわたしを腕《うで》の中に引きよせた。

どのくらいの時間、お母さんの胸《むね》に顔をうずめていただろう。わかっているのは、わたしが初めて、泣きたいだけ泣いたこと。自分がたくさんの問題を引き起こしたせいで、これからどうなってしまうのか、こわくてたまらない。でも、ずっとここにいたい。お母さんの心臓《しんぞう》の音が封筒《ふうとう》のように、わたしとお母さんをしっかりと包みこんで封《ふう》をする、この場所に。

20 金色の切手の手紙

大冒険《だいぼうけん》が想像《そうぞう》もしなかった大失敗に終わって、日常《にちじょう》にもどって、平気じゃないのに平気なふりをするのは、世界で一番むずかしいことなんじゃないかな。だってロンドンまで行ったあの日から、毎日の生活は何もかも変わってしまったから。

スコットランドでも庭《ヤード》でもないニュー・スコットランド・ヤードから帰る車の中で、わたしは一言も話したくなかった。この銀河《ぎんが》でわたしのことを一番よく知っている、お母さんやモーさんとさえ。もちろん、わたしのことはイナラやカヴィ、キャットとペックも、そしてたぶんデイビスさんもよく知ってくれているけど。話したくても話せなかった。よく喉《のど》につかえて話せなくする卵《たまご》が、そのときはニワトリに成長して、羽がチクチク当たって涙《なみだ》が出る、そんな感じだった。

お母さんも無言だった。長時間、車にのっているから体が痛《いた》むはずだけど、痛《いた》くないふりをしているのがわかった。モーさんはわたしたちが何も話したくないのを察していたんだろう。わたしにききたいことがたくさんあるはずなのに、小さいころに住んでいた場所で起きたいろんなトラブルの話をしつづけていた。あの、ヤシの木の絵柄《えがら》の切手が発行されたドミニカ共和国での出来事だ。わたしははじめは耳をかたむけていたけど、いろんな考えがうずまいて頭の中がさわがしくなってきて、巨大《きょだい》な耳垢《みみあか》みたいに音をさえぎったからきこえなくなっていった。

うずまくどの考えも、自分がみんなをどれだけ失望させたかを突《つ》きつけていった。クリスマスのプレゼントを毎年おくってくれるのはお父さんだ、助けを求める相手はお父さんだ――そうわたしが思いこんでいたから、キャットとペックを失望させた。箱から飛びだしてしまったから、イナラとカヴィを失望させた。巡査《じゅんさ》部長とジョージーさんに名前を伝えたから、デイビスさんを失望させた。これまでくれた貴重《きちょう》な切手を失ったから、モーさんを失望させた。……そして、次の日までに郵便物《ゆうびんぶつ》を届《とど》けたかったのにおくれてしまった、会ったこともない人たちを失望させた。

一番ひどいのは、お母さんを失望させたことだ。わたしのひとつひとつの行動が失望させた。今、その事実に向きあわなければいけない。お母さんのことも家族のことも、あの人たちから守れない。もう無理なんだ。お父さんに助けてもらえないなら、ほかにだれもいない。それに盗《ぬす》みをはたらいてきたこと、それを未払《みばら》い帳に記録してきたこと、ほかのことも何もかも警察《けいさつ》に話してしまったんだから。今度はわたしが道を見失う番だ。お父さんが見失ったときよりもっと、途方《とほう》もなく。

車の中で長い長い時間が過《す》ぎたあと、モーさんは車を止めた。雨が強くふっていて、車の二本のワイパーがひっきりなしに左右に振《ふ》れていた。高速のリズムにのっておどる、二人の棒《ぼう》人間のように。窓《まど》に目をうつすと、雨粒《あまつぶ》とライトの光と、向かいの家のぼんやりとした輪郭《りんかく》が見えた。わたしの大失敗ぶりを知ったら、あの家の人は喜《よろこ》ぶだろう。

「オードリー、ちょっと待ってて。お母さんを玄関《げんかん》まで連れていくから」

モーさんはそっと伝えたから、わたしはかすかにききとれただけだった。モーさんは車からおりて赤い傘《かさ》を開き、お母さんがおりるのを手伝った。わたしは二人がゆっくりと玄《げん》関《かん》に向かっていくのをながめていた。モーさんが二回ノックする音がきこえて、二人は中に入っていった。

「もう、おりられるかな？」

急に車のドアが開いて、見あげると、傘《かさ》をさしたモーさんがほほえんでいた。でもわたしは動かなかった。何ひとつ、こんな終わり方は望んでいなかった……家に帰りたくない……今はまだ。それに動きたくても動けなかった。足が車に根をはって幹《みき》となり、そこからはなれようとしなかった。

モーさんは身をかがめた。

「どうしたのかな、リトルマダム？」

わたしは肩《かた》をすくめて、うつむいたまま。

「オードリー、何もかもうまくいくよ。今は、そう思えないよね。でも、うまくいく。約束するよ。いつだって、物事は自然とおさまるべきところにおさまっていくんだ。ぼくを信じて」

信じられない。少しも。でもその言葉は、幹《みき》になっていた足を元の姿《すがた》にもどしてくれた。わたしは足を動かして、自分の体を車からおろし、家の中に運んだ。

その夜、キャットとペックがラムリーさんにメイジーをかえしてベッドに入るように言われて、ラムリーさんもモーさんも帰っていくと、お母さんは「わたしたちも寝《ね》ましょう」と言った。わたしはお母さんが心配だったから、いっしょに寝《ね》たいと言ったけど、お母さんは首をふって言った。

「今夜は一人で寝《ね》るわ。考える時間が必要だから」

その声色《こわいろ》は、わたしを不安にさせた。頭のてっぺんにキスしてくれたけど、悲しいキスで、永遠《えいえん》にかかえていかなければいけない重りのようだった。わたしはその重りをベッドに運び、段《だん》ボール箱の中にいたときと同じように体を丸めて、泣きながら眠《ねむ》りに落ちた。


次の日、奇妙《きみょう》なことがいくつもあった。

まず、お母さんにアデオラ先生が来ると言われた。わたしは、家をかたづけて手伝いをするために学校を休みたいと言ったけど、学校に行くようにといつもより厳《きび》しく言われた。昨日の疲《つか》れですごく眠《ねむ》かったから、それも休みたい理由だったんだけど、お母さんは見たこともないようなこわい顔できっぱりと指示《しじ》したから、それ以上言える雰囲気《ふんいき》じゃなかった。

それと、モーさんはいつもの時間に玄関《げんかん》のドアをノックしなかった。いつもよりおそい時間に郵便物《ゆうびんぶつ》が配達されて、そのときもノックはなく、郵便《ゆうびん》受けに入れられただけだった。配達の音がきこえた瞬間《しゅんかん》、急いでドアに駆《か》け寄《よ》って開けたけど、そこにいたのはモーさんではなく、赤い巻《ま》き毛でそばかすがいっぱいの配達員さんだった。その人に、モーさんはどこにいるのかきくと、モーさんとは知りあいじゃない、ほかの地域《ちいき》の担当《たんとう》に変わったのかもしれないと言われた。

それをきいて考えた。ロンドンの警察《けいさつ》が取り調べのためにモーさんを連れていったのかもしれない。それか、わたしが機械をこわしたり、秘密《ひみつ》の地下鉄にのったりしたことへの罰《ばつ》として、郵便局《ゆうびんきょく》がわたしからモーさんを永遠《えいえん》に引きはなしたのかもしれない。

デイビスさんが事情《じじょう》を知っているかもしれないと思って、学校に向かうとちゅうでキャットとペックを連れて、お店に寄《よ》った。でもカウンターに姿《すがた》はなくて、かわりに、あのときわたしをつかまえて商品を床《ゆか》にぶちまけるきっかけになったネッサという女の人がいた。その人はこわいから、何もきかずに通りに駆《か》けもどった。デイビスさんも警察《けいさつ》に連れていかれたんだ！

学校に着くと、カヴィとイナラは始業のベルが鳴るころになっても、校庭に姿《すがた》をあらわさなかった。あちこち探《さが》して、ヌタンやラリー、アンジー、そしてファティマにさえ、二人の姿《すがた》を見ていないかときいてまわった。でもみんな肩《かた》をすくめて、ラリーは「遅刻《ちこく》じゃない？」と言ったけど、それはありえないとわかっていた。カヴィは何分か遅刻《ちこく》することがあるけど、イナラは一度もないから。それに二人いっしょに遅刻《ちこく》だなんて偶然《ぐうぜん》すぎる。

いつもどちらか一人はわたしより先に学校に来て、校庭で待っているのに。わたしは校庭でじりじりと待って、始業のベルが鳴ってもねばっていたけど、やっぱり姿《すがた》をあらわさなかった。

さすがにあきらめて教室に行くと、いつも黒板の横に立っているリー先生もいなかった。そこにはモナハン先生という代理の先生がいて、一言何か言うたびに、パン！　パン！と手をたたいた。リー先生が休んだことなんて、それまで一度もなかったから、どうしたんだろうとみんなひそひそ話をはじめた。フェビアンは「車でヒツジをひいちゃって、刑務《けいむ》所《しょ》に入れられたんじゃないか？」と言い、アンジーは「みんな、おおげさだね。崖《がけ》から海に飛びこんで、岩で頭を打っただけじゃない？」と言い、ヌタンは「エイプリルフールだから、ふざけて休んだふりしてるのかも」と予想した。どれもちがうと思った。リー先生も警察《けいさつ》に連れていかれたんだ。

そしてランチの時間になると、イナラとカヴィはそれぞれ両親におくってもらって、魔《ま》法《ほう》のように校庭に姿《すがた》をあらわした。わたしは肺《はい》いっぱいに空気を吸《す》いこんで、二人の名前を思い切りさけび、駆《か》け寄《よ》って三人で抱《だ》きあって飛びはねた。校庭じゅうのみんなが、わたしたちを見ていたけど、そんなの気にしない！　連れさられてもどってこないんじゃないかと不安だったから、ほっとしてうれしくて、一日じゅう抱《だ》きあって飛びはねていられそうだった。

それから、いつも三人でおしゃべりしている校庭のすみに駆《か》けていき、昨日の出来事をたがいに報告《ほうこく》しあった。わたしがロンドンで巡査《じゅんさ》部長とジョージーさんから事情聴取《じじょうちょうしゅ》を受けている間、二人はスウォンジーの警察《けいさつ》から事情聴取《じじょうちょうしゅ》を受けていたんだ！　最初に異変《いへん》に気づいたのはリー先生だったらしい。

イナラは説明した。

「リー先生がオードリーのお母さんに電話して、欠席の理由をきいたの。それで家にいないことがわかって、お母さんのほうはオードリーが学校に行っていないことを知ったの。それから教室にガルシア先生が来て、わたしとカヴィを連れだして、何か知らないかきいてきたの」

カヴィがあとをつづけた。

「何も知らないふりをつづけようと、がんばれるところまでがんばったんだよ。でもイナラとぼくの家に電話があって、お父さんやお母さんたちもいっしょに警察署《けいさつしょ》に呼《よ》びだされたんだ。そこで、郵便《ゆうびん》地下鉄にのったオードリーを、みんなで追いかけているところだってきいたんだ。びっくりしたよ！」

カヴィは感心しているようだった。わたしはきいた。

「それで、わたしを箱に入れて発送したことは、いつ話したの？」

わたしがきくとカヴィは言った。

「話してないよ！　モーさんが言ったんだ。オードリーがお父さん宛《あて》に自分を郵送《ゆうそう》したことに、気づいちゃって。さえてるよな」

するとイナラが言った。

「だって段《だん》ボール箱に切手をいっぱい貼《は》ってたから！　発送したときに、だれかが写真を撮《と》ってモーさんにおくったらしいの。それを見て、すぐにオードリーだとわかったって。それでモーさんはオードリーのお母さんと警察《けいさつ》に電話して、オードリーがどこに向かっているか話したんだって」

わたしはつぶやいた。

「切手か……。幸運のおまじないのつもりだったのに、つかまるきっかけになるなんて。だから郵便局《ゆうびんきょく》の人たち、写真を撮《と》ってたのか。モーさんに送信するためだったなんて！　モーさんが切手を集めてること、知ってたんだな」

イナラとカヴィはうなずいた。

「でも、ちょっと待って……二人が事情聴取《じじょうちょうしゅ》を受けたのは昨日なんだよね？　じゃあ、今朝はどこに行ってたの？」

わたしがきくと、二人は変な表情《ひょうじょう》で顔を見あわせた。カヴィは「べつに」と言い、すかさずイナラがつけくわえた。

「ガルシア先生が、えっと……午前中は休んでいいですよって言ってくれたから。昨日、おそくまで警察《けいさつ》にいたからさ」

ブンブンといきおいよくうなずくカヴィを見て、確信《かくしん》した。二人とも、何かかくしてる。ガルシア先生はぜったいに授業《じゅぎょう》を休ませたりなんかしない。先生の子どものロドリゲスなんて、腕《うで》を骨折《こっせつ》したときでさえ休ませてもらえなかったんだから。違法《いほう》なことをしでかして、警察《けいさつ》の聴取《ちょうしゅ》を受けることになったカヴィとイナラを、こころよく休ませるわけがない。

でも、二人が本当はどこにいたのか問いつめようとしたとき、うしろからファティマとフレッドとカリーがやってきた。そして、わたしが箱に入ってロンドンまで行こうとして、その結果、三人ともスウォンジーの警察署《けいさつしょ》の牢屋《ろうや》の中で一晩過《ばんす》ごすことになったというのは本当かときいてきた。

ファティマは編《あ》みこんだ髪《かみ》をゆらして言った。

「うちのパパ、町のえらい人とはみんな知りあいだから。ウェールズ郵便局長《ゆうびんきょくちょう》ともね。去年のウェールズラグビーの選手カードに、うちのパパものってたでしょ？　そんなわけだから、なんでも知ってるんだ！」

　イナラが「なんでも知ってるわけないよ。最高機密《きみつ》なんだから」と言ったとき、まわりに人だかりができてきて、わたしたちに口々に質問《しつもん》を浴びせた。するとわたしが止める間もなく、カヴィがみんなの予想通りだと答えはじめた。三人とも警察署《けいさつしょ》に行っていて、わたしは段《だん》ボール箱の中に入っていた、と。でもイナラが、それはわたしが一万ポンドの賞《しょう》金《きん》をねらって一芸コンテストに出たかったからで、わずかな差で優勝《ゆうしょう》は逃《のが》したとつけくわえた。わたしのお母さんとお父さんのことを秘密《ひみつ》のままにしておけるように、作り話をしてくれたんだとわかって、イナラをずっとずっと抱《だ》きしめていたい気持ちに駆《か》られた。

　下校の時刻《じこく》になるころには、わたしがロンドンのクイズ番組に出演《しゅつえん》して一〇〇万ポンドの賞金《しょうきん》を手に入れるために、自分をロンドンに郵送《ゆうそう》したといううわさで学校じゅうが持ち切りになっていた。そしてファティマはわたしとカヴィとイナラのことを、かっこいいと思うようになったみたいだった。ファティマがそう思うなら、本当にかっこいいということだ。イナラとカヴィはみんなに何度も作り話をきかせていたから、わたしもなんだか、その一部は実際《じっさい》に起きたことのような感じがしてきて、かっこいいなと思うようになっていた。

次の日の朝には、リー先生もデイビスさんもいつもの居場所《いばしょ》にもどっていた。どうして昨日はいなかったのか、二人とも何も言わなかったけど、アニタ巡査《じゅんさ》部長から事情聴取《じじょうちょうしゅ》を受けていたんだろう。警察《けいさつ》や郵便局《ゆうびんきょく》から事情《じじょう》をきかれるというめんどうに巻《ま》きこんでしまったことを、わたしがそれぞれにあやまると、二人とも、もう二度とこんなことをしないなら今度のことはだいじょうぶ、と答えてくれた。わたしが二度としないと約束すると、二人ともわたしにクチュしてくれたから、少しだけ気持ちが軽くなった。

あと、もどってきていないのはモーさんだけだ。土曜も、月曜になっても、モーさんはやってこなかった。変わらず、赤毛の女の人が配達してくれた。モーさんの居場所《いばしょ》を知らないか、お母さんにききたかったけど、お母さんとはあれから会話がないままだった。ロンドンまで長時間移動《いどう》したから、まだ体が痛《いた》むんだろう。階段《かいだん》をのぼりおりするのが、いっそうつらくなっていて、それをさとられないようにしているのがわかった。そんな中で、何か質問《しつもん》しようという気持ちにはならなかった。

でも、金曜の朝八時一五分、ロンドンから帰ってきて一週間くらい経《た》ったときに、ノックの音が二回、家じゅうにひびいた。

「お母さん！　モーさんだよ！　モーさん！」

わたしはさけんで玄関《げんかん》に駆《か》けていき、キャットとペックもワーッ！とさけんで駆《か》けつけたから、三人ともドアにぶつかりそうになった。

ドアを開けると、モーさんが立っていた。いつもの位置に、いつもの笑顔《えがお》で！　モーさんが口を開く前に、わたしはその胸《むね》に飛びこみ、ぎゅーっと抱《だ》きしめた。モーさんは笑い、キャットとペックもにこにこになった。

「やあ、リトルマダム！　ぼくが来なくてさびしかったかい？」

体をはなしてうなずくと、モーさんのうしろにデイビスさんがいるのに気づいた。アデオラ先生も。わたしはとまどいながら、二人に手をふった。

「オードリー、お母さんは一階？」モーさんにきかれ、わたしは首を横にふった。「連れてきてくれるかな。急用なんだ」

わたしはうなずいて二階に駆《か》けあがった。悪い予感で胸《むね》がドキドキする。急用？　どうしてアデオラ先生もいるの？　それにデイビスさんまで。

二階にたどりつく前に、お母さんが部屋から出てきて、もう階段《かいだん》をおりはじめていた。

「マヤ、体調はだいじょうぶ？」

モーさんがきくと、お母さんはうなずいて、ロンドンから帰ってきてから初めて、作り笑いじゃない本当の笑顔《えがお》を見せた。

「終わったんですか？」

お母さんがきくと、モーさんもデイビスさんもアデオラ先生もにっこりとうなずいて、わたしを見た。

「よし。それじゃあ」モーさんはそこで深呼吸《しんこきゅう》した。「オードリーさん、今日はふたつ、お届《とど》けものをおわたしできるのを、とてもうれしく思います。ひとつ目は……」

そして後ろをふりかえり、デイビスさんから何か受けとった。それは箱で、ふたにわたしの住所が書いてあり、「優先《ゆうせん》」と文字のある赤いシールがはられていた。モーさんは「開けてみて」と言って差しだした。

わたしは箱にかけてある青いリボンをほどき、ふたを開けてさけんだ。

「わたしの切手！　それに……ねえ、お母さん！　手袋《てぶくろ》も！　カヴィのヘッドキャップもある！　それに、それに取り調べノートも！」

もう二度と目にすることはできないと思っていたものが、全て入っていた。その一番上に、警察《けいさつ》の盾《たて》と王冠《おうかん》のマークのついた白いカードがのっていた。わたしは手にとって、メッセージを読んだ。


お約束の品です。

自分を大切にね、オードリー。お母様とモーさんに、よろしくお伝えください。

アニタより心をこめて

「それだけじゃないよ」モーさんは箱を床《ゆか》に置いた。「もうひとつあるんだ」

そして帽子《ぼうし》をかたむけると、郵便《ゆうびん》カバンに手を入れ、クリーム色の封筒《ふうとう》をとりだした。すみに金色の切手がかがやいている。

表に印刷されているわたしの名前を見つめた。手書きじゃなく印刷された文字で、わたしの名前が宛名《あてな》になっている封筒《ふうとう》を受けとったのは初めてだ。おじいちゃんたちからのバースデーカードさえ、宛名《あてな》はわたしじゃなくお母さんになっていた。

ふるえる手で封筒《ふうとう》をうらがえし、V字形の扉《とびら》を慎重《しんちょう》にはがして開けた。

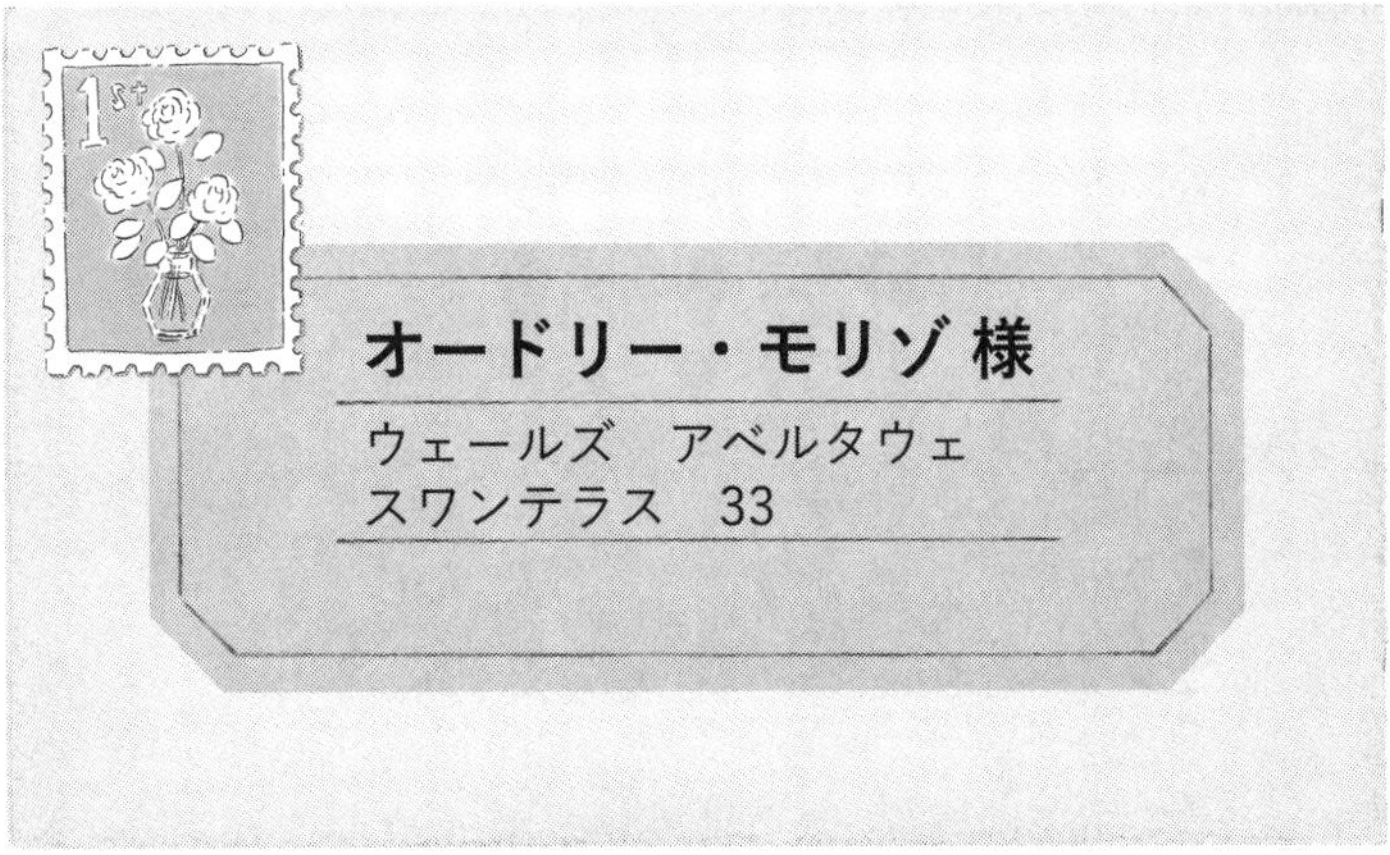
1st
オードリー・モリゾ 様
ウェールズ　アベルタウェ
スワンテラス　33

ザ・ライト・オブ・ウェールズ・アワード
ウェールズ・ミレニアム・センター
カーディフ　ビュートプレイス

オードリー・モリゾ様
アベルタウェ　スワンテラス33

4月7日

オードリー・モリゾ様

ウェールズ政府《せいふ》 ヤングピープルズ・アワードとの連携《れんけい》のもと、ザ・ライト・オブ・ウェールズ・アワードを代表し、あなたが本年のエクセプショナル・ヤングケアアラー・アワードおよびブレイブリー・アワードを受賞《じゅしょう》されましたことを、心よりお祝い申し上げます。

一人目の推薦者《すいせんしゃ》、モー・ヘルナンデス様につづき、締《し》め切りまでに以下の方々からも推薦《すいせん》の言葉が寄《よ》せられました。

マヤ・モリゾ様、アンジェリカ・デイビス様、アンソニー・アデオラ様、ジョジー・ラムリー様、クレイグ・ルウェリン様、ラヤン・ゴーシュ様、ジャハンギル・ミア様、ルジーナ・ミア様、フェリシティ・ニーフ様、フレッド F. ストーン様、ソナ・タクラー様、カヴィ・シンハ様はじめシンハ様ご一家、イナラ・ベーグム様はじめベーグム様ご一家、ハンリー様、デイビー・ガルシア様。締《し》め切り後に推薦《すいせん》の意思《いし》を示《しめ》された、メトロポリタン警察《けいさつ》のアニタ・アナンド巡査《じゅんさ》部長。以上の方々による推薦《すいせん》の意は、合同委員会の全委員と、参考意見をうかがった方々により承認《しょうにん》されました。

スポンサーの方々のご厚意《こうい》により、副賞《ふくしょう》として本年は以下を贈呈《ぞうてい》いたします。

★ カーディフのウェールズ・ミレニアム・センターにて多数の著名《ちょめい》な方々をお招《まね》きし、祝賀会を開催《かいさい》いたします。ウェールズの息子《むすこ》とうたわれ、国際的《こくさいてき》に活躍《かつやく》するオスカー俳優《はいゆう》アンソニー・ジョーンズ様からあなたへ、賞《しょう》が授与《じゅよ》される予定です。祝賀会にはあなたとご家族のほか、ご友人4名様をご招待《しょうたい》いたします。交通費《ひ》、宿泊費《しゅくはくひ》は当アワードが負担《ふたん》いたします。

★ヤングケアラーズ・オブ・ウェールズの加盟団《かめいだん》体《たい》が主催《しゅさい》する観劇《かんげき》・ダンス鑑賞《かんしょう》・カウンセリングのプログラムすべての参加権《さんかけん》

★ヤングケアラーズ・オブ・ウェールズ主催《しゅさい》の旅行・アドベンチャープログラムにご家族全員をご招待《しょうたい》

★賞金1000ポンド

上記の副賞《ふくしょう》をお受けとりいただける場合は、大人の方のサポートのもと、裏面《うらめん》の用紙にご記入いただき、同封《どうふう》の返信用封筒《ふうとう》にて6月1日までにご返送ください。

重ねて、このたびの受賞《じゅしょう》を心よりお祝い申し上げます。近々、お会いできますことを楽しみにしております。

Ms J. Amber-Lee

ウェールズ首相《しゅしょう》

ジャクリーン・アンバー・リー

21 向かいの家で

わたしは手紙をずっと見つめていた。手のふるえが止まらない。お母さんは杖《つえ》にもたれながら、推薦者《すいせんしゃ》の人たちの名前と副賞《ふくしょう》を読みあげていった。モーさんは「よかった、間にあったんだ！」と声をはりあげ、ラムリーさんに連れられてやってきたメイジーはほえ、ゴーシュさんは柵《さく》の向こうから「実現《じつげん》したのかい？」とききき、キャットは「旅行だって！」とさけび、ペックはわたしの足に抱《だ》きついた。でもどれも、はるか遠くの、透明《とうめい》な綿《わた》に包まれた場所で起きていることのように感じられた。

一〇〇〇ポンド！　まるまる一〇〇〇ポンド！　そのお金があれば、一番性能《せいのう》のいい電動車いすが買える！　残った額《がく》でお風呂《ふろ》の工事ができるか、ルウェリンさんにきいてみよう！　でも……はっと気づいた。わたしは大勢《おおぜい》の人に迷惑《めいわく》をかけたんだ。表彰《ひょうしょう》されるような人間じゃない……。

わたしはお母さんとモーさんと、みんなの顔を見まわして言った。

「でも……でも、泥棒《どろぼう》なの！　わたし……泥棒《どろぼう》なの。こんなの、ふさわしくない」

たくさんの人が見ている前で、そうくりかえして真実をさらけだす喉《のど》が、ズキズキと痛《いた》んだ。お母さんは首をふって静かに言った。

「オードリー、あなたは家族を助けるために物をとった。それはあなたのせいじゃない。わたしのせいなのよ。必要な物を手に入れるのは自分の役目だと、あなたが思ってしまっているることに気づかなかった。権力《けんりょく》を持つ人たちが、わたしたちのように幸運でも健康でもない大勢《おおぜい》の人たちの存在《そんざい》を見過《みす》ごしているからでもある。

オードリー、あなたはわたしにとってヒーローよ。キャットやペック、それに同じような状況《じょうきょう》にあるほかの人たちにとってもね。モーやデイビスさん、それにみなさんが力を尽《つ》くしてくださったおかげで、ウェールズじゅうの人たちがそれを知ることになるわ。これからはオードリーに心配をかけないように、地域《ちいき》のフードバンクをたよって食料品を手に入れるようにする。賞金《しょうきん》は、あなたが未払《みばら》い帳につけている方々への返済《へんさい》にあてて。そして、残ったお金で再出発《さいしゅっぱつ》しましょう。どうかしら？」

心臓《しんぞう》の鼓動《こどう》が三拍《ぱく》分、止まった。わたしは小さな声できいた。

「知ってたの？　……未払《みばら》い帳のこと」

お母さんはうなずいて、わたしのおでこと自分のおでこをくっつけた。

「木曜に見つけたの。リー先生から、学校に来ていないと電話をいただいたあと、デイビスさんとラムリーさんに電話して、うちに来ていただいたの。あなたの行き先の手がかりになるものが家の中にないか、いっしょに探《さが》していただこうと思って。そのときに見つけたのよ」

わたしは、ほおをつたう涙《なみだ》をぬぐった。最近、お母さんが物静かだったのは、そういうわけだったんだ。

「ごめんなさい」

お母さんと、その場のみんなに小さな声で言った。お母さんは「そう思っているのは、わかってたわ」と言い、デイビスさんとモーさんもうなずいた。キャットとペックに力いっぱい抱《だ》きつかれてキャンキャンわめいているメイジーを尻目《しりめ》に、ラムリーさんは言った。

「あなたは身内みたいなものだから、とてもほこらしいわ、オードリー。この通りの人たちはみんな、そう思っているはずよ。助けが必要なときは、わたしたちがいつもそばにいる。声をかけてくれるだけでいいの。クリスマスのプレゼントを集めてまわったり、毎朝、この家をたずねて様子を確認《かくにん》したりしてくれるモーがいなかったら、わたしたちはあなたたちの状況《じょうきょう》を何も知らないままだったわ」

ゴーシュさんが向こうから声をはりあげた。

「その通りだよ。モーはいつも、きみがお母さんを手伝おうとどんなにがんばっているか、教えてくれるんだ。しかし、きみたちは一度も助けを求めたことはなかった。とても助けを必要としているときでさえ。その賞《しょう》じゃ足りないくらいだ。仲間というのは世話を焼くものなんだよ。そうだよな、モー？　すすんで世話を焼いている、そんなきみがほこらしいよ。きいてるかい、モー？」

そしてウインクすると、庭の木々のうしろに引っこんで、家の中にもどっていった。

お母さんはふるえる手でわたしのほおにふれ、ささやいた。

「あなたが想像《そうぞう》もできないくらい、ほこらしく思ってるわ、オードリー」

その日、学校に行くと、イナラとカヴィ、リー先生、ガルシア先生にも手紙を見せた。

すると、わたしがウェールズで一番有名な俳優《はいゆう》のアンソニー・ジョーンズに会うことや、ヤングケアラーだという事実は、すぐに学校じゅうに広まった。でも、ヤングケアラーとして表彰《ひょうしょう》されることになった今、それはもう、かくしたい事実ではなくなっていた。二度とかくしたりしない。そう心に決めた。

それから数日かけて、お母さんといっしょに未払《みばら》い帳を確認《かくにん》して、これまでに盗《ぬす》んだもの合計金額《きんがく》を計算した。その結果、全ての人にお金を返すと、残るのは三九ポンド六七ペンスだけだとわかった。その金額《きんがく》じゃ、電動車いすどころか車輪ひとつさえ買えない！ わたしはお母さんに、まず電動車いすを買って、お金の返済《へんさい》は郵便《ゆうびん》の仕事のお給料で少しずつ返していきたいと言った。でもお母さんは、それはぜったいにだめ、誠実《せいじつ》さと品位はどんなものよりも重要よと答え、こうつけくわえた。

「それにアデオラ先生が、必要な書類をそろえるのを手伝ってくれているの。いい結果につながることを期待しましょう」

でもわたしは、期待して待っているだけじゃ嫌《いや》だった。お母さんが前に言っていたように、権力《けんりょく》のある人たちが、わたしたちの願いに関心がないならなおさら。そこで、またアイデアを思いついた。お母さんが必要なものを全て手に入れられる方法。段《だん》ボール箱も切手もいらない、秘密《ひみつ》の地下鉄にものらない、警察《けいさつ》のお世話にもならないですむ方法を。

それからその週の、お母さんの体調がよくてキャットとペックが自分たちで遊んでいるときはずっと、何通もの手紙を書き、それぞれの封筒《ふうとう》に自分でデザインした切手の絵をかいて、ポスターを作ることに時間を使った。できあがったポスターを、イースター休暇《きゅうか》の前の最後の月曜の朝、出席確認《かくにん》の前にイナラとカヴィ、リー先生に見せた。

「素晴《すば》らしいアイデアですね、オードリー！　もちろん、コピーしてあげますよ」とリー先生。

「よし！　ぼくもいっしょにやるよ！」とカヴィ。

「すっごくいいね！　今日からはじめない？　わたし、何も予定ないよ！」

イナラがわくわくした顔で、鼻をこすりながら言った。そこで下校のベルが鳴った瞬間《しゅんかん》、三人でキャットとペックのお迎《むか》えに幼稚園《ようちえん》まで走り、それからわたしの家の通りまでならんで歩いた。そして、通りのあの赤いドアの家のある側も、わたしの青いドアの家のある側も、全部の家を一軒《けん》一軒《けん》、ノックしてまわった。

「ドアナンバー33のオードリーです。この子たちは、弟のキャットと妹のペック、親友のイナラとカヴィです。いつもモーさんといっしょに、クリスマスにプレゼントをおくってくださってありがとうございます。それに、ザ・ライト・オブ・ウェールズ・アワードに推薦《すいせん》してくださったことも。こちらをどうぞ」

　そしてキャットとペックが、わたしの書いた感謝《かんしゃ》の手紙を、カヴィとイナラはコピーしたポスターをわたした。わたしは映画《えいが》に出てくる実業家みたいに、背《せ》すじをぴんとのばして言った。

「ふたつのポスターを一枚《まい》にまとめたんです。表は、洗車《せんしゃ》してほしいときにどうぞ。モーさんを通じてわたしに希望を伝えてもらえれば、すぐにうかがいます。洗車《せんしゃ》代はすべて、母の電動車いすと階段昇降機《かいだんしょうこうき》、浴室工事のために使います。でも、母には使い道をまだ言っていないので、会っても言わないでもらえますか？　あとでおどろかせたいんです。裏面《うらめん》のポスターは、今度の日曜にこの通りで開く、ストリート・パーティーへの協力のお願いです。モーさんに感謝《かんしゃ》を伝えるパーティーなんですけど、来ていただけますか？」

　どの家の人も、笑顔《えがお》でうなずいて「もちろん！」と答えてくれた。ルウェリンさんは折りたたみ式の作業テーブルをいくつか、ジャハンギルさんと奥《おく》さんはスナック菓子《がし》やチョコレートを持っていくと言い、ラムリーさんは巨大《きょだい》ケーキを作ると言ってくれた。一一軒《けん》すべてをまわり終えたときには、三台分の洗車《せんしゃ》の依頼《いらい》と、パーティーに必要なもの全部がそろう流れになっていた。

わたしの家に向かいながら、イナラは言った。

「すごいね！　ポスターをもっとコピーしてもらって、アベルタウェじゅうの通りをまわろうよ！　そしたらもっと洗車《せんしゃ》の依頼《いらい》が来て、お母さんに最高性能《せいのう》の電動車いすを買えるよ。フスナラおばさんにも協力してもらうね！　洗車場《せんしゃじょう》で盛大《せいだい》な募金《ぼきん》イベントを開いてもらえるかもしれないし。そしたら、たくさん募金《ぼきん》が集まるよ！　前に、医療支援《いりょうしえん》や難民支《なんみんし》援《えん》の募金《ぼきん》イベントをやったこともあるんだ」

「それ、いいアイデアだね！」

ずらりとならぶぴかぴかの車の中から、五ポンド紙幣《しへい》を差しだしている人たちの姿《すがた》が頭に浮《う》かんだ。

家の前に着いたとき、カヴィが言った。

「ねえ、ポスターが一枚《まい》、手紙も一通、残ってるよ。どこか一軒《けん》、行ってないところある？」

「ああ……」

わたしの顔はくもった。うきうきしていたから、ドアナンバー42のスパイの存在《そんざい》をすっかり忘《わす》れていた。ふりかえって赤いドアを見つめながら、よくよく考えた。アニタ巡査《じゅんさ》部長からは、あれから何も連絡《れんらく》はないし、警察官《けいさつかん》があの家を訪問《ほうもん》した様子もない。もう一週間以上経《た》っている。警察《けいさつ》が調べても、何も不審《ふしん》な点が見つからなかったのだとしたら？

もしあの家にいるのがソーシャルワーカーなら、とっくにうちにやってきて、お母さんを引きはなしていたんじゃ？

「あの家に行っても、だれも出てこないと思う。でも、貸《か》して」

わたしはカヴィからポスターを受けとると、通りをわたって赤いドアまで行き、ベルを鳴らした。走って追いかけてきたキャットが、郵便《ゆうびん》受けに指をつっこみながら言った。

「モンスター、出てこい！」

ペックもカヴィとイナラに連れられてやってきて、わたしの横で見守っている。

もう一度、ベルを鳴らした。そして、もう一度。予想通り、何の反応《はんのう》も——

「はい？」

突然《とつぜん》、ドアが開いて女の人が出てきた。ポニーテールの茶色い髪《かみ》に、白いカーディガン。その下に、これまで見たどんなデザインよりもかっこいい、恐竜《きょうりゅう》がプリントされたオーバーオールを着ている。

「あの……ただ……ただ、これをおわたししたくて……」

わたしはポスターを差しだして、すばやく家の中に視線《しせん》を投げた。でも暗くて何も見えない。

女の人はほほえんだ。

「ありがとうございます。デイビッドにわたしておきますね。また洗車《せんしゃ》してほしいでしょうから」

洗車《せんしゃ》したのはわたしたちだって、わかってるんだ！

「また？　それって……あなたは……その人は……わたしたちが洗車《せんしゃ》するところ、見てたんですか？」

女の人は、にっこりした。

「ええ。あなた、あの家のお嬢《じょう》さんでしょう？　通り向かいの。みなさんで車を洗《あら》って、ボトルに手紙を入れてくださったのよね？　デイビッド、大笑いしたんですよ。ありがとうございました」

「スパイの名前、デイビッドっていうんですか？」

カヴィが思わず口走り、女の人はおでこにしわを寄《よ》せて言った。

「スパイ？　そんなふうに呼《よ》ばれたら、かっこいいと喜《よろこ》ぶかもしれませんね！」

カヴィはとまどって言った。

「でも……光が点滅《てんめつ》してたり……カーテンが閉《し》まってたり……あのとき、だれもドアから出てこなかったし……それに……」

「ドローン！」

言葉につまったカヴィに、イナラが助け舟《ぶね》を出した。

女の人は何秒か、無言でわたしたちの顔を見つめていたけど、目が泳いでいるその表情《ひょうじょう》から、何か考えを巡《めぐ》らせているんだなとわかった。

「光が点滅《てんめつ》？　ひょっとして、これのことかしら？」

そしてオーバーオールの前ポケットから、細長い筒《つつ》のようなものをとりだし、端《はし》のスイッチを押《お》した。わたしたちに向かって、まぶしい光がはなたれた。

「そうそう、これ！　この光です！」

わたしが声をはりあげると、女の人は説明した。

「これは医療《いりょう》用のペンライトですよ。デイビッドは重い病気をかかえていて、わたしは担《たん》当《とう》の訪問看護師《ほうもんかんごし》なんです。ときどきこれを置き忘《わす》れてくることがあって、たぶん、デイビッドが暗い中で物を探《さが》したり、遊んだりするのに使っているんじゃないかしら。とてもたいくつなときが多いみたいだから」

カヴィが鼻息あらく、フルーツグミを五ついっぺんにかみながらきいた。

「ドローンは持ってますか？　こんな音がするんですけど……」

そして歯をかみあわせると、小動物が穴《あな》にはまったときの鳴き声のように、キーキーと変な声を出した。看護師《かんごし》さんのおでこのしわは、いっそう深くなった。

「ドローン？　何のために？　使い道がないわ」

わたしは説明した。

「でも、ドアに向かってくる機械みたいな音がしたんです」

「この家にある移動《いどう》できる機械といったら、デイビッドの電動車いすくらいですよ。とても大きくて、音も大きいんです」

「なるほど」

わたしはそう言って、あのときの音を思いだした。電動車いすが近づいて、ドアにぶつかったと想像《そうぞう》すると、まさにぴったりな音だった。

イナラがきいた。

「それと……電動ドリルの音がして、ラムリーさんのイヌがほえたこともあったんです」

「ああ、二、三週間前に、階段昇降機《かいだんしょうこうき》をとりつけたんですよ。工事の音が大きくて大変でした！」

わたしはさらにきいた。

「デイビッドさんもあなたも、どうして外に出ないんですか？　それに、夜にしか出入りしないし、だれもデイビッドさんを見たことがないし」

イナラもたたみかけた。

「それに、どうしていつも家の中が暗いんですか？　どうして車は置きっぱなしでのらないんですか？」

「幽霊《ゆうれい》だ！」

ペックがおびえてさけんだ。看護師《かんごし》さんはふきだした。

「あらあら、質問攻《しつもんぜ》めね！　じゃあ、謎《なぞ》の迷宮《めいきゅう》から脱出《だっしゅつ》させてあげますね。玄関《げんかん》のドアから出入りしないのは、歩道の縁石《えんせき》が高くてのりこえられないからです。でも裏《うら》の歩道には縁石《えんせき》がなくて、スロープ状《じょう》になっているから出入りしやすいんですよ」

わたしたちはそろって歩道をふりかえった。縁石《えんせき》が高いことなんて、今まで気にもとめていなかった。車いすでのりこえるのは大変だろう。お母さんが車いすを手に入れたときのために、頭の中のノートにメモしておこう。

「わたしも自宅《じたく》から来るときに、裏《うら》の道を使ったほうが車を止めやすいんですよ。表につながる道だと、丘《おか》をふたつもこえないといけないんです。それにホールさんは……デイビッドのことですけど……肌《はだ》がとても敏感《びんかん》で、日光が当たらないようにしないといけないんです。だから日中、カーテンを閉《し》めているんです。たいてい昼間は眠《ねむ》っていて、夜に起きているから、ふざけて『吸血鬼《きゅうけつき》みたいですね』とか言ったりもするんですけど。だから夜に体調確認《かくにん》のために訪問《ほうもん》しているんです。ただ、ときどき今日みたいに、時間指定の宅《たく》配便《はいびん》が届《とど》くときがあって、そのときだけ昼間に訪問《ほうもん》します。かわりにサインして受けとるためにね。ほかにも工事の方とか、どなたかがいらっしゃる予定のときには訪問《ほうもん》します。今日は、あと一時間以内には車いすの新しい部品が届《とど》く予定なんですよ。デイビッドは一人でさびしいとは思いますけど、なんとか生活しています。それと、あの車は……」

看護師《かんごし》さんはドアから身をのりだして、車に目をやると、ほほえんだ。

「亡《な》くなった奥様《おくさま》の車なんです。デイビッドはもう運転できないけれど、思い出に残しているんです。洗車《せんしゃ》してくださって、とても喜《よろこ》んでいましたよ」

キャットとペックはわくわくした顔で「吸血鬼《きゅうけつき》だ！」とささやきあっている。わたしは一歩後ずさり、頭をかかえた。この家には強盗《ごうとう》か、わたしの世界をめちゃくちゃにしようとしている敵《てき》がひそんでいる。ずっとそう思ってきた。それがじつは、お母さんのように勇敢《ゆうかん》で、支援《しえん》の必要な人が暮《く》らしていたなんて。

看護師《かんごし》さんは言った。

「じゃあ、こうしませんか？　この素敵《すてき》なポスターを、デイビッドにわたしておきます。そうしたら、近いうちにお会いしたいと言うかもしれません。デイビッドは内気なので、めったに人と会おうとしないんですが、あなたがたは別なんじゃないかしら。どうでしょう？」

わたしは晴れやかにうなずいて、看護師《かんごし》さんは「それじゃ」と言い、ドアを閉《し》めようとした。わたしはあわててきいた。

「あの……あなたのお名前は？」

看護師《かんごし》さんはドアを開けなおしてぱっと笑顔《えがお》になり、ピンクの口紅《くちべに》をぬったくちびるが三日月型《がた》になった。

「オリビアです」

そしてドアを閉《し》めた。イナラとカヴィはわたしを見て、わたしも見つめかえした。なぜだかそろってふきだして、お腹《なか》がよじれそうなほど笑った。

モーさんのためのストリート・パーティーまで、あと二日。わくわくして待ちきれない。スウォンジー史上《しじょう》最高のパーティーになるはず！　モーさんからもらった切手を「THANK YOU」の文字の形にならべて横断幕《おうだんまく》にはりつけた。イナラのお母さんとお父さんはサモサを、カヴィのお母さんとお父さんはココナッツ・ペストリーを、デイビスさんはお店のポテトチップスやお菓子《かし》をたくさん持ってきてくれるそうだ。ゴーシュさんは庭の花でルウェリンさんのテーブルを飾《かざ》りつけてくれる。アデオラ先生とリー先生はドリンクとカップを、ガルシア先生は移動販売車《いどうはんばいしゃ》でアイスクリームを売っている奥《おく》さんにお願いして、パーティー会場でアイスクリームを配ってくれるそうだ。イナラがきいたら、喜《よろこ》びすぎて死んじゃいそうだから、まだ言っていない。お母さんは名刺《めいし》にのっている電話番号にかけて、アニタ巡査《じゅんさ》部長を招待《しょうたい》した。カヴィがきいたら、はるばるロンドンからやってくる本物の警察官《けいさつかん》に会えると知って、興奮《こうふん》しすぎて死んじゃいそうだから、まだ言っていない。親友が二人とも死んだらこまる。

でもなんといっても、このパーティーが最高なのは、モーさんだけへのサプライズじゃないことだ。パーティーが開かれること自体を知らないのは、モーさんだけだ。でもイナラがおばさんに協力してもらうことを思いついてから、お母さんにもサプライズができた。モーさんや学校の先生、デイビスさん、イナラのフスナラおばさんが何をしてきたか、お母さんは知らない。この数日間、フスナラおばさんが洗車場《せんしゃば》のお客さんたちに、お母さんのための寄付《きふ》をつのってくれていること。リー先生が、あのポスターの表に「お近くの洗《せん》車《しゃ》サービスを利用して、ご近所さんへの支援《しえん》を！」の文字をくわえたものを毎日コピーしてくれていること。そのコピーをモーさんが担当《たんとう》の配達地域《ちいき》の全ての家に配ってくれているること。デイビスさんもコピーをほかの郵便局《ゆうびんきょく》の友人たちに配って、窓《まど》に貼《は》ってもらっていること。

フスナラおばさんのところの寄付金《きふきん》が、これまでにどのくらい集まったのか、わからないけど、イナラが言うには、おばさんがパーティー会場に来て結果発表をしてくれるそうだ。だから、サプライズな金額《きんがく》になるんじゃないかな。

だれにも助けを求められない孤独感《こどくかん》でいっぱいだった日々。でも気づいていなかっただけで、たくさんの人が気にかけてくれていたと知ることができた。それは最高の出来事だった。新しい切手を目にしたときに押《お》しよせる、うれしさの波と似《に》ているけど、もっと波が大きくて、ずっとつづいていく。今、その波を毎日感じられるわたしは幸運だ。波が引いてほしくないし、引くことはないだろう。スウォンジーのこの通りの人たちや、友だちがいるかぎり。そして、すべてのドアをノックしてくれる、銀河《ぎんが》で一番素敵《すてき》な郵便《ゆうびん》配達員さんがいるかぎり。

作者あとがき

わたしが一五歳《さい》で、義務《ぎむ》教育の卒業検定《けんてい》試験やその後の進路選択《せんたく》など、考えるべきことが山積みだったとき、人生が一変する出来事がありました。父が脊椎《せきつい》を損傷《そんしょう》し、首から下が麻痺《まひ》して体を動かせなくなったのです。その状態《じょうたい》は半年以上つづきました。

健康だった父が突然《とつぜん》、寝《ね》たきりになったのを目の当たりにし、とてもショックでした。そんな中、自分が思いがけずヤングケアラーになったことを、だれにも言えずにいました。なぜだか今でもわかりませんが、こわかったことや恋愛《れんあい》のことなど、幼《おさな》いころからなんでも話してきた友だちや大好きな先生にさえ、家に帰れば介護《かいご》が必要な父がいることを打ち明けられませんでした。だれかにその事実を認《みと》めるのが、二度と立ち直れないほど恥《は》ずかしいことに思えたのです。それまで何年も、学校で「ダサいやつ」「先生のお気に入り」「メガネの優等生《ゆうとうせい》」と思われながらも、なんとかとけこもうと苦戦した末に、ようやく居《い》場所《ばしょ》となる友だちグループを手に入れたばかりでした。周囲からいじめられがちな、変わり者の集まりだと思われているグループでしたが。それなのに、また新たな理由で孤立《こりつ》して、ずっと同情《どうじょう》の目を向けられつづける道を選ぶことはできませんでした。

学校から徒歩三分の場所にあり、わたしと友だちの居場所《いばしょ》になっていたわが家は、突然《とつぜん》、立ち入り禁止《きんし》エリアになりました。それまでわが家は、朝は友だちがドアをノックしていっしょに登校し、昼休みには学校から駆《か》けてもどって、みんなでコメディー番組の再放送《さいほうそう》を見る場所になっていました。しかし、お父さんが一階で介護《かいご》されている姿《すがた》を見られてしまったらいけないと、だれも家にやってこないように、小さなうそを積み重ねるようになりました。放課後の補習《ほしゅう》やバスケットボールの練習にも参加できなくなりました。母は家族を養い、様々な請求《せいきゅう》への支払《しはら》いをするために、仕事量を二倍に増《ふ》やしました。母が仕事に出かけている間、父や弟の世話をするのはわたしの役目になりました。

その日々のことを、わたしはこれまでめったに口にすることはありませんでした。恐怖《きょうふ》や緊張感《きんちょうかん》、涙《なみだ》が、介護《かいご》される立場になった父の苛立《いらだ》ちとあわさって、わたしは心のドアと窓《まど》に鍵《かぎ》をかけ、二度と開かないよう釘《くぎ》で固定し、だれも立ち入れないようにしてしまいました。しかし、わたしは幸運でした。ヤングケアラーになったのはもっと幼《おさな》いころではなく、一〇代になってからだったのですから。何の知識《ちしき》もない年齢《ねんれい》ではなく、父はリハビリを受けられる環境《かんきょう》にいて、介護《かいご》は長期間にはおよばなかったのですから。父は九か月間の厳《きび》しいリハビリの末、奇跡的《きせきてき》に回復《かいふく》し、自力で動けるようになったのです。

そうでなかったら、わたしは今ここで、五作目の高学年向き児童文学作品を執筆《しっぴつ》していられたかどうかわかりません。人生はまったくちがう方向に進んでいたでしょう。

現在《げんざい》、イギリスのヤングケアラーの数は一〇〇万人以上だと推計《すいけい》されています。一クラスに二人以上いる計算で、中には五歳《さい》の子どももいます。親や兄弟、祖父母《そふぼ》などの家族を世話しているのです。ヤングケアラーとして認知《にんち》されない子どもたちもいます。特にアジア系《けい》、東南アジア系《けい》、アフリカ系《けい》のヤングケアラーはほとんど認知《にんち》されず、数にふくまれないために、最低限《さいていげん》の支援《しえん》やケアも受けられずにいます。

世界のヒーローと呼《よ》ぶべきこのような子どもたちが、多くの政府《せいふ》や学校、制度《せいど》から見過《みす》ごされているのは、とても悲しく腹立《はらだ》たしいことです。全てのヤングケアラーを支援《しえん》し、たたえ、はげまし、社会にいかに貢献《こうけん》しているかを認識《にんしき》し、孤立《こりつ》を防《ふせ》ぐ――そんな社会を作るのはむずかしいことではないのではないでしょうか。

見過《みす》ごされることの多いヤングケアラーの世界とならんで、人々のケアという点で独自《どくじ》に大きな役割《やくわり》を果たしているにもかかわらず、ほとんど認知《にんち》されていない人たちがいます。郵便《ゆうびん》業界の人々です。

幼《おさな》いころから切手に夢中《むちゅう》だったわたしにとって、郵便局《ゆうびんきょく》ではたらく人々は、素敵《すてき》で奥深《おくぶか》い魔法《まほう》使いのような存在《そんざい》でした。やわらかな表情《ひょうじょう》で丁寧《ていねい》に仕事をし、謎《なぞ》を秘《ひ》めた封書《ふうしょ》の数々を配達してまわっているのですから。

しかし、郵便《ゆうびん》配達員の人々がどれほど多くの重要な役割《やくわり》を果たしているか、わたしが本当に知ったのは、新型《しんがた》コロナウイルス感染症《かんせんしょう》の流行によるロックダウン（都市封鎖《ふうさ》）が行われたときでした。世間の人々がたがいの家への行き来をやめる中、郵便《ゆうびん》配達員の人々は家々のドアを勇敢《ゆうかん》にノックし配達してまわりました。その目とその耳で、地域《ちいき》全体を見守る役目を果たしていたのです。この物語を形作ることができたのは、当時、わたしの家の配達を担当《たんとう》していたアビと、わたしの弟のザク（夏の間、配達の仕事をしていました）のおかげです。ほんの少しの支援《しえん》を求めている家族の話や、たがいに素敵《すてき》な出来事を引き起こす人々のおかしなエピソードや感動的なエピソードを二人から数多くきかせてもらいました。また、日常《にちじょう》で顔をあわせて言葉を交《か》わす相手が、郵便《ゆうびん》配達員しかいないという人々も多くいると知りました。

自分の名前で手紙をおくりあう純粋《じゅんすい》な楽しさを経験《けいけん》する子どもがどんどん減《へ》っていき、歴史的《れきしてき》な瞬間《しゅんかん》や人、創造物《そうぞうぶつ》をモチーフにした切手の芸術性《げいじゅつせい》や役割《やくわり》が、電子媒体《ばいたい》に「効率《こうりつ》化」されていく中で執筆《しっぴつ》したこの物語は、ふりかえってみると、わたし自身の手紙でもあるのです。一〇〇万通りに鼓動《こどう》を打つ世界じゅうの勇敢《ゆうかん》なヤングケアラーのみなさんへの手紙。毎日、何百軒《けん》もの家々をたずねて、職責《しょくせき》を果たすだけでなく、職務《しょくむ》の範囲外《はんいがい》で対価《たいか》があるわけでもない責務《せきむ》を負って、見守りつづける配達員の方々への手紙。そして、今この瞬間《しゅんかん》も世界じゅうを飛びまわり、わたしたちの人生を一〇〇万通りの方法で変化させながらつないでいる、二一×二四ミリの小さな長方形の製作者《せいさくしゃ》、収集家《しゅうしゅうか》、送り主、受けとり手の方々への手紙でもあります。

訳者あとがき

この物語の舞台であるイギリスは「ヤングケアラー」という言葉の発祥の地で、支援の先進地でもあります。作者のオンジャリ Q．ラウフはそのイギリスで暮らしながら、今なお支援の輪から取りこぼれてしまう子どもたちが多くいる現状に心を痛め、この本を執筆しました。

これまでのラウフの著作をふりかえると、『ぼくらナイトバス・ヒーロー』（静山社）ではホームレス問題、『5000キロ逃げてきたアーメット』（Ｇａｋｋｅｎ）では難民問題、『秘密の大作戦！　フードバンクどろぼうをつかまえろ！』（あすなろ書房）では貧困問題、その他、未邦訳の作品では家庭内暴力や人種差別など、子どもたちを取り巻くさまざまな社会問題に焦点を当てています。その多くは自身の体験や、各地のコミュニティに足を運んで知った社会の実情を反映しています。

さて、わたしたちはこの物語をオードリーの視点からだけで読んできました。その中で他の登場人物に対し、疑問や反感を覚えることもあったかもしれません。たとえば母親のマヤは、周囲が支援の手を差しのべようとしているにもかかわらず、それをはねのけてきました。我が子の深刻な状況に気づかず、改善する道を選ばずに悪化させています。その姿には批判の矛先が向けられるでしょう。

しかし、今こうして本を読んでいるわたしたちと彼女の状況はちがいます。もし自分が、マヤと同じように予期せぬ闘病で輝かしいキャリアを失い、パートナーを失い、耐えがたい痛みにさいなまれる出口のない苦しみのさなかにいたら、冷静な思考ができるかどうかわかりません。

ここで話は飛びますが、わたしの好きなシーンがあります。ようやく対面した向かいの家の看護師に、オードリーが名前をたずね、笑顔で「オリビアです」と返されるシーンです。この作品の中で、脇役の彼女が「看護師さん」のままで終わっても、ストーリー上、問題はありません。しかしラウフはそこに、オリビアという一人の人間をきちんと見つめるオードリーの一瞬と、名前をきかれたオリビアの喜びをしっかりと組み入れました。この物語ではたまたまオードリーの視点でつづられているために脇役となっている人も、それぞれの視点からつづれば主役だという、ラウフの人間への向き合い方があらわれていると思います。

作品中にはインドやバングラデシュなどのアジア系と思われるカヴィをはじめ、苗字から多様なルーツを感じさせる人物や、イスラム教徒のイナラなど、イギリスのマジョリティではない人々が多く登場します。この傾向はラウフの他の作品にも見られ、一人一人の人物の背景を尊重する姿勢が感じられます。それが、脇役にスポットを当てる一瞬にも表れていると思います。

読書は楽しさとともに、自分と異なる（あるいは似た）境遇の人の人生を追体験し、他人への見方を増やしていく機会も得られる営みです。まだ幼いオードリーが、自分の行動が他人に迷惑をかけることに考えが及ばなかったのは、他人の視点で物事を見るという発想をまだ学んでいなかったからです。今回の冒険を経て、オードリーは苦い思いとともに、他者の立場でも物事を見ることの必要性を学びました。その学びは今後、他人に迷惑をかける可能性を減らすだけでなく、オードリー自身が人生において、より良い選択をしていける糧にもなることでしょう。わたしたちも多くの本を読めば、多様な境遇の人の視点での物の見方を蓄積していくことができます。その蓄積が、いつか他人とぶつかりそうになったときや、自分が苦境に陥ったときに、より良い方向へ舵取りをするための助けになるでしょう。

この物語を日本の読者の方々に届けようと、いちはやく動いてくださった編集者の足立桃子さんはじめ静山社の皆様、素晴らしい装丁で命をふきこんでくださった早川世詩男さんと城所潤さん、そして本を手に取ってくださったあなたに、心よりお礼申し上げます。

二〇二五年二月

久保陽子

1st

オンジャリ Q. ラウフ

Onjali Q. Raúf

人権活動家として、女性や子どもへの虐待や犯罪をなくすためNGO「Making Herstory」と難民の救済をめざすNGO「O's Refugee Aid Team」を創設。児童書作家としてのデビュー作『5000キロ逃げてきたアーメット』（久保陽子訳、Gakken）でウォーターストーンズ児童文学賞総合賞、ブルーピーター文学賞ほか数多くの賞を受賞 。他の邦訳書に『秘密の大作戦！　フードバンクどろぼうをつかまえろ！』（千葉茂樹訳、あすなろ書房）、『ぼくらナイトバス・ヒーロー』（久保陽子訳、静山社）がある。

◇　◇　◇

久保陽子

Yoko Kubo

1980年生まれ。東京大学文学部英文科卒業。出版社で児童書編集者として勤務ののち、翻訳者になる。訳書に「ハートウッドホテル」シリーズ、「クローバーと魔法動物」シリーズ（ともにケイリー・ジョージ作、童心社）、『カーネーション・デイ』（ジョン・デヴィッド・アンダーソン作、ほるぷ出版）、『明日のランチはきみと』（サラ・ウィークス、ギーター・ヴァラダラージャン作）『うちゅうじんはいない!?』（ジョン・エイジー作、ともにフレーベル館）、『ぼくの弱虫をなおすには』（K・L・ゴーイング作、徳間書店）などがある。

金色《きんいろ》の切手《きって》とオードリーの秘密《ひみつ》

2025年4月8日　初版発行

作　者　　オンジャリ Q. ラウフ
訳　者　　久保陽子

装　画　　早川世詩男
装　丁　　城所潤（ジュン・キドコロ・デザイン）

発行者　　松岡佑子
発行所　　株式会社静山社
〒102-0073　東京都千代田区九段北 1-15-15
TEL 03-5210-7221
https://www.sayzansha.com

印刷・製本　中央精版印刷株式会社

編集／足立桃子

ISBN978-4-86389-898-1

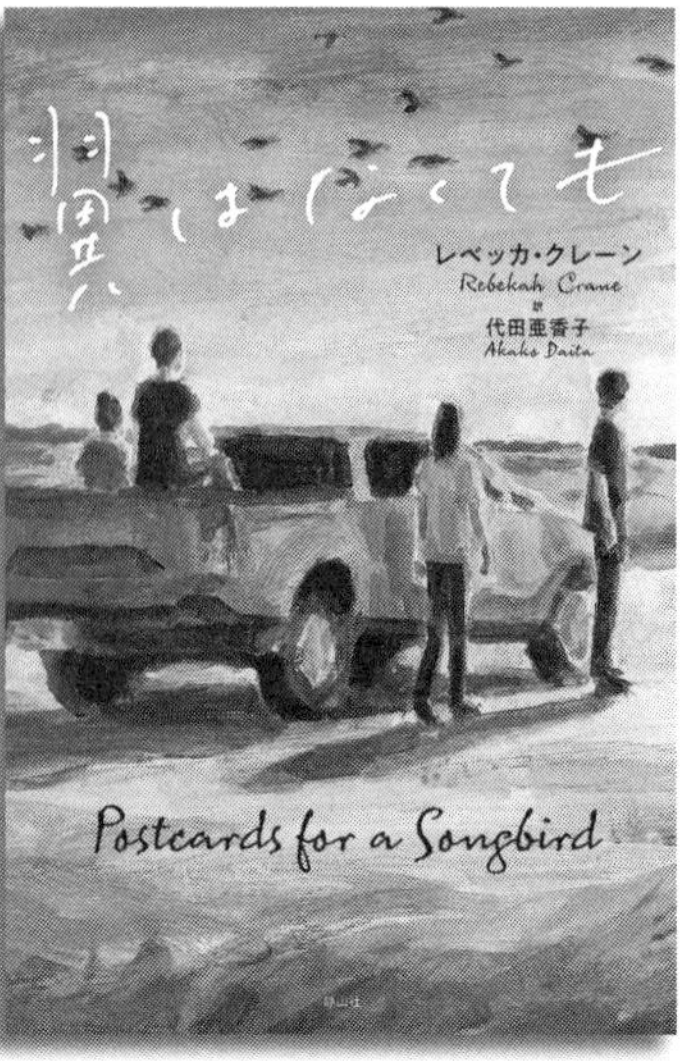

翼はなくても

レベッカ・クレーン 作
代田亜香子 訳

あたしにはわかってる。ママが去った理由はあたしだ。すべてをぶちこわしたピースはあたし——親の愛に飢え、孤独に傷つけられた少女たちは、自分をとりもどす旅に出る。折れた翼も、虹色の背中も、そのままで……。

闇に願いを

クリスティーナ・スーントーンヴァット 作
こだまともこ・辻村万実 訳

刑務所で生まれた少年ポンは、法により13歳まで塀の中で暮らさなければならなかった。ところが9歳のある日、自由を求めて脱獄。そんなポンを追う少女が現れ…。〈ニューベリー賞オナーブック〉の愛と勇気を描く圧巻のファンタジー。

レベッカの見上げた空

マシュー・フォックス 作
堀川志野舞 訳

ある冬の朝。友だちのいないカーラは不思議な運命に導かれ、湖の中の島に暮らすレベッカと出会う。ところがレベッカは、第二次世界大戦下に生きるユダヤ人だった。時空をこえて結ばれた友情は、どんな結末をむかえるのか――。

真夜中の4分後

コニー・パルムクイスト 作
堀川志野舞 訳

タイムトラベルができる不思議な駅に行き着いたニコラス。病気の母親を死なせないために、何度も過去にもどるが、うまくいかない。ニコラスは本当に過去を変えるべきなのか、葛藤しながら大切なことに気がついていく。

スカーレットとブラウン
あぶないダークヒーロー

ジョナサン・ストラウド 作
金原瑞人、松山美保 訳

銀行から札束を盗んだスカーレットは森へ逃走する。そこで出会ったのが少年ブラウン。彼とともに、さまざまなピンチを乗り越えていくが、どうやら追われているのは、スカーレットではなく、ブラウンだった!?　謎めいたブラウンの正体とは……？

ベサニーと屋根裏の秘密

ジャック・メギット・フィリップス 作
橋本 恵 訳

とある屋敷の屋根裏に棲むビーストから、不老薬をもらって511年生きる男と、いたずら好きで悪ガキの少女が織りなす、てんやわんやの大騒動と、奇妙な友情を描く、痛快コメディ・ファンタジー。

ブロッケンの森のちっちゃな魔女

アレクサンダー・リースケ 作
西村佑子 訳

「ブロッケン」は、ドイツにある山の名前。毎年、悪魔と魔女が大集合するという「ヴァルプルギスの夜祭り」で有名な山なんだ。そんな山の森にすむ、ちっちゃな魔法使いミニーとどうぶつたちの、5つの物語をおとどけするよ。

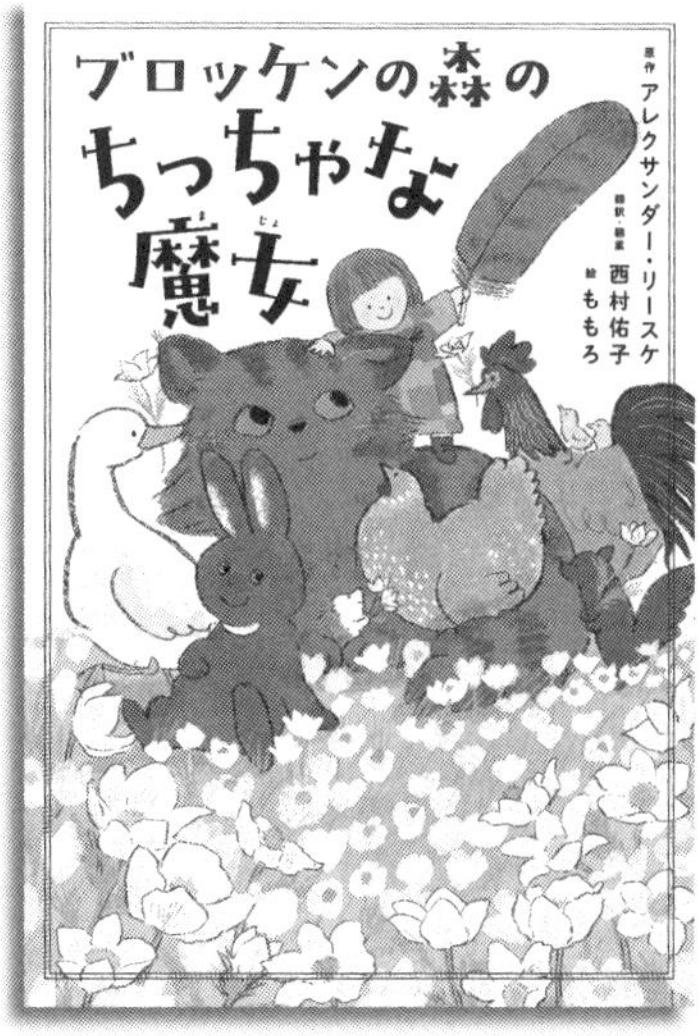

明日の国

パム・ムニョス・ライアン 作
中野怜奈 訳

戦争、難民、貧困…国を追われたひとたちは、どこにむかうの？――11歳の夏のある夜、見知らぬ男がたずねてきた。100の橋のある村でサッカーボールを追っていた少年マックスの明日は、きのうとは大きく変わっていく。第56回緑陰図書。

静山社ペガサス文庫✨

ハリー・ポッターシリーズ

ハリー・ポッターと賢者の石

J.K. ローリング 作
松岡佑子 訳

意地悪な親せきの家の物置部屋に住む、やせた男の子、ハリー・ポッター。11歳の誕生日の夜、見知らぬ大男がハリーを迎えにきて――「ハリー、おまえは魔法使いだ」。世界が夢中になった冒険物語。シリーズ全20冊。

静山社ペガサス文庫✨

ハリー・ポッターシリーズ

クィディッチ今昔

J.K. ローリング 作
松岡佑子 訳

ハリー・ポッターの物語に登場する人気競技がこの1冊でまるわかり！「反則リストが公開されていないのはナゼ？」「日本にも強豪チームが存在している!?」ハリーも夢中で読んだ、ホグワーツ校指定教科書。